Karek

Sven Rübhagen

Karek

Die Goldene Feder

Bibliografische Informationen der Deutschen Nationalbibliothek Die Deutsche Nationalbibliothek verzeichnet diese Publikation in der Deutschen Nationalbibliografie, detaillierte bibliografische Daten sind im Internet über http//dnb.dnb.de abrufbar.

© 2017 Sven Rübhagen

Herstellung und Verlag

BoD – Book on Demand, Norderstedt

ISBN: 9783743124301

Karek

Prolog: Götterzorn

Karek marschierte mit einem kleinen Trupp, der aus sechs Trollen, weiteren fünf Männern und ihrem Anführer Erentroß bestand, von Stadt am Hof über die Steinerne Brücke.

Karek war ein Junge von gerade einmal dreizehn Jahren und saß auf den Schultern von Borger, einem großen, massiven Troll mit brauner, ledriger Haut. Anders als die übrigen fünf Trolle trug er keine Keule in der Hand, sondern ließ die Arme nur träge zum Boden hinabhängen.

Können Trolle überhaupt etwas anderes ausstrahlen als Trägheit?, fragte sich Karek und sah belustigt in den Himmel. Es war tiefste Nacht und die Schritte der schweren Trolle übertönten sogar das fließende Wasser der Donau unter ihnen. Ab und zu mischte sich zu den Schrittgeräuschen auch ein kurzes Grunzen oder ein Seufzen, welches von den Trollen ausgestoßen wurde.

Erentroß lief vorneweg und blickte starr nach vorne.

Karek hatte den Eindruck, dass selbst ein jetzt aufkommender Tornado den Mann nicht verunsichern könnte. Erentroß trug langes, weißes Haar, das beinahe silbern leuchtete, wenn das Mondlicht darauf fiel.

Außerdem hüllte ihn ein schwarzer Umhang ein, der fast bis zum Boden reichte.

Karek wusste, dass unter dem Umhang ein mächtiges Schwert verborgen war, doch Erentroß holte diese Klinge so gut wie nie ans Tageslicht.

Plötzlich hob Erentroß die Hand und gab somit den Befehl stehen zu bleiben. Mit mühsamen Bewegungen hielten die Trolle an. Auch dies wurde mit Murren und Grunzen kommentiert.

Als Karek seinen Blick kreisen ließ, gewahrte er am Rand zu seiner Linken einen großen Löwengreif, der mit stolz in die Höhe gestrecktem Kopf und eng am Körper angelegten Flügeln auf einem steinernen Sockel saß. Schon öfter war Karek diese Statue aufgefallen und immer wieder beeindruckte sie ihn.

Schließlich drehte sich Erentroß zu den Trollen um und sah jeden von ihnen aufmerksam an. Bei jedem Krieger verweilte er etwas länger. Karek hatte das Gefühl, dass der Blick ganz besonders lange auf ihm haften blieb, was er aber nicht verstehen konnte.

Erentroß besaß ein deutliches Markenzeichen, das die meisten Menschen einschüchterte: Eine lange, rote Narbe, die sich in Form einer geschwungenen Linie von seinem rechten Auge bis hinab zu seinem Kinn zog.

Karek konnte regelrecht spüren, wie sich mindestens zwei der fünf Männer unbewusst anspannten, als sie in

Erentroß' Augen blickten. Diese waren klar und ohne Angst.

Schließlich drehte sich Erentroß zur Seite und blickte auf die Donau hinaus, deren Wasser ab und zu silbern leuchtete, wenn sich das Mondlicht darauf brach.

„Diese Stille ist etwas Wunderbares", sagte Erentroß schließlich, ohne seinen Blick abzuwenden und so leise, als wären die Worte gar nicht für sie bestimmt.

Am Profil erkannte Karek, dass sich Erentroß' Blick plötzlich verfinsterte.

„Ich möchte Regensburg zurück!", sagte er heftig und wandte sich wieder seiner Mannschaft zu. „Genau deshalb sind wir heute Nacht hier! Folgt mir!"

Die letzten beiden Worte hatte er laut gesprochen und alle stießen nun ebenso wie Erentroß ihre Fäuste in die Höhe und folgten ihrem Anführer.

Karek, der noch immer auf Borgers Schultern saß, besah sich noch einmal die Mannschaft etwas genauer. Sie waren alle viel älter als er und es entzog sich seinem Verständnis, warum er die Männer auf diese Exkursion begleiten sollte.

Trotzdem war er aufgeregt! Natürlich war er das. Nicht oft erlebte er Abenteuer, denn es war gefährlich, sich alleine in die Innenstadt Regensburgs zu begeben. Nicht zu jeder Stunde, doch meistens. So hatte man es ihm zumindest erklärt, als er einmal ziemlich beleidigt gewesen war, weil er nicht mitgenommen wurde. Warum verstanden so wenig Menschen, dass er etwas erleben wollte?

Das Ende der Steinernen Brücke kam nun in Sicht und erneut hob Erentroß seine Hand und drehte sich zu seiner Mannschaft um.

„Wir werden nicht lange bis zum Dom brauchen", erklärte er kurz angebunden. „Handelt erst, wenn ihr von mir den Befehl dazu bekommt und überlasst mir das Reden. Ist das für jeden klar?"

Die Männer gaben mit einem kurzen Ausruf bekannt, dass die Worte unmissverständlich waren, doch die Trolle brüllten in die Nacht hinaus und fuchtelten mit ihren Keulen umher, sodass Karek seinen Kopf einziehen musste, um nicht davon getroffen zu werden. Ein Schlag eines Trolls und er würde mehr als Sterne sehen.

„Hey Knirps, komm lieber da runter!", forderte ihn Berek auf, ein Mann, der direkt neben ihm ging. Er war so groß und rund, dass Karek sich allen Ernstes fragte, ob diese Person nun wirklich eine bessere Figur besaß als die Trolle. Karek musste bei diesem Gedanken schmunzeln, dann wandte er seinen Kopf in eine andere Richtung, damit Berek es nicht missverstehen konnte. Schließlich schüttelte Karek aber den Kopf.

„Nein, ich bleibe auf Borger sitzen." Bei diesen Worten tätschelte Karek Borger den Kopf wie einem flauschigen Hund und Berek zuckte nur die Achseln.

Schließlich verließen sie die Steinerne Brücke und begaben sich in Richtung Dom.

Karek war noch nicht oft in Regensburg gewesen, doch ihm fiel auf, wie düster alles wirkte, und dies lag nicht an der Dunkelheit dieser Nacht.

Wie um seine Gedanken zu bekräftigen, schüttelte Karek den Kopf. Nein, diese Stadt strahlte Düsternis aus, doch das war nicht immer so gewesen: Seit Daragon über diese Stadt herrschte, hatte sich vieles verändert.

Karek ließ seinen Blick weiter kreisen und immer wieder musste er den Kopf schütteln. Auch wenn er noch nicht viel von so etwas verstand, wusste er durchaus, dass es nicht normal war, dass viele Gebäude, an denen sie vorbeiliefen, völlig zerstört waren.

Erentroß forderte den Trupp dazu auf, sich an die Häuserwand zu drängen, was sich mit insgesamt sechs Trollen nicht gerade einfach gestalten ließ.

Nur zwei Sekunden später, nachdem sich Borger mit einem panischen Grunzen kleinmachte, wusste Karek auch, warum Erentroß sie dazu angetrieben hatte.

Vom Dach eines hohen Gebäudes fiel ein großer Steinbrocken mit einem lauten Knall auf die Straße und ließ das Kopfsteinpflaster platzen.

Ein Troll, der neben Borger stand, stieß ein lautes Brüllen aus, wankte zu dem Felsblock, bugsierte ihn in die Höhe und warf ihn die Straße entlang, wo er im Schutz der Dunkelheit mit einem lang anhaltenden Poltern liegen blieb.

„Tu das nie wieder, Bergon!", zischte Erentroß in Richtung des Trolls und dieser warf beschämend die Hände vors Gesicht und stolperte einen Schritt zu ihrem Anführer zurück.

„Los, ich möchte, dass du dich ans Ende des Trupps begibst. Ich will dich vorne bei mir nicht mehr sehen!"

Der Troll namens Bergon stieß noch einmal ein weinerliches Keuchen aus, dann lief er zurück und stellte sich ans Ende der Truppe.

Mit einem kurzen Kopfschütteln von Erentroß liefen sie schließlich weiter. Der Stein, der auf der Straße lag, wurde von den Trollen einfach zertreten.

Sie brauchten nicht mehr lange, da hatten sie den Regensburger Dom erreicht. Hier wohnte Daragon.

Karek hatte sich schon immer gefragt, was eine Person mit einem so großen Gebäude wollte, doch vielleicht gefiel es ihm ja einfach. Wollte er vielleicht einfach nur seine Macht demonstrieren?

Die Trolle, die Krieger und Erentroß stellten sich vor dem Dom auf und starrten zum großen Eingangstor hinauf.

Der Regensburer Dom war wirklich gewaltig. Es war ein riesiges Gebäude aus massiven, groben Steinen. Lange, schmale Stufen führten zum Eingang hinauf. Links und rechts des Eingangs wuchsen zwei hohe, breite Steinsäulen in die Höhe und liefen am Ende spitz zu. Sie waren etwas höher als der Hauptteil des gigantischen Gebäudes. Anders wie viele andere Häuser der Stadt, war der Dom nicht beschädigt, hatte aber ein eher düsteres Erscheinungsbild, was zum Teil auch mit seiner Größe zu tun hatte. Der Stein war an manchen Stellen mit dickem Moos bewachsen, was den Dom etwas älter und heruntergekommener aussehen ließ. Außerdem befanden sich weiter oben an den hohen Wänden der Türme brennende Fackeln, deren Flammen im Wind leicht flackerten.

„Bergon, bereite Daragon einen angemessenen Empfang!", forderte Erentroß den Troll auf, ohne dass er den verschlossenen Eingang des Doms aus den Augen ließ.

Mit ausdrucksloser Miene begab sich der Troll nach vorne und wollte sich in Richtung Eingangstor begeben, da ertönte ein Laut, den Karek nie mehr in seinem gesamten Leben vergessen würde.

Dieses Geräusch kam vom Dach des Doms und genau in dem Moment, indem es verklungen war, fielen die ersten

Regentropfen, denn der Himmel hatte sich mit schweren Wolken zugezogen.

Erentroß schien dieses Geräusch nicht einzuschüchtern. Er schien es sogar zu *kennen*!

Kareks Augen füllten sich mit Angst, als er in die Höhe blickte und etwas Großes, Schwarzes gewahrte, das sich sogar noch bewegte. Er sah, wie sich das Fackellicht des Doms auf etwas brach, das aussah wie Metall. Es erinnerte Karek an rostige Flecken. Das Etwas bewegte sich weiter nach vorne und dabei schabte etwas über Stein, dass aussah wie Klauen. Karek stellten sich die Nackenhaare auf. Er konnte gerade noch ein Aufschreien unterdrücken, als er eine kaum zu beschreibende Fratze gepaart mit einem spitzen Maul und scharfen Zähnen erkannte.

„Keinen Schritt weiter, Troll, oder ich lasse ihn Feuer speien!"

Der Ton, mit dem Daragon seine Worte wählte, gab durch seine Rauheit klar und deutlich zu verstehen, dass er nicht zögern wurde. Er klang sogar noch eine Zeit nach und übertönte das Regengeräusch bei weitem. Karek glaubte sogar, seine Worte würden bis in die Gassen der nahen Umgebung getragen.

Karek klammerte sich an Borger fest. Er hatte Angst. Er verstand immer weniger, warum ausgerechnet er die Männer auf diesen schrecklichen Ausflug begleiten sollte.

Seine Augen begannen sich mit Tränen zu füllen, doch Karek zwang sie nieder. Er wollte stark sein und nicht vor den Männern als Feigling dastehen. Wenn er in ihre Gesichter sah, erkannte er ebenfalls Angst. *Vielleicht täusche ich mich da auch*, dachte er.

Erentroß begann leise zu lachen.

„Daragon, lasst diese Spielchen und kommt vom Dach herunter! Es hat angefangen zu regnen, nachher verkühlt sich Eure Echse noch."

Dieser Kommentar brachte einiges Gelächter mit sich, doch es klang nicht wirklich belustigt, sondern eher verunsichert.

Daragon stand einfach weiter auf dem Dach und rührte sich nicht.

Karek glaubte schon, es würde überhaupt nichts passieren, doch dann schnippte Daragon mit den Fingern und die gewaltige Flugechse wuchtete sich in die Höhe und stieß einen lauten Schrei aus. Daragon hielt sich an dem *Wesen* fest, von dem Karek noch immer nicht sicher war, was es überhaupt darstellen sollte. Es sah ein bisschen aus wie eine überdimensionale, lange Schlange mit Flügeln, und Daragon stieg mit einer flüssigen Bewegung auf den Rücken des Ungetüms und gemeinsam flogen sie vom Dach hinab zum Fuß des Doms.

Schließlich stand Daragon vor dem Regensburger Dom und seine Schlange mit Flügeln rollte sich hinter ihm zusammen. Genau genommen war es keine Schlange, denn das Tier besaß auch Vorder- und Hinterläufe, die sehr kräftig aussahen, nicht zuletzt wegen ihren langen Krallen, mit denen Karek nur ungern Bekanntschaft machen wollte. Der Jumge hatte so ein Wesen noch nie gesehen und jetzt, wo es sich fast genau vor ihm befand, jagte es ihm eine tief empfundene Angst ein, dass es ihm schier den Atem raubte. Er hatte nicht geglaubt, jemals so viel Angst haben zu können.

Daragon trug einen langen purpurroten Pelzmantel mit aufwendigen Stickereien, die golden funkelten. Darunter eine schwarze Hose und ein dunkles Wams. Außerdem machte er auf Karek einen sehr selbstbewussten Eindruck. Daragon hatte einen muskulösen Körper und ein schmales Gesicht mit braunen Augen. Dieses wurde von schulterlangen, schwarzen Haaren umrahmt.

Erentroß trat näher auf Daragon zu. Keiner von ihnen zog eine Waffe.

Nun stieg der Junge doch von Borger herunter und blieb neben ihm stehen. Der Troll legte ihm seine große Hand auf die Schulter, denn er schien zu spüren, dass es dem Jungen nicht gut ging. Karek fühlte sich durch die Geste ein wenig beruhigt.

Mit großem Widerwillen sah sich der Junge um. Hier standen insgesamt sechs Trolle und Krieger, die bewaffnet waren. Sollte Karek in Gefahr geraten, waren genug

Menschen da, um ihn zu beschützen. Dieser Gedanke nahm ihm noch mehr seiner Angst, was ihn aber nicht daran hinderte, ein paar Schritte näher an einen der Krieger heranzutreten.

Regensburg glich einer Geisterstadt. Es war düster zu dieser späten Stunde, doch die Gebäude, die sich um den Dom herum befanden, waren fast ausschließlich verlassen. Es schien weiß Gott keine Seltenheit zu sein, dass Steine auf die Straße fielen.

Und die Person, die dafür verantwortlich war, stand hier direkt vor ihnen.

Kaum hatte Karek diesen Gedankengang beendet, begann Daragon leise zu lachen, doch es klang nicht wirklich belustigt, sondern sehr verbittert. Es enthielt keine Liebe und kein Mitgefühl.

Erentroß trat einen Schritt auf Daragon zu und seine Schritte hallten dumpf in Kareks Ohren wider.

Schließlich holte er mit seiner Rechten aus und beschrieb einen weiten Kreis, der die ganze Umgebung um den Regensburger Dom einschloss.

„Wollt Ihr wirklich so weiter machen, Daragon?", fragte Erentroß und seine Worte klangen gar nicht wirklich wie eine Frage, sondern viel mehr wie etwas, dessen Betonung bereits die Antwort enthielt.

„Seitdem Ihr König von Regensburg seid und Euch im Dom verschanzt habt, geht es der Stadt sehr schlecht. Schlimmer noch: Sie ist praktisch tot."

Daragon verneigte sich spöttisch, sodass ihm sein langes Haar tief ins Gesicht fiel.

„Ich danke für Eure ehrlichen Worte, hoher Erentroß", sagte er spöttisch, als er sich wieder aufgerichtet hatte. „Ich nehme sie als Kompliment zur Kenntnis."

Erentroß nickte nur langsam und seine folgenden Worte klangen einfach nur traurig. „Nein, Daragon. Ich würde Euch sehr gerne ein Kompliment dalassen, doch ich schätze, das habt Ihr nicht verdient. Ihr habt leider versagt."

Nun schien sich irgendetwas in Daragons Gesicht zu regen, doch ehe Karek es wirklich fassen konnte, hatte er sich wieder in der Gewalt und sein überhebliches Grinsen nahm wieder seinen Platz ein.

„Es tut mir wirklich leid, Erentroß", meinte Daragon und alleine an seinem spöttischen Ton war zu erkennen, wie viel Wahrheit in seinen Worten steckte.

Erentroß ließ nur ein abfälliges Lachen hören und dann machte er mit seiner Hand wieder eine weit ausholende Geste.

„Ist das hier wirklich alles Euer Ernst?", fragte er zornig und er schrie seine Worte fast in die Stadt hinaus. Der

Drache, der sich hinter Daragon zusammengerollt hatte, zuckte kurz bedrohlich, blieb ansonsten aber still.

Leiser fügte er dann hinzu: „Regensburg ist durch Eure Gräueltaten völlig zerstört worden und Euch fällt nichts Besseres ein, außer *es tut mir leid*?"

Wieder schüttelte Erentroß den Kopf und das so langsam und kurz, dass Karek es kaum wahrnahm.

„Das hätte alles verhindert und die Stadt gerettet werden können."

Nun lachte Daragon verächtlich, nachdem Erentroß' Worte nicht mehr als ein Flüstern gewesen waren.

„Ah tatsächlich, hätte es das?" Daragon nickte spöttisch und er spuckte Erentroß die Frage fast vor die Füße. „Was hätte ich denn Eurer Meinung nach tun sollen? Die Höllenwölfe hättet Ihr auch nicht aufhalten können! Niemand hätte das!"

Erentroß schnitt Daragon mit einer herrischen Geste das Wort ab. „Doch, wir hätten sie aufhalten können!", sagte er entschieden. „Ihr hättet Euch uns anvertrauen sollen. Ich hätte mit meinen Trollen alles Erdenkliche getan, um die Höllenwölfe zurückzutreiben!"

Daragon lachte bitter. „Trolle!" Nachdem er dieses Wort ausgesprochen hatte, spuckte er aus und sein Speichel fiel dicht vor Erentroß auf das gesprungene Kopfsteinpflaster.

Karek sah sich alarmiert um und seine Vorahnung hatte ihn nicht getäuscht. Einer der Trolle vertrug offenbar

Daragons Einstellung über Trolle nicht und preschte mit schwerfälligen Schritten auf den Mann mit dem Schlangendrachen zu.

Es war Bergon, der einen schweren Hammer in der Hand hielt, den er über seinem Kopf herumwirbelte, um Schwung für einen kräftigen Schlag zu sammeln.

In dem Moment, als der Hammer niedersauste, duckte sich Daragon zur Seite und zog sein Schwert. Allerdings griff er damit nicht an, sondern wich noch weiter zurück, um freie Bahn für die weiteren herannahenden Trolle zu haben. Bergon war nun dem Schlangendrachen schutzlos ausgeliefert, der sich aufgerichtet und sein Maul weit aufgerissen hatte.

Der Troll kam nicht mehr dazu, seinen Angriff zu Ende zu führen. Der Drache zuckte wie eine wütende Schlange vor und schnappte zu. Er bekam den Arm des Trolls zu fassen, sodass dieser seinen Hammer fallen lassen musste. Bergons Gesicht verzog sich vor Schmerz und er stieß ein lautes Brüllen aus, doch es war offensichtlich, dass er gegen den Schlangendrachen nicht bestehen konnte.

Karek hatte panische Angst und alles in ihm schrie danach nicht weiter zuzusehen und einfach davonzulaufen, doch ein anderer Teil von ihm schien jegliche Bewegung zu verhindern.

Der Drache hatte inzwischen den Troll zu Boden gedrückt und ihn mit seinen Krallen aufgeschlitzt.

Gleichzeitig attackierten zwei Trolle Daragon.

Entgegen aller Wahrscheinlichkeit brachte Daragon sich durch ein schnelles Fuchteln seines Schwertes in Richtung der Trolle und einem raschen Ausfallschritt zur Seite aus der Gefahrenzone. Dies verschaffte ihm vielleicht nur eine Sekunde Luft, doch diese genügte ihm vollkommen, denn der Schlangendrache stand ihm nun auch wieder zur Seite.

Karek stand einfach mit großen Augen da und konnte nicht glauben, was sich vor ihm abspielte. Er verstand ja nicht einmal, aus welchem Grund dies alles geschah.

Erentroß mischte sich nun auch in das Kampfgeschehen ein, doch Karek sah ihm an, dass es ihm mehr als widerstrebte.

Erentroß zog sein mächtiges Schwert Götterzorn und sprang mit einem lauten Schrei auf Daragon zu. Dessen Blick zeigte erschrecktes Erkennen, als er das Schwert sah, und wäre der Kampflärm nicht so übermäßig laut gewesen, hätte Karek wahrscheinlich einen Aufschrei Daragons wahrnehmen können.

Mit einem einzigen großen Sprung war Erentroß bei seinem Gegner und schlug dessen Klinge nieder. Daragon wich zur Seite aus und riss blitzschnell sein Schwert in die Höhe, sodass der Stahl Funken fliegen ließ.

„Ruft Eure verdammten Trolle zurück, wenn Euch an ihnen etwas liegt", keuchte Daragon, während er vor Anstrengung die Zähne aufeinanderpresste.

Erentroß lachte kurz und sprang zurück. „Wenn ich es tun würde, würdet Ihr ja doch keine Ruhe geben."

Ohne etwas darauf zu erwidern, sprang nun Daragon auf Erentroß zu und wollte ihm die Klinge in den Leib stoßen, doch dieser duckte sich und versuchte, seinem Gegner die Füße wegzutreten.

Mit einem wütenden Schrei fiel Daragon auf den Rücken und Erentroß stieß ihm das Schwert in die Brust. Die Augen des Getroffenen weiteten sich vor Überraschung und Unglauben, doch schon eine Sekunde später riss Daragon sein Schwert in die Höhe und rammte es Erentroß, der noch immer über ihm stand, in den Bauch. Und dann fing Daragon an zu lachen. Dies war wahrscheinlich das Schlimmste von allem, da er tot sein müsste. Und doch lachte er.

„Ihr habt keine Ahnung, zu was ich fähig bin", kam als kraftloses Keuchen über seine Lippen.

Einen Moment stand Erentroß noch still, doch Karek, der alles aus vor Schreck geweiteten Augen beobachtete, konnte förmlich spüren, wie Erentroß mit jedem Augenblick schwächer wurde und schließlich einfach auf Daragon stürzte und starb.

Auch Daragon schienen nun endgültig die Kräfte verlassen zu haben, denn auch er rührte sich nicht mehr. Karek konnte nicht glauben, was innerhalb von wenigen Minuten geschehen war.

Kaum waren die beiden Männer übereinander zusammengebrochen, begann der Schlangendrache zu brüllen. Es war ein grässliches Geräusch, das Karek in seinem gesamten Leben nicht mehr vergessen würde. Es sah so aus, als litte das Flugtier Höllenqualen. Die wenigen Trolle, die noch aufrecht standen, schienen vergessen zu sein und das Tier warf seinen Kopf hin und her und schlug wild mit seinen Flügeln.

Aus den Augenwinkeln erkannte Karek Borger, der sich von den anderen Trollen entfernte und zu den toten Männern hinübereilte. Er zog das Schwert Götterzorn unter Erentroß' Leib hervor und stampfte mit nervösen Bewegungen zu Karek hinüber. Dabei stieß er immer wieder ein trauriges Grunzen aus.

Kaum war der Troll bei Karek angelangt, fasste er ihn am Arm und riss ihn einfach mit sich. Ohne überhaupt zu wissen wie ihm geschah, setzte Borger ihn einfach wieder auf seinen Rücken und Karek musste wirklich aufpassen, um nicht sofort wieder herunterzufallen.

Borger drehte sich im Gehen zu den anderen Trollen herum, welche ihnen folgten, doch sie waren einfach zu langsam:

Der Schlangendrache war in wilde Raserei verfallen. Das riesige Ungetüm stampfte mit einem langanhaltenden Gebrüll hinter den Trollen her und schlug mit seinen Klauen nach ihnen, sodass sie einfach von den Füßen gerissen und in die Ferne geschleudert wurden. Plötzlich spürte Karek, wie er von Borger gepackt wurde und keine Sekunde später befand er sich auf dem Boden und wusste nicht, wie ihm geschah. Karek sah gerade noch, wie der gewaltige Schlangendrache nun auch Borger mich sich riss. Der Troll schrie auf und fuchtelte wild mit den Armen, doch es half nichts. Der Drache tat irgendetwas, dann gab es ein lautes Knacken, was alles zu übertönen schien, und der Troll rührte sich nicht mehr.

Dann brach der Drache seinen Angriff ab, brüllte noch einmal in die stille Stadt hinaus und flog mit schnell schlagenden Flügeln davon.

Wären die dort liegenden Trolle und Männer nicht gewesen, hätte niemand geglaubt, was gerade hier geschehen war. Und das nur, weil ein Troll die Fassung verloren und angegriffen hatte.

Karek konnte es nicht glauben, doch noch bevor er das Bild des in der Dunkelheit liegenden Regensburger Doms richtig fassen konnte, drehte er sich um und verließ den Ort des Grauens.

Kapitel 1

Der Schlangendrache

Dreizehn Jahre waren inzwischen vergangen, seitdem es am Regensburger Dom zu dem erschreckenden Kampf zwischen Erentroß und Daragon gekommen war.

Karek saß auf seinem Bett und blickte auf eine Truhe, die vor ihm stand.

In dieser Truhe lag etwas, vor dem sich Karek beinahe fürchtete.

Das Ereignis vor dreizehn Jahren hatte ihn geprägt und es hatte lange gedauert, bis er diese schreckliche Erfahrung verkraftet hatte. Lange wurde er von finsteren Träumen geplagt, in denen er das entsetzte Gesicht Daragons sah, während Erentroß ihm das Schwert in die Brust stieß. Ebenso hörte er immer wieder den fürchterlichen Schrei Borgers, als er vom Schlangendrachen gepackt und getötet worden war.

Nun war Karek sechsundzwanzig Jahre alt, und auch wenn die Träume nicht mehr so häufig auftraten wie in den letzten Jahren, hatten sie doch ihre Spuren hinterlassen. Karek war hart geworden. Er zeigte selten wirklich Gefühle und stellte sich schweren Zeiten, denn Karek war der Meinung, dass kaum noch etwas

Schlimmeres geschehen konnte als das Ereignis vor dreizehn Jahren.

Karek lebte in einem kleinen Haus im Stadtteil Stadt am Hof, welcher nördlich von Regensburg liegt.

Mit den Jahren hatte er das Bogenschießen gelernt und war dadurch sehr muskulös geworden. Karek kannte sich mit Holzarbeiten sehr gut aus und somit war es für ihn kein Problem, sich einen eigenen Bogen zu bauen.

Er wusste nun, dass Daragon sich unbesiegbar gefühlt hatte, denn er hatte sich auf seinen Drachen verlassen und geglaubt, dass ihm mit diesem an seiner Seite nichts geschehen könnte. Die Ereignisse hatten gezeigt, dass er sich geirrt hatte.

Karek verscheuchte die Gedanken. Viel zu oft hatten sie ihn traurig gemacht und ihm Energie entzogen, sodass er sich müde und ausgelaugt gefühlt hatte.

Nun stand er von seinem Feldbett auf und ging zur Truhe. Dass seine Hände dabei leicht zitterten, versuchte er so gut es ging auszublenden.

Wenn er diese Truhe öffnete, dann …

Ja, was eigentlich? Was würde dann geschehen? Karek musste über diese Fragen unsicher lachen und kniete sich auf den Boden. Er tat nun nichts anderes, als die Truhe anzustarren. Mit Mühe riss er seinen Blick los und sah sich in dem Zimmer um. Es war *sein* Zimmer. Das Zimmer, in dem er damals gelebt hatte, als er noch ein kleiner Junge gewesen war. Als er damals hierher zurückgekehrt war, hatte er Erentroß' Schwert in diese Truhe gesperrt und Karek hatte sich geschworen, dieses Zimmer nie mehr zu betreten.

Diesen Schwur hatte er dreizehn lange Jahre gehalten und heute war der Tag, an dem er sich seiner Vergangenheit stellen wollte. Warum er dies ausgerechnet heute tat, wusste er nicht.

Der Schlüssel für das stabile Schloss war an der Rückwand der Truhe befestigt. Mit suchenden Fingern tastete Karek nach dem Schlüssel und löste ihn vom Holz ab, damit er die Truhe aufsperren konnte.

Kaum hatte er das Schloss entriegelt, sprang der Deckel wie von Geisterhand auf. Da der Boden so tief war, erkannte Karek im ersten Moment gar nichts. Erst als er tiefer hineinsah, bemerkte er das Schwert, dass einst Erentroß gehört hatte.

Karek musste unwillkürlich an den Schlangendrachen denken und vernahm in seinem Kopf wieder dieses fürchterliche Kreischen. Er konnte fast körperlich spüren, welche Qual es dem Drachen bereitet hatte, seinen Reiter zu verlieren.

Seitdem war der Drache nicht mehr gesehen worden und Regensburg hatte nach Daragons Tyrannei allgemein eine bessere Zeit erlebt.

Karek musste über diesen Gedanken leicht schmunzeln, was ihm falsch vorkam, doch vielleicht hatte ja Erentroß sterben müssen, um eine bessere, friedvollere Zeit herbeizuführen.

Für lange Augenblicke starrte Karek nur in die Truhe hinein, deren Boden fast völlig im Dunkeln lag, und blickte das Schwert mit gemischten Gefühlen an. Er konnte sich noch schwach daran erinnern, dass er die Klinge von Daragons Blut gesäubert hatte, damit der Stahl nicht rosten würde.

Als Karek schließlich die Hand nach der Waffe ausstreckte, zitterte sie stark und in ihm stieg eine Angst auf, die er einfach nicht wirklich nachvollziehen konnte. Sicher, er verband mit diesem Schwert eine schreckliche Geschichte, doch die Waffe an sich war ungefährlich, vorausgesetzt, man benutzte sie für gute Zwecke.

Als er den Schwertknauf berührte, rechnete er fest damit, dass etwas Unvorhergesehenes, ja fast schon Fürchterliches geschehen würde. Angespannt hielt er die Klinge eine Weile fest, doch es geschah nichts.

Als er das Schwert aus der Truhe hob, bemerkte er überrascht, wie leicht die Waffe in seinen Händen lag. Sie sah aus, als käme sie geradewegs aus der Schmiede.

Karek stand auf und blickte den Stahl der Klinge an. Sein Gesicht spiegelte sich darin und es starrten etwas müde aber entschlossene Augen zurück.

Der junge Mann ließ sich zurück auf das Feldbett fallen, in dem er seit fast genau dreizehn Jahren nicht mehr gelegen hatte. Noch immer blickte er sein Gesicht in der Spiegelung des Stahls an. Wieder dachte er an Erentroß und in ihm kamen alte Fragen hoch. Fragen, die er sich in den letzten Jahren unzählige Male gestellt hatte.

Warum hatte Erentroß ihn damals mit zum Regensburger Dom genommen? Er hätte doch wissen müssen, dass diese Mission für einen dreizehnjährigen Jungen einfach zu gefährlich war. Oder wollte er ihm damit etwas ganz Bestimmtes auf den Weg geben? Hatte er damals vielleicht sogar gewusst, dass es zum Kampf kommen würde? Karek zuckte nachdenklich die Achseln. Wahrscheinlich, denn Erentroß war ein sehr intelligenter Mensch gewesen, der niemals unüberlegt gehandelt hatte.

Nachdenklich blickte sich Karek noch einmal in seinem Zimmer um. Erentroß hatte damals auch hier gelebt. Erentroß war nicht sein Vater gewesen. Seine Eltern hatte Karek niemals kennengelernt und was mit ihnen geschehen war, wusste er bis heute nicht. Karek konnte sich erinnern, dass er damals des Öfteren nach seinen Eltern gefragt hatte, doch Erentroß hatte dann immer das Thema gewechselt. Dennoch war der Mann von Anfang an ehrlich zu ihm gewesen und hatte ihn wissen lassen, dass er nicht Kareks Vater war.

Doch für Karek war er immer eine Vaterfigur gewesen, denn Erentroß hatte sich um ihn gekümmert und gesorgt.

Karek konnte sich noch an Vieles erinnern, auch wenn er damals noch sehr jung gewesen war. Er wusste noch, dass es Erentroß sehr gestört hatte, wie Daragon mit Regensburg verfahren war. Nachdem dieser gefallen war, hatte es lange Zeit niemanden gegeben, der sich um die Stadt gekümmert hatte. Doch dann war ein neuer König erschienen, der dafür sorgte, dass es mit der Stadt wieder bergauf ging.

Schließlich hörte Karek von draußen Geräusche und er wusste sofort, was es damit auf sich hatte. Mit einem zufriedenen Gesichtsausdruck legte er das Schwert Götterzorn zurück in die Truhe und verließ das Zimmer, ohne sich noch einmal umzudrehen. Die Tür ließ er sogar offen.

Als er das Haus verließ, gewahrte er Borger, seinen Hund, der ihm vor ungefähr sieben Jahren zugelaufen war. Es war ein Shetland Sheepdog und Kareks ständiger Begleiter. Sein Fell war sehr zottelig und schwarzweiß. Seine Schnauze war spitz und seine Ohren stets nach oben aufgestellt. Borger war ein sehr aufmerksamer Hund und er warnte die Bürger sofort, wenn Gefahr drohte. Er hatte ihn Borger genannt, da dieser Hund, ähnlich wie der Troll damals, Kareks treuer Begleiter war.

Borger lief mit aufrechtem Kopf an ihm vorbei und legte sich in den Eingangsbereich, direkt neben einen großen Stapel Holz. Bald würde es Winter werden und sie sorgten bereits jetzt vor, um genug Feuerholz für die kalten Monate parat zu haben.

Stadt am Hof war ein sehr kleiner Ortsteil mit wenigen Häusern, der etwas abgeschieden von Regensburg lag. Die Steinerne Brücke verband sie miteinander. Die Brücke benutzten viele Handelsleute, um von Stadt am Hof nach Regensburg zu gelangen. Die Häuser sahen aus wie kleine Hütten. Sie bestanden Großteils aus Stein und besaßen ein mit Stroh bedeckte Dächer. Die meisten waren zylinderförmig, doch es gab auch ein paar Häuser, die aussahen wie kleine, steinerne Würfel.

Eine breite Hauptstraße aus groben Kopfsteinpflastern war angelegt worden, die direkt zur Steinernen Brücke führte. Dies war die Straße, die viele Handelsleute mit ihren Kutschen oder zu Fuß nahmen. Seitenwege waren dagegen nur ausgetretene Wiesenpfade, die im Regen sehr matschig und im Sommer unglaublich staubig waren.

Karek begleitete Borger ins Haus und kraulte ihn hinter dem Ohr, was dieser mit einem ausgiebigen Gähnen kommentierte.

Kareks Haus war eines der zylinderförmigen. Auch die inneren Wände waren aus Stein und eine hölzerne Treppe führte nach oben zu zwei kleinen Zimmern. In dem einen von ihnen war er eben gewesen.

Unten im Eingangsbereich war das kleine Haus mit einer offenen Wohnstube, einem Essbereich und einen Waschraum ausgestattet. Hier gab es noch ein weiteres kleines Zimmer, in das Karek sich immer dann zurückzog, wenn er die Welt eine Weile vergessen wollte.

Schließlich setzte Borger sich auf und blickte ihn erwartungsvoll an. Dann setzte er sich in Bewegung und trat wieder ins Freie. Karek folgte ihm, nachdem er seinen Bogen geholt hatte. Diesen nahm er seit Jahren immer mit und trug ihn stets bei sich.

Es war ein sonniger Tag und wieder blickte der junge Mann auf die Donau hinaus.

Regensburg hatte sich von Daragons Zeiten sehr gut erholt und war neu aufgebaut worden. Auch wenn es noch vereinzelte Stellen in der Stadt gab, die an die damalige Zeit zurückerinnerten, war sie nicht mehr wiederzuerkennen. Häuser, die in der Stadt wesentlich wuchtiger und höher waren wie hier in Stadt am Hof, machten nun wieder einen sicheren Eindruck und waren nicht mehr einsturzgefährdet. Der bessere Zustand der Stadt hatte sich natürlich herumgesprochen, sodass es einige Menschen in die Stadt gezogen hatte. Heute hatte Regensburg mehr Einwohner als zu Daragons Zeiten.

Gedankenverloren blickte sich Karek um. Damals hatten hier noch einige Trolle gelebt, doch mit der Zeit hatten sie sich immer mehr in die Natur zurückgezogen, was nach Kareks Meinung auch besser zu ihnen passte.

Borger ließ ein kurzes Bellen hören. Dann sah er Karek erwartungsvoll an.

Karek erwiderte seinen Blick. „Was ist, mein Freund?", fragte er, während Borger sich in Bewegung setzte und Karek aufforderte, ihm zu folgen.

Karek konnte sich schon denken, wohin er ihn führte. Es ging in einen Wald, der gar nicht weit von seinem Haus, am südlichen Rand von Stadt am Hof und ein gutes Stück von der Donau entfernt lag. Dort hatte sein Hund ihn schon des Öfteren hingeführt, wenn er etwas gewittert hatte. Aus diesem Wald holte Karek auch sein Holz für den Winter.

Es ging eine Weile bergauf, links und rechts erstreckten sich weite Wiesen, die sich sehr hügelig in die Ferne erstreckten, und am Horizont gewahrte Karek sogar schon weit entfernte Berge. Sehr oft lief er hier entlang, weil er diesen Anblick einfach genoss.

Schließlich, nachdem sie einem ausgetretenen, erdigen Pfad gefolgt waren, kam der Wald in Sicht.

„Was möchtest du mir heute zeigen, Borger?", fragte er, während sie weiter dem Pfad folgten.

Der Hund drehte seinen Kopf etwas und ließ ein kurzes Bellen hören. Karek folgte ihm weiter ohne erneut ein Wort zu verlieren.

Als sie den Wald schließlich betraten, nahm sie der Schatten der Bäume auf und die recht warme Herbstsonne blieb hinter ihnen zurück.

Der Wald war klein und viel später würde er vollkommen abgeholzt und durch weitere Häuser ersetzt werden.

Karek war immer wieder gerne hier im Wald. Es herrschte eine Stille, die sofort eine tiefe Ruhe und Gelassenheit in ihm auslöste. Immer wenn er aufgeregt oder wütend war, kam er hierher, um zu sich zu finden.

Es roch nach Moos und Tannennadeln, denn es gab hier sehr viele Nadelbäume. Sie standen sehr dicht aneinander. Der geschlungene Pfad war so schmal, dass zwei Personen nur mit äußerster Mühe nebeneinander hätten laufen können.

Abwärts vom Pfad wucherten viele Gräser und Büsche und an einigen Stellen lagen Gehölz und Baumstämme.

Karek lauschte in den Wald hinein und vernahm ein paar Vögel, deren Gesang lange im Wald widerhallte.

Schließlich hatten sie eine kleine Höhle erreicht, deren Eingang ihn immer wieder aufs Neue faszinierte, wenn Karek zusammen mit Borger hier vorbeilief. Er erinnerte ihn an das riesige Maul eines Raubtieres. Oberhalb des

Eingangs hingen spitze, große Felssplitter herab, sodass sie den Reißzähnen eines gefährlichen Tieres ähnelten.

Borger betrat das Innere der Höhle, die wirklich sehr eng war. Karek folgte ihm und sah sich kurz nach beiden Seiten um.

„Was ist los, mein Freund?", fragte Karek und versuchte das Gefühl zu ignorieren, dass jeden Moment etwas Gefährliches aus der Finsternis hervorkommen und sich auf sie stürzen würde.

Einen Moment lang sah Borger Karek nur an, doch dann schnüffelte er am Boden und wedelte aufgeregt mit seinem buschigen Schwanz.

Borger begab sich immer weiter in die Höhle hinein und begann laut zu bellen. Gleichzeitig drehte er sich immer wieder zu Karek um.

Karek betastete die Wände der Höhle. Sie lagen fast völlig im Schutz der Dunkelheit, doch nun fühlte er sandigen Stein, der viele kleine Risse aufwies. Außerdem nahm er nun auch einen leichten Geruch von Moos wahr und, als wäre dies ein Stichwort gewesen, spürte Karek unter seinen Fingern trockenes Moos, das an der Steinwand hing. Der Boden war ebenfalls grob und rissig, allerding bestand er aus reinem Erdboden auf dem sich etwas Laub verteilt hatte, welches von draußen hereingeweht worden war.

Neugierig trat Karek neben seinen Hund und ging in die Hocke. Da lag etwas. Fast vollkommen in der Finsternis verborgen fand Karek etwas Hartes, ungefähr so groß wie seine Faust. Zuerst hielt er es für einen gewöhnlichen Stein, doch dann stutzte er.

„Das ist ein Drachenzahn."

Borger stieß wieder ein lautes Bellen aus, wie um seine Worte zu bekräftigen.

Der Stein hatte in der Tat die Form eines Zahns, doch das konnte auch einfach Zufall sein.

Karek nahm ihn an sich und steckte ihn in die Tasche seiner schwarzen Hose. Er würde versuchen, etwas darüber in Erfahrung zu bringen.

Dankend tätschelte er Borger den Kopf und sie verließen die Höhle.

Auf dem Rückweg ließ ihn der Gedanke nicht los, dass er gerade einen Zahn des Schlangendrachen gefunden hatte.

Kapitel 2

Der Junge mit der Gabe

„Borger, du wartest hier, bis ich wiederkomme", sagte Karek und ließ den gewaltigen Dom nicht aus den Augen. Dieser hatte sich nicht so sehr verändert in den letzten Jahren. Er war noch immer ein riesiges Monstrum aus Stein, doch er wirkte heller und nicht so stark von Schmutz und Moos befallen. Ebenfalls waren die brennenden Fackeln am obigen Drittel entfernt worden. Somit machte der Dom auf alle Bürger einen einladenden Eindruck. Vor dem großen Eingangsbereich war ein Art kleiner Vorplatz errichtet worden, zu dem drei lange, ausgetretene Stufen führten.

Der Dom war immer noch das Herzstück Regensburgs, nur dass der neue König diese Stadt mehr achtete als Daragon. Sein Name war Zegon und natürlich in der gesamten Stadt bekannt. Allerdings benutzen die Bürger immer nur die Bezeichnung *König*.

Der Hund setzte sich auf die ausgetretenen Stufen, die zum Dom emporführten, und tat, wie Karek es ihm aufgetragen hatte. Als Karek oben angelangt war, drehte er sich noch einmal um. Zufriedenheit ergriff ihn. Regensburg erlebte im Moment tatsächlich eine tolle Zeit. Überall waren Menschen unterwegs und an jeder Ecke schien ein reges Treiben stattzufinden. Alleine der Domplatz wurde von Handelsleuten und Kutschern viel genutzt, die mit ihren Pferden die Straße aus grobem Kopfsteinpflaster entlangfuhren. Manchmal verirrte sich sogar ein Troll hierher, wenn sich dieser dazu bereiterklärt hatte, für einen Menschen zu arbeiten. Vom Domplatz aus führten viele Gassen in alle möglichen Richtungen, in denen sich Geschäfte und Wohnhäuser verbargen.

Prüfend griff Karek in die Innentasche seines Mantels. Dort befanden sich ein Dolch und der Drachenzahn. Sowohl das Schwert Götterzorn, als auch seinen Bogen hatte er zu Hause gelassen, da er ihn nur äußerst selten mit in die Stadt nahm.

Nachdenklich holte er den Zahn hervor und wog ihn in der Hand. Anschließend ließ er seinen Blick noch mal über den Domplatz wandern. Er hoffte sehr, dass diese Zeiten so friedlich bleiben würden.

Karek steckte den Zahn wieder in seinen Mantel zurück, dann wandte er sich zum Eingang des Doms.

Er musste mit dem König der Stadt sprechen und ihm von seiner Entdeckung erzählen. Nur der König würde ihm mit Sicherheit sagen können, was er für einen Fund gemacht hatte.

Seit er den Zahn gefunden hatte, drehten sich seine Gedanken nur noch um den Schlangendrachen.

Karek schob diese quälenden Gedanken beiseite und betätigte einen schweren Türklopfer. Das erzeugte Geräusch war so laut, dass es über den gesamten Platz bis weit in die Gassen zu hören war.

Nach längerem Warten betätigte er den Türklopfer erneut. Er musste sich wirklich gedulden, doch dann wurde die Tür mit einem lang anhaltenden Quietschen geöffnet und ein älterer Herr mit neugieriger Miene blickte ins Freie.

Karek setzte ein Lächeln auf und sagte: „Guten Tag. Ich hätte gerne den König gesprochen."

Nun mischte sich zu der Neugier im Gesicht des Mannes auch noch leichte Verwirrung.

„Der König ist im Moment verhindert. Ich richte ihm etwas aus."

Karek wollte sich so leicht nicht abwimmeln lassen. „Wann wäre er denn verfügbar?"

Der ältere Herr, der offenbar ein Diener war, verzog sein Gesicht nachdenklich, sodass sich seine Stirn in Falten legte.

„Der König hat Audienzzeiten. Die nächsten zwei Stunden ist er verhindert. Ich werde Euer Anliegen ausrichten, bin mir aber sicher, dass er verhindert sein wird."

Karek tat sein Bestes, um diese schnippische Antwort zu überhören und grinste sogar noch breiter. „Einverstanden, dann komme ich in zwei Stunden noch einmal und erkundige mich erneut."

Er wartete gar keine Reaktion des Dieners ab, sondern wandte sich sofort zum Gehen.

Karek vernahm, wie die Tür ins Schloss fiel, und marschierte zusammen mit Borger durch Regensburg, um sich die Zeit zu vertreiben. Immerhin wollte er in zwei Stunden einen erneuten Versuch starten, den König zu sprechen.

Wenn Karek ehrlich war, dann verunsicherten ihn die Worte des Dieners doch mehr, als er zugeben wollte.

Ich werde Euer Anliegen ausrichten, bin mir aber sicher, dass er verhindert sein wird.

Die Worte schienen zwar eher provozierend gemeint zu sein, doch eine gewisse Wahrheit enthielten sie bestimmt. Der König war sicherlich sehr beschäftigt. Würde er seine Zeit opfern, um mit einem einfachen jungen Mann aus Stadt am Hof zu sprechen? Ganz gleich wie wichtig sein Anliegen auch war?

Karek verschob diese Gedanken fürs Erste, denn im Moment konnte er sowieso nichts daran ändern und es würde ohnehin kommen, wie es kommen musste.

Zusammen mit Borger betrat er eine schattige Gasse, in der sich einige kleine Läden befanden. Nachdenklich durchkramte er seinen Lederbeutel an seinem Gürtel und kratzte ein paar Münzen zusammen.

Ihm kam gerade eine Idee, doch dann vernahm er laute Stimmen.

Karek registrierte gerade einmal, aus welcher Richtung diese kamen, da erkannte er schon drei Jungen, die auf ihn zuliefen. Sie waren vielleicht dreizehn oder allerhöchstens fünfzehn Jahre alt.

Karek brauchte nicht lange, um sich ein Gesamtbild von der Situation zu machen. Zuerst hatte er geglaubt, die drei Jungen würden zusammengehören, doch dem war nicht so. Die zwei hinteren *verfolgten* den vorderen Jungen und ihre Gesichter verrieten, dass es sich hier um keinen lustigen Spaß handelte.

Karek beschloss einzugreifen, als einer der Verfolger einen Stein vom Boden aufhob und ihn nach dem Davonlaufenden warf. Er verfehlte sein Ziel um Haaresbreite, was ihn nicht davon abhielt, dem Jungen noch wüste Beschimpfungen hinterherzurufen.

Die Jungen flitzen an ihm vorbei über den Domplatz und Karek gab Borger ein Zeichen. Der treue Sheepdog flitzte hinter den Jungen her und ließ mit angelegten Ohren und gefletschten Zähnen ein bedrohliches Knurren hören, sodass die Verfolger wie angewurzelt auf der Stelle verharrten.

Karek war inzwischen ebenfalls bei den Jungen angekommen. Der Gejagte war allerdings weitergelaufen.

Dieser war nur noch als Schatten in der gegenüberliegenden Gasse auszumachen.

„Was soll dieser Lärm?", fragte Karek und musterte die zwei Jugendlichen ganz genau. Sie machten auf Karek einen eher ärmeren Eindruck. Sie waren ungefähr einen Kopf kleiner als Karek und wirkten sehr hager. Ihre Haare waren fettig und ihre Kleidung ebenfalls schmutzig.

Die beiden sahen sich unsicher an und wären aus Angst wohl am liebsten in ein Mauseloch gekrochen. Ihre Blicke wanderten immer wieder hinab zu dem zotteligen Hund.

„Wer hat vorhin den Stein nach dem Jungen geworfen?" Kaum hatte Karek diese Frage ausgesprochen, fragte er sich, warum er sich überhaupt eingemischt hatte. Wahrscheinlich war alles einfach eine harmlose Rauferei gewesen.

„Ich habe den Stein geworfen", sagte nun einer der Jungen kleinlaut und trat drei Schritte vor, blieb aber im respektvollen Abstand zu Borger stehen.

Karek war ein gutes Stück größer als der Junge und so beugte er sich ein wenig vor, nachdem er auf ihn zugegangen war.

„Du hättest den Jungen ernsthaft verletzen können, ist dir das klar?", fragte er nun deutlich sanfter.

Der Junge schüttelte schüchtern den Kopf. „Nein, das war es mir nicht."

„Der Junge hat uns das Messer unseres Vaters gestohlen. Wir müssen es wiederhaben, sonst macht er uns die Hölle heiß", warf der andere Junge ein.

Karek sah an den Jungs vorbei in die Gasse, in die der Verfolgte verschwunden war.

Die beiden sahen Karek hoffnungsvoll an.

„Kannst du nicht versuchen, das Messer mithilfe deines Hundes zurückzuholen?"

Karek zuckte die Achseln. Danach war ihm nun wirklich nicht. Er hatte lediglich einen Streit auflösen wollen, damit niemand ernsthaft zu Schaden kam, und das hatte er recht gut bewerkstelligt. Außerdem würde er in etwas weniger als zwei Stunden noch mal beim König sein müssen und das war wesentlich wichtiger, als ein Messer wiederzufinden. „Ich gebe zu, das könnte ich, allerdings habe ich noch etwas Wichtiges zu erledigen und das darf ich auf keinen Fall verpassen."

Die Jungen nickten, wirkten aber natürlich enttäuscht. Der Größere der beiden ballte die Hände zu Fäusten. „So wie es aussieht, werden wir unser Messer nicht wiederbekommen. Es war Vaters bestes Messer."

„Es wird sicherlich einen Grund geben, warum ihr das Messer auf diese Weise verloren habt. Erklärt es eurem Vater und sagt, dass es euch leidtut. Er wird nicht begeistert sein, aber euch verzeihen. Da bin ich mir sicher."

Mit diesen Worten wünschte er den Jungen alles Gute und wandte sich zum Gehen.

Auch die beiden Jungen setzten ihren Weg fort – geradewegs in die Gasse, durch die noch vor wenigen Minuten der Gejagte verschwunden war. Sicherlich würden sie versuchen, das Messer auf irgendeine Weise zurückzubekommen, doch das ging ihn nun nichts mehr an. Er hatte für den Moment die Situation besänftigen können, ohne dass jemand zu Schaden gekommen war.

Karek und Borger liefen über den Domplatz wieder zurück in die Gasse, die sie vorhin erst betreten hatten. Hier gab es verschiedene Läden und Karek hatte eine Idee, was er tun würde, wenn der König erneut verhindert sein sollte.

Nachdem die beiden eine Weile die Gasse entlangmarschiert waren, kamen sie an einem Geschäft vorbei, welches Schreibutensilien verkaufte.

Karek gab Borger zu verstehen vor dem Geschäft zu warten und drückte zufrieden die Tür auf, die fast komplett aus Glas bestand und an der ein Schild hing, auf dem *Geöffnet* stand.

Ein leises Klingeln ertönte, als sich die Tür wieder schloss. Da es draußen schon recht warm war, nahm er im Inneren des Geschäfts eine angenehme Kühle wahr.

Der Laden war wirklich sehr klein, doch er enthielt einfach alles, was er benötigte. Hier lagerten

Pergamentrollen, Schreibfedern und Tintenfässer in allen erdenklichen Größen und Stärken.

Gleich neben dem Eingang stand ein alter Mann hinter einem hölzernen Tresen, der bestimmt auch schon bessere Zeiten gesehen haben musste. Dieser Mann war recht klein und sein weißes, gelocktes Haar bereits zum Großteil ausgefallen. Seine Körperhaltung war sehr gebeugt. Außerdem trug er eine schiefe Brille mit runden Gläsern und über die Ränder hinweg musterte er Karek neugierig.

„Wie kann ich helfen, junger Mann?", fragte er freundlich, kam um den Tresen herum und sah Karek interessiert an.

„Ich brauche ein Stück Pergament und ein wenig Tinte. Nicht viel, denn ich möchte nur ein paar Zeilen niederschreiben."

Der Verkäufer überlegte für ungefähr drei Sekunden, in denen er offenbar ins Nichts zu blicken schien, dann nickte er und verschwand in den Regalen. Für eine gewisse Weile war nur ein leises Rascheln zu hören, welches vom kurzen Stöhnen des Verkäufers ab und zu unterbrochen wurde.

Schließlich kam er aber mit beidem zurück und trug es zum Tresen.

Karek zahlte die verlangten Münzen und verließ das Geschäft.

„Gut Borger, nun suchen wir uns ein angenehmes Plätzchen und verfassen einen freundlichen Brief an den König für den Fall, dass er wieder verhindert sein sollte."

Borger gab ein zufriedenes Bellen von sich, dann liefen sie weiter.

Nach einigen Minuten kamen sie an einen Platz, an dem ein paar Bänke standen. Dies war der Neupfarrplatz, auf dem ein reges Treiben von Kutschen und Reitern herrschte. Direkt hinter den Bänken stand die Alte Wache, zu der drei breite, niedrige Stufen emporführten. Es war ein steinernes Gebäude mit großen Fenstern und einem massivem Balkon, welcher von dicken Säulen getragen wurde. Hier standen oft Soldaten und wachten über den großen Platz, was nun allerdings nicht der Fall zu sein schien.

Karek steuerte eine der Bänke an und setzte sich. Er schraubte das Tintenfass auf und rollte das Pergament auseinander, um einen kurzen Brief zu verfassen.

Geehrter König,

Ihr seid inzwischen seit einigen Jahren für das Wohl Regensburgs verantwortlich und es ist schön, mitzuerleben, wie es mit der Stadt seit Daragons

Tod Stück für Stück aufwärts geht. Um ehrlich zu sein, ist die Stadt nicht mehr wiederzuerkennen und erstrahlt in einem völlig anderen Glanz. Man sieht es den Bürgern an, dass sie sich gerne in Regensburg aufhalten.
Ich erbitte Eure Aufmerksamkeit, denn ich machte im Wald bei Stadt am Hof an der Steinernen Brücke einen beunruhigenden Fund: Einen großen, alten Stein in der Form eines Zahns. Ich werde das Gefühl nicht los, dass es damit etwas auf sich haben könnte, und hege die Hoffnung, dass Ihr mehr darüber in Erfahrung bringen könnt.

Hochachtungsvoll,
Karek

Karek las die Zeilen mehrere Male durch, dann pustete er ein paarmal über das Pergament, damit die Tinte schneller trocknete, und rollte es schließlich zusammen.

Er nickte Borger zufrieden zu, der erwartungsvoll zu ihm aufsah. „Ich denke, das sollte den König überzeugen. Selbst wenn er erneut verhindert sein sollte, haben wir nun etwas, dass wir ihm aushändigen lassen können."

Karek wollte gerade zusammen mit Borger die Straße überqueren, als ihm ein Kutscher entgegenkam, der sein Pferd viel zu schnell antrieb. Der Kutscher brachte das

Pferd immer mehr aus der Ruhe, sodass sich dieses aufbäumte und bockend zur Seite sprang, was zur Folge hatte, dass die Kutsche fast umgeworfen wurde. Das Pferd machte noch einen weiteren Satz auf Karek und Borger zu, und der Hund sprang nervös in die Mitte der Straße.

Das war nun zu viel für den schwarzen Hengst. Er scheute, wodurch die Kutsche erneut gefährlich ins Wanken geriet. Karek konnte gerade noch seinen Hund packen und sich mit einem gewagten Sprung zur Seite retten.

Wie durch ein Wunder konnte der Kutscher das Pferd beruhigen, welches wild schnaubend vor ihnen stehenblieb.

Der Kutscher stieg laut fluchend ab und kam mit drohend erhobenem Finger auf Karek zu.

„Was soll diese Torheit?", fragte der Mann und seine Augen sprühten vor Zorn. „Weißt du, was hätte passieren können? Du musst deinen *Hund* etwas mehr im Griff haben!" Dabei sah er zu Borger hinab, als wäre er sich nicht sicher, dass es sich wirklich um einen Hund handelte.

Karek zuckte ungerührt mit den Schultern. „Auf mich hat es eher so gewirkt, als hättet Ihr auch ohne uns die Kontrolle über Euer Pferd verloren. Wir sind nur zur Seite gesprungen."

Seine Worte schienen den Mann aus der Fassung zu bringen. Borger unterstrich Kareks Worte mit einem leisen Knurren, welches den Mann zusammenzucken ließ.

Karek besah sich den Pferdekutscher etwas genauer. Dieser trug ordentliche Kleider, die keinerlei Schmutzflecken aufwiesen, und auch so machte er einen sehr gepflegten und noblen Eindruck.

Der Kutscher machte eine wild-wedelnde Geste mit seinen Händen und seine Stirn legte sich verärgert in Falten.

„Ich muss schnell zum Neupfarrplatz und dein Hund hat mein Pferd anscheinend nervös gemacht."

„Ihr solltet das nächste Mal etwas vorsichtiger durch die Straßen fahren. Es wäre fast zu einem Unfall gekommen."

Der Kutscher hörte Karek gar nicht mehr zu, sondern wandte sich bereits um und schwang sich wieder auf den Kutschbock, um seinen Weg fortzusetzen. Offenbar bemerkte dieser Mann gar nicht, dass er sich bereits am Neupfarrplatz befand.

Kaum war die Kutsche fort, sah Karek, wie ein Junge hinter dem Gefährt hervorsprang und die Straße überquerte. Karek erkannte sofort, um wen es sich handelte. Es war der Junge, der vorhin in der Nähe des Domplatzes verfolgt worden war. Das Messer hielt er nicht mehr in den Händen.

Karek überlegte, ob er ihm hinterherlaufen sollte. Er war noch nicht weit von ihm entfernt, also rief er nach dem Jungen. Wie durch ein Wunder blieb dieser stehen und drehte sich sogar zu Karek um.

Karek bereute es schon fast, nach dem Jungen gerufen zu haben, doch dann überquerte er ebenfalls die Straße und trat auf ihn zu.

„Wir kennen uns schon, nicht wahr?", fragte Karek und brachte ein freundliches Lächeln über die Lippen.

Der Junge sah ihn fragend an und tat so, als müsse er angestrengt nachdenken, doch dann hellten sich seine Augen auf und er nickte. Seine Miene wirkte etwas unsicher, dafür hatte er aber eine ziemlich gerade Körperhaltung.

„Ja, das stimmt. Ich bin dir in der Gasse begegnet, als ich verfolgt worden bin."

Karek nickte und sein Lächeln wurde noch breiter. „Ich habe mit deinen Freunden gesprochen und sie sagten mir, du hättest ihnen ein wertvolles Messer gestohlen. Ist das so?"

Während Karek die Frage klar und deutlich aussprach, beobachtete er den Jungen ganz genau, doch das war vollkommen unnötig, denn es war unübersehbar, wie unwohl er sich auf einmal zu fühlen begann.

„Ich darf eigentlich gar nicht hier in Regensburg sein", begann er und dann setzte er sich auf die Bank, auf der Karek vorhin den Brief für den König verfasst hatte.

Plötzlich wirkte der Junge sehr erschöpft und vergrub sein Gesicht in den Händen.

„Du wolltest dich auf der Kutsche verstecken, habe ich recht? Gerade eben."

Der Junge sah Karek eine Weile stillschweigend an, dann stimmte er zu.

Karek setzte sich neben ihn. „Wie heißt du?"

„Ich heiße Terek." Terek musste die Augen zusammenkneifen, da er direkt in die grelle Sonne blicken musste, um Karek anzusehen.

„Terek, ich kenne deine Geschichte nicht und sie geht mich auch gar nichts an. Hätte die Situation zwischen euch dreien nicht so gefährlich ausgesehen, hätte ich mich auch nicht eingemischt. Allerdings kannst du nicht einfach Leute bestehlen. Ganz egal, in welcher Lage du dich befindest. Die beiden Jungen bekommen wahrscheinlich Ärger, weil sie das Messer nicht mehr haben."

Während Karek sprach, besah er sich den Jungen etwas genauer. In der Tat sah er nicht gerade so aus, als käme er aus reichem Hause. Seine Kleidung sah sehr abgetragen aus und ihr Träger schien unterernährt zu sein, auch wenn er breite Schultern hatte.

Schließlich holte Terek das Messer aus der Tasche und wog es in seinen Händen.

„Das habe ich von den Jungen", sagte er gedankenverloren.

Karek streckte die Hand nach dem Messer aus und Terek überreichte es ihm, ohne zu zögern. Fast so, als habe er von Karek erwartet, dass er das Messer sehen wollte.

In der Tat war das Messer sehr kunstvoll gestaltet. Die Klinge sah sehr scharf aus und es wirkte, als käme es geradewegs aus der Schmiede. Der Griff war aus Holz, doch es waren Muster hineingeritzt, die so fein waren, dass man sie kaum spürte, wenn man mit dem Daumen darüberfuhr.

„Das ist ein sehr schönes Messer und es steckt viel Arbeit darin", sagte Karek gedankenverloren. „Was hast du damit gemeint, als du sagest, du dürfest nicht in Regensburg sein?"

Terek sah Karek nachdenklich an. Es schien ihm äußerst unangenehm zu sein, auf dieses Thema angesprochen zu werden.

„Ich dachte, der Kutscher bringt mich aus der Stadt", sagte Terek und sah dabei in die Ferne. „Regensburg ist eine Stadt, die viel Leid bringt."

Karek sah ihn fragend an. „Wieso verlässt du die Stadt nicht einfach? Du bist kein Gefangener."

Terek schien Kareks Worte gar nicht gehört zu haben.

„Es kommen schlimme Zeiten auf Regensburg zu. Ich spüre das!"

Karek runzelte die Stirn. Er hätte eigentlich über die Worte des Jungen lachen sollen, doch das konnte er nicht. Es war ein ernster Ton in Tereks Stimme, der Karek schaudern ließ.

Schließlich lachte Karek doch, allerdings diente es nur dazu, seine Unsicherheit zu überspielen, sodass es nicht halb so echt klang, wie er gehofft hatte.

„Terek, die schlimmen Zeiten sind vorüber", erinnerte Karek. „Unser heutiger König ist gut. Damals, als Daragon regierte, hätte ich deine Worte verstanden, doch jetzt ..." Karek machte eine weit ausholende Geste, mit der er ganz Regensburg einschloss.

Kaum hatte er die Worte ausgesprochen, kam ihm der Gedanke, warum er überhaupt mit dem König reden wollte, und jetzt fiel ihm der merkwürdige Stein wieder ein. Sofort spürte er sein Gewicht in der Innentasche seiner Tunika. Vielleicht hatte Terek doch nicht so unrecht. Wieder überkam ihn das Gefühl, dass es mit dem Stein etwas auf sich hatte. Er musste dahinterkommen!

Terek schüttelte ungerührt den Kopf. „Ich habe eine Begabung und mein Bauchgefühl hat mich noch nie getäuscht. Ich spüre, dass auf Regensburg etwas Schlimmes zukommt und zwar schon bald."

Karek hielt die Pergamentrolle noch immer in den Händen. Er musste sich langsam zum König aufmachen.

Ehe er aufstand, fragte er Terek noch: „Was wird denn mit Regensburg passieren? Hast du darauf eine Antwort?"

Nun blickte Terek in den Himmel, so als stünde die Antwort auf Kareks Fragen in dem hellen Blau.

Schließlich zuckte er die Schultern. „Das weiß ich nicht", gestand Terek dann. „Du wirst es merken. Ich werde die Stadt verlassen, ehe es zu spät ist."

Nun stand Karek auf und blickte Terek von oben herab ernst an. „Wenn es wirklich stimmt, was du sagst, und Regensburg wirklich etwas Schlimmes widerfahren sollte, meinst du nicht, dass die Bewohner gewarnt werden sollten?"

Terek stand nun ebenfalls von der Bank auf und blickte Karek ernst ins Gesicht.

Seine Worte würde Karek nie mehr vergessen: „Es gibt keine Rettung. Ich bin mit einer Gabe auf die Welt gekommen und sie lässt mich Gefahren spüren, ehe sie eintreffen. Ich habe mich noch nie getäuscht."

Damit lief Terek davon und ließ Karek mit einem sehr unguten Gefühl zurück.

Das kunstvolle Messer hielt er noch immer fest in den Händen.

Kapitel 3

Der König im Dom

Karek brauchte nicht lange, um den Domplatz wieder zu erreichen. Die Gassen, durch die er ging, waren menschenleer, was die Worte, die Terek vor ein paar Minuten zu ihm gesagt hatte, noch verstärkte.

Karek hätte diese Prophezeiung gerne als einfaches Gerede eines Jungen abgetan, der sich nur ein wenig wichtigmachen wollte. Aber Terek hatte mit einer Ernsthaftigkeit gesprochen, dass Karek sich das nicht vormachen konnte. Es war eine Überzeugung mitgeschwungen, die Karek selten erlebt hatte.

Nur mit Mühe brachte er es fertig, diese Gedanken zumindest für den Moment zu verdrängen. Er wusste natürlich, dass er noch oft über diesen Jungen nachdenken würde.

Gerade, als er den Domplatz erreichte, merkte Karek, dass er das gestohlene Messer noch immer in der Hand hielt. Fast schon schuldbewusst, als hätte er Angst, man könnte ihn beobachten und vielleicht verdächtigen, klappte er es zusammen und steckte es in die Innentasche seiner Tunika, in der auch der Stein steckte.

Borger stieß ein kurzes Bellen aus.

„Ich weiß, dass es nicht mir gehört, alter Freund, doch die Jungen sind weg. Ich werde es aufbewahren, und wenn sich die Gelegenheit ergibt, gebe ich es ihnen zurück." Tief in seinem Herzen wusste Karek, dass er das wahrscheinlich nicht tun würde, da er sich sicher war, die Jungen nicht wiederzusehen. Regensburg war schließlich eine große Stadt mit vielen Einwohnern. Die Chance, ein zweites Mal auf diese Jungen zu treffen, war erfahrungsgemäß sehr gering.

Der Dom stand auf einem recht großen Vorplatz, zu dem ein paar ausgetretene Stufen hinaufführten. An diesem Tag schien die Sonne besonders kraftvoll und die Strahlen, die den Koloss aus Stein badeten, ließen ihn in einem sanften Gold erstrahlen.

Auf dem Vorplatz des Doms stand ein Mann und blickte auf die Straße hinaus. Dabei wurde er, genau wie das gewaltige Gebäude hinter ihm, im sanften Sonnenlicht gebadet und dies verlieh ihm auf schwer zu beschreibende Weise eine Aura der Macht. In seiner Nähe hielten sich verschiedene weitere Personen auf, einige von ihnen waren zudem bewaffnet.

Karek musste schmunzeln, denn er wusste, wer dieser Mann war. Er hatte langes, leicht ergrautes Haar und trug einen roten Mantel, der fast bis zum Boden reichte.

Karek ging zusammen mit Borger auf den König zu. Dabei beschleunigte er etwas seine Schritte, denn er wusste, dass es keine günstigere Gelegenheit geben würde, sein Anliegen zu äußern.

Auch Borger lief schneller, sodass sich Karek gleich doppelt sputen musste, um nicht den Anschluss zu verlieren. Bevor er sich dem König jedoch weiter nähern konnte, hatten sich die Wachen mit gezücktem Schwert zwischen ihn und den Herrscher von Regensburg gestellt. Karek erschrak und wich unwillkürlich zurück, während sich Borger mit gesträubtem Fell und knurrend schützend vor ihn stellte.

Nun wandte sich der König langsam zu Karek um und sein Blick blieb ein bisschen länger auf Borger haften. Karek gab seinem Freund mit einem Wink zu verstehen, dass alles in Ordnung war.

„Mein Junge", begrüßte der König Karek und setzte ein freundliches Lächeln auf. Er trat sogar einen Schritt auf ihn zu, ohne jedoch hinter den Wachen hervorzutreten. Seine Bewegungen wirkten sehr flüssig und geschmeidig. Fast so, als wäre er nur halb so alt, wie es sein Gesicht verriet.

Karek verneigte sich tief, sagte aber vorerst nichts. Die Hand mit der Pergamentrolle hielt er nach unten gesenkt.

„Mir wurde bereits gesagt, dass du mich zu sprechen wünscht." Er wedelte mit der Hand in einer beruhigenden Geste, sodass die Wachen sich entspannten und die

Klingen senkten. Noch steckten sie sie aber nicht in die Scheiden.

Karek nickte überrascht. Dann hatte der Diener tatsächlich seinen Wunsch, mit dem König zu sprechen, ordnungsgemäß übermittelt.

Schließlich wandte sich der König wieder dem Domplatz zu, der sich immer mehr mit Menschen zu füllen schien, dafür aber fast schon unheimlich ruhig blieb.

„Ich genieße so schöne Tage wie diesen immer gerne. Vor allem zu dieser Stunde, wenn die Sonne direkt auf unseren Dom strahlt. Er ist schließlich das Herzstück von Regensburg."

Nun wandte er sich wieder Karek zu und sein Gesicht zeigte einen Ausdruck, als wenn er etwas ganz Bestimmtes von ihm erwartete. „Du wolltest mich also sprechen", sagte er und kam noch ein Stück näher. Sein Blick drückte Wärme und Liebe aus und Karek sah ihm in diesem Moment an, wie sehr ihm die Stadt und somit die Bewohner am Herzen lagen – auch wenn er sich von seiner Leibgarde gut beschützen ließ.

Karek hielt die Schriftrolle in die Höhe und sagte: „Das stimmt."

Kaum hatte der König die Schriftrolle angenommen, griff Karek in seine Tunika und holte den Stein hervor, über den er mehr erfahren wollte. Sofort stand die Leibwache wieder schützend vor ihrem König. Borgers Fell sträubte sich erneut, aber er blieb brav sitzen, nachdem er Karek einen fragenden Blick zugeworfen hatte.

Der König schien den Tumult und den Stein gar nicht zu bemerken, denn er rollte die Pergamentrolle auseinander und las die Zeilen mit ernster Miene. Er ließ sich viel Zeit; vermutlich las er den Text auch mehrmals, aber schließlich blickte er auf, rollte das Pergament zusammen und ließ den Brief in seinem Umhang verschwinden.

„Das ist der Stein, von dem in dem Brief die Rede ist. Ich habe ihn in einem Wald in Stadt am Hof gefunden."

Karek hielt dem König den Stein entgegen, welcher ihn mit ernster Miene entgegennahm, nachdem er der Leibwache einen Wink gegeben hatte. Dann begutachtete er das Objekt ernst. Man sah, dass er das Anliegen sehr ernst nahm und genau das hatte Karek gehofft.

Der König hielt den Stein ins Sonnenlicht und strich sanft mit den Fingern über die Oberfläche. Schließlich machte er eine Kopfbewegung in Richtung Eingangstür.

„Lass uns hineingehen", forderte er Karek auf.

Karek sah den König mit offenstehendem Mund an. „Ihr meint, ich darf mit Euch in den Dom?"

Der König lachte amüsiert. „Wenn ich es sage, dann wird es auch stimmen."

Karek tauschte einen Blick mit Borger, der sich die gesamte Zeit sehr ruhig gehalten hatte, und ließ danach seinen Blick unsicher über die Leibwachen gleiten.

Der König musste wohl den Blickaustausch der beiden mitbekommen haben, denn er sagte, während er sich weiter der Türe näherte: „Dein Freund darf mitkommen. Es ist genug Platz in meinem Heim."

Karek nickte Borger zu und gemeinsam folgten sie dem König in den Dom, begleitet von der Leibgarde und den anwesenden Dienern.

Die Tür öffnete sich knarrend nach außen und dieses Mal kam es Karek deutlich lauter vor. Er ertappte sich dabei, wie er sich alarmiert nach allen Seiten umsah, doch natürlich hatte niemand Notiz davon genommen.

Der König schritt voran und Karek und Borger bildeten den Schluss. Kaum hatten sie den Dom betreten, kam der junge Mann nicht mehr aus dem Staunen heraus.

Der Dom sah prachtvoll aus. Das Gebäude schien unzählige Zimmer zu haben und überall lagen Teppiche am Boden, die die Farbe von prachtvollem Purpurrot hatten. Ziemlich in der Mitte der riesigen Eingangshalle gewahrte Karek eine große, lange Tafel, der mit Sicherheit Platz für über dreißig Personen bot. Hier hielt der König wichtige Verhandlungen oder Essen ab.

An einem Ende des Raums befand sich ein riesiger Kamin, in dem trotz der Wärme draußen ein angenehmes Feuer prasselte. Davor waren einige Sessel gruppiert, welche dieselbe Farbe wie die Teppiche am Boden hatten. An den Wänden hingen einige Gemälde, die hochrangige

Persönlichkeiten zeigten. Karek fragte sich, ob hier auch Daragon mit seinem Drachen hing.

Als er die Frage dem König stellte, nickte dieser nur und forderte ihn auf, ihm zu folgen.

Mit klopfendem Herzen lief Karek dem König hinterher. Es ging eine schmale Treppe mit massivem Geländer hinauf. Auf der Mitte der Treppe blieb der König stehen und drehte sich so, dass er die riesige Halle sehen konnte. Als Karek es ihm gleichtat, war er fasziniert und erschrocken zugleich. Zwei bewaffnete Soldaten, die ihnen in den Dom gefolgt waren, standen am Fuße der Treppe und beobachteten alles ganz genau. Sie waren bereit, sofort einzugreifen, sollte etwas Unvorhergesehenes geschehen.

In der Luft, ziemlich direkt in der Mitte der Halle, schwebte ein großes, schweres Bild, das Daragon mit seinem Drachen zeigte. Daragon war mit gezogenem Schwert und herausfordernder Miene abgebildet, während sich sein Schlangendrache mit bedrohlich aufgerissenem Maul im Hintergrund schlängelte.

„Ich erinnere mich", flüsterte Karek.

Von unten hörte Karek ein leises Winseln. Borger war am Fuße der Treppe stehengeblieben und blickte von unten zum Gemälde hinauf.

„Du warst noch jung, als Daragon seine Herrschaft verlor, richtig?", sagte der König und Karek nickte, ohne es zu merken. Überhaupt schien die Stimme des Königs weit entfernt zu sein, so sehr zog ihn das Bild in seinen Bann.

„Ich habe es damals miterlebt und es war furchtbar. Ich war erst dreizehn Jahre alt."

Der König nickte mitfühlend. „Aber dieses Ereignis hat dich geprägt und dich ein Stück weit zu dem gemacht, der du heute bist."

Damit hatte der König sicherlich recht. Es hatte ihn geprägt, nur ob es eher zum Guten oder zum Schlechten war, vermochte er nicht zu sagen. Vielleicht von beidem etwas.

„Daragon hat Regensburg nichts Gutes gebracht. Weshalb wurde das Bild nicht entfernt?"

Der König zuckte die Achseln und verzog nachdenklich das Gesicht. „Es ist nicht erlaubt, die vergangenen Könige und Herrscher aus dem Dom zu entfernen. Solange ich König bin, lebe ich hier, und wenn mein Amt zu Ende geht, werde auch ich an den Wänden verewigt und ein neuer König wird in den Dom einziehen. So ist das eben."

Der König schritt die Treppe wieder hinab, und als er am Fuße der Treppe angelangt war, legte er Borger eine Hand auf den Kopf.

„Du hast einen tollen Weggefährten", sagte er amüsiert und Karek kam ebenfalls die Treppe hinabgelaufen.

Mit einem Lächeln bedankte er sich beim König, der Borger gefühlvoll den Kopf kraulte.

Der König ging zu den Sesseln und ließ sich in dem nieder, der am weitesten vom Feuer entfernt war. Bevor er sich aber zurücklehnte, streifte er seinen Umhang ab und hängte ihn achtlos über die Sessellehne. Die Leibwache des Königs hatte stumm und unauffällig in der Nähe Posten bezogen.

Schließlich sah er Karek auffordernd an und bat ihn, sich ebenfalls einen Platz zu suchen.

Karek war sehr aufgeregt. Er hätte sich niemals zu träumen gewagt, dass er mal zusammen mit dem König im Dom sitzen und ein Gespräch führen würde.

Der König holte den Stein aus einer seiner Taschen hervor, wohin er ihn gesteckt hatte, bevor sie hineingegangen waren. „Du hattest ihn im Wald in Stadt am Hof gefunden, hast du geschrieben?" Dies war keine wirkliche Frage, sondern eher eine Feststellung und doch nickte Karek aufgeregt.

Für eine Weile war es komplett still im Dom, während der König den Stein nachdenklich in der Hand drehte und ihn von allen Seiten betrachtete.

„Der Stein hat in der Tat die Form eines Zahns. Doch muss es deshalb ein Drachenzahn sein?" Wie um sich die Frage selber zu beantworten, zuckte der König mit den

Schultern. „Die Wahrscheinlichkeit ist groß, dass es sich tatsächlich nur um einen Stein handelt."

Nun beugte sich der König in seinem purpurroten Sessel vor und blickte Karek durchdringend an, sodass Karek das Gefühl hatte, seine tiefsten Geheimnisse würden gelesen.

„Weißt du, mein Junge, Drachen kamen früher in der Tat häufiger vor. Daragons Schlangendrache war keine Ausnahme."

„Warum gibt es heute keine mehr?"

Der König nickte, so als habe er genau die Frage erwartet. „Ob es heute keine mehr gibt, weiß ich nicht. Ich denke, dass es ganz sicher noch welche gibt, doch haben sie sich vielleicht zurückgezogen."

„Wo könnten sie denn heute leben?"

Karek war nun sehr aufgeregt, denn er hätte nie gedacht, dass es noch mehr von diesen Ungeheuern wie den Schlangendrachen gab.

„Es haben sich schon viele den Kopf darüber zerbrochen und manche waren von den Drachen nahezu besessen, doch die allermeisten gingen mit genau dieser Frage ins Grab und schafften es nicht, sie für sich zu beantworten."

Der Blick des Königs wurde noch durchdringender und allmählich fing Karek an sich unwohl zu fühlen.

„Die Frage ist, müssen wir wirklich wissen, wo diese Drachen heute leben?" Ohne eine Antwort abzuwarten, zuckte der König erneut mit den Schultern und richtete seine Aufmerksamkeit wieder auf den Stein, der noch immer in seiner Hand lag. „Was würde das schon ändern?"

Nun sah Karek das Ganze aus einer ganz anderen Sicht. Wenn es tatsächlich stimmte, dass es schon immer Drachen gegeben hatte, dann umgab diesen Stein vielleicht doch kein Geheimnis, wie er geglaubt hatte.

Plötzlich lachte der König amüsiert und hielt den Stein demonstrativ in die Höhe. „Vielleicht handelt es sich hierbei tatsächlich um einen Drachenzahn, doch ich vermute, dass davon bestimmt schon einige gefunden wurden, ohne dass es etwas Schlimmes zu bedeuten hatte. Du hast einen tollen Fund gemacht."

Mit diesen Worten hielt der König Karek den Stein wieder hin.

„Wollt Ihr ihn nicht noch untersuchen?", fragte Karek unsicher und zwang sich zu einem Lächeln.

Der König zuckte die Achseln. „Ich könnte das, ja", gab dieser nickend zur Antwort. „Doch egal, was ich herausfinden würde, es würde nichts ändern. Angenommen es wäre tatsächlich ein Drachenzahn, was bedeutet das für uns? Was fangen wir dann mit dieser Erkenntnis an?"

Karek musste ernsthaft über die Frage des Königs nachdenken, und wenn er ehrlich war, fand er keine

Antwort, denn der König hatte recht. Selbst wenn es sich um einen Drachenzahn handelte, was bedeutete das schon?

Somit nahm Karek den Stein wieder an sich und verstaute ihn in der Tasche seiner Tunika.

„Wenn du etwas herausfindest, das wichtig sein könnte, würde es mich freuen, wenn du mich davon unterrichtest", bat der König, erhob sich und sah Karek mit seinen hellen Augen an.

Also stand auch Karek auf, und gemeinsam gingen sie zum großen, massiven Ausgang des Doms.

Borger folgte mit stolz erhobenem Kopf.

Kapitel 4

Der Markt am Neupfarrplatz

Am heutigen Tag schien die Sonne noch einmal besonders stark und es war keine Wolke am Himmel zu sehen. Zwei Tage waren vergangen, seitdem Karek mit dem König im Dom gesprochen hatte.

Den Stein hatte er bei sich zu Hause in die Truhe gelegt, zusammen mit Erentroß' Schwert Götterzorn. Noch oft hatte er an die Worte des Königs denken müssen und natürlich hatte dieser vollkommen recht gehabt. Egal, welche Erkenntnisse sie auch gewinnen würden, es würde ihnen nicht viel bringen. Vielleicht machte dieser Stein Karek einfach zu viele Sorgen.

Karek fasste in die Innentasche seiner Tunika und holte das Messer hervor, welches er von Terek erhalten hatte. Kaum lag es in seinen Händen, musste er wieder an die Worte des Jungen denken:

Es gibt keine Rettung. Ich bin mit einer Gabe auf die Welt gekommen und sie lässt mich Gefahren spüren, ehe sie eintreffen. Ich habe mich noch nie getäuscht.

Diese Worte hörte er plötzlich so deutlich in seinem Kopf, als stünde Terek direkt vor ihm und würde sie ihm ins Gesicht sagen. Wie vor zwei Tagen erfüllten ihn diese

Worte mit Unbehagen und sie beschäftigten ihn mehr als ihm lieb war.

Karek steckte das Messer wieder weg. Natürlich blieben das Unwohlsein und die innere Stimme des Jungen in seinem Kopf. Ob Terek nun eine Gabe besaß oder nicht, im Moment konnte er herzlich wenig ändern. Es war ohnehin sehr unwahrscheinlich, dass sie sich wiederbegegnen würden. Terek hatte selbst gesagt, dass er die Stadt verlassen wollte und es war ihm ernst damit gewesen.

Mit aller Macht schob Karek diese Gedanken beiseite. Heute wollte er sich mit solchen Dingen nicht belasten, sondern sich auf dem Neupfarrplatz umsehen. Immerhin fand dort im Moment ein großer Markt statt, der nur zweimal im Jahr abgehalten wurde. Dadurch wurde der Platz zum Magnet für Besucher aus der ganzen Umgebung und gegen Ende der Woche strömten noch einmal eine Menge Menschen herbei, in der Hoffnung, günstig gute Waren zu erhaschen. Daher zog Karek den Marktbeginn vor.

Schon bevor der Platz in Sichtweite kam, vernahm er einen immer stärker werdenden Lärmpegel, der von Stimmen und Pferden herrührte. Letztere wurden als sehr zuverlässiges Fortbewegungsmittel und auch häufig als Zugtiere verwendet.

Nun tauchte vor ihm eine große Kirche auf, die weit in die Höhe ragte. Karek lächelte, denn er hatte den Neupfarrplatz erreicht, auf dem sich große Menschenmengen tummelten. Hier wurde er von einigen Menschen erkannt und begrüßt, da Karek sich als Bogenschütze auch schon des Öfteren für Regensburg eingesetzt hatte. Auch wenn er sich nicht über die Bürger stellte, sahen einige doch zu ihm auf und wussten es sehr zu schätzen, dass er sich für das Wohl der Stadt und darüber hinaus einsetzte.

Karek bahnte sich seinen Weg und versuchte immer so nah wie möglich bei den Ständen zu bleiben, um sich die Ware genau anschauen zu können. Hier wurde alles Mögliche zum Verkauf angeboten: Es gab Stände mit verschiedenen Stoffen, Porzellan und verschiedenste Waffen, die allerdings so teuer waren, dass Karek glaubte, dass diese kaum verkauft werden würden. An einigen Ständen gab es aber auch noch Nahrungs- und Genussmittel, die herrlich dufteten. Gar nicht weit davon entfernt entdeckte er noch einen Stand mit unterschiedlichen, verschlossenen Gefäßen, in denen die verschiedensten Gewürze steckten.

Karek erarbeitete sein Geld zum Großteil als Bogenschütze, doch er hatte auch schon hier am Markt Waren verkauft. Größtenteils hatte es sich dann um Pfeile gehandelt, die er selber hergestellt hatte. Verdient hatte er damit ganz gut.

Die Menschen hier am Neupfarrplatz ließen sich keine Zeit. Es wurde gedrängelt und ab und zu vernahm Karek auch mal einen wütenden Fluch. Allerdings kam es zu keinen Handgreiflichkeiten.

Karek bemerkte einige Stände, bei denen auch Pferde standen, und er fragte sich, ob hier auch der Pferdekutscher von vor zwei Tagen einen Stand hatte. Immerhin hatte er ihm ja gesagt, dass er zum Neupfarrplatz wollte.

Als Karek ungefähr die Hälfe des Platzes hinter sich gelassen hatte, wurde es zu beiden Seiten etwas breiter und er sah, wie hier auch Trolle über den Platz marschierten. Einige trugen Kinder auf ihren Schultern und wieder andere marschierten mit Gefäßen oder Vasen unter den Armen über den Platz. Nun musste Karek an seinen ehemaligen Troll denken, der damals sein treuer Begleiter gewesen war. Wieder schmerzte es, als er an den völlig sinnlosen Tod dachte, der Borger damals ereilt hatte.

Er schob diese Gedanken beiseite und sah sich weiter um.

Karek wusste nicht, wie lange er sich auf dem Neupfarrplatz aufhielt, doch schließlich wurde ihm die Menschenmenge einfach zu viel und er bahnte sich seinen

Weg fort vom Markt. Als er zurückblickte, konnte er hier und da ganz deutlich ein paar Trolle entdecken, die durch die Menschenmenge liefen. Für Karek grenzte es an ein Wunder, dass hier keine gefährlichen Situationen entstanden.

Karek war gerade dabei, sich weiter vom Neupfarrplatz zu entfernen, als ihm ein Mann auffiel, der einen eigenen Stand besaß. Er kannte diesen Mann, denn er war bereits vor zwei Tagen auf ihn gestoßen, als Borger auf die Straße gesprungen war.

Neugierig ging Karek auf den Mann zu. Dieser schien ihn sofort zu erkennen, als er vor ihm stand. Heute schien er allerdings deutlich freundlicher zu sein, denn nach einem anfänglich erschrockenen Ausdruck breitete sich ein Lächeln auf seinem Gesicht aus.

Der Mann verkaufte hier am Neupfarrplatz offenbar allerhand Vasen und Tongefäße. Karek erkannte das Pferd wieder und auch die Kutsche, mit der der Mann seine Vasen transportiert hatte.

„Hallo, junger Mann", war die Begrüßung des Vasenverkäufers und Karek nickte ihm freundlich zu. Er überlegte, ob er seinen Namen erfahren hatte, konnte sich aber nicht daran erinnern.

Schließlich, nachdem der Mann Karek eine Weile gemustert hatte, hüpfte er nervös von einem Bein auf das andere und sagte peinlich berührt: „Es war nicht nett, wie ich mit dir vor zwei Tagen geredet habe. Ich hatte es eilig, da ich einen guten Platz auf dem Markt haben wollte."

Karek winkte ab. „Es ist schon in Ordnung. Ich bin nicht nachtragend. Habt Ihr schon etwas verkauft?"

Der Vasenverkäufer nickte zufrieden und fragte dann: „Wie ist dein Name, mein Junge?" Karek stellte sich vor.

Der Mann zog ein nachdenkliches Gesicht. „Karek ist ein außergewöhnlicher Name", stellte er fest. „Was bedeutet er?"

Karek zuckte nur die Achseln und dann beließen sie es dabei.

Der Mann stellte sich als Gerando vor und als er lächelte, zeigte er seine gelblich verfärbten Zähne.

„Als Entschädigung für mein schlechtes Benehmen möchte ich dir das hier schenken", sagte Gerando fröhlich, griff unter seinen Tisch und holte eine kleine Schatulle hervor, die in einem kräftigen Blau glänzte. Sie war so klein, dass er sie problemlos in einer Tasche seiner Tunika verstauen konnte.

„Das ist doch nicht nötig", sagte Karek, denn er konnte sehen, dass die Schatulle einen gewissen Wert haben musste.

Gerando winkte ab. „Bitte nimm sie. Du kannst darin wertvolle Dinge aufbewahren. Sie war lange in meinem Besitz, doch nun ist es an der Zeit, sich von ihr zu trennen."

Karek nahm die Schatulle dankend an und verließ Gerando mit einem freundlichen Lächeln.

Als Karek vom Neupfarrplatz wegging, suchte er sich einen Platz, um sich sein Geschenk genauer anzuschauen. Er setzte sich auf die Stufen der Kirche. Auch hier waren noch einige Leute unterwegs, doch niemand achtete auf ihn.

Karek wusste nicht weshalb, doch als er den Deckel anhob, klopfte sein Herz und seine Hände zitterten leicht. Die Schatulle war wunderschön und sie musste gewiss einiges wert sein. Sie war in einem dunklen Blau gehalten, und wenn man sie ins Sonnenlicht hielt, begann sie kräftig zu funkeln und zu glitzern, so als wäre sie mit winzigen kleinen Kristallen versehen, die mit dem bloßen Auge nicht auszumachen waren. Auch konnte Karek keinerlei Kratzer oder Schrammen erkennen, obwohl Gerando doch gesagt hatte, dass sie schon so alt sein sollte.

Ihm fiel eine Vertiefung im Boden der Schatulle auf. Diese hatte die Form … Karek schüttelte den Kopf. Das konnte nicht sein.

Mit einem immer nervöseren Gefühl fingerte er das Messer aus seiner Tunika und legte es in die Vertiefung der Schatulle.

Karek riss verwundert die Augen auf. Das war unglaublich!

Das Messer, welches er von dem geheimnisvollen Jungen namens Terek bekommen hatte, passte genau in die Vertiefung dieser kleinen Schmucktruhe.

Gedankenverloren blickte Karek auf, sah zu der Menschenmenge hinüber, die sich an den Ständen tummelte, ohne sie wirklich zu sehen.

Warum hatte Gerando ihm diese Schatulle geschenkt? Wusste er, dass dieses Messer in seinem Besitz war? Ohne es zu merken, schüttelte Karek den Kopf. Nein, davon konnte er nichts wissen. Er war sich ziemlich sicher, dass Gerando ihm mit der Schatulle lediglich eine Freude machen wollte.

Schließlich erhob er sich von den Stufen der Kirche und verstaute die Schatulle in seinem Gewand. Er würde den Neupfarrplatz nun verlassen und sich zur Steinernen Brücke aufmachen, um nach Hause zurückzukehren.

Es war wohl besser, wenn er diese kleine, blaue Truhe in seine Hütte brachte.

Mit diesen Gedanken machte er sich auf den Weg.

Kapitel 5

Emina

Karek schlenderte durch die Gassen und schließlich fand er sich am großen Domplatz wieder.

Auch am heutigen Tag schickte die Sonne warme, helle Strahlen vom Himmel und badete den Platz in einem goldenen Licht. Allerdings begannen bereits dunkle Schatten die Oberhand zu gewinnen, da der Nachmittag allmählich Einzug nahm und die Sonne sich langsam hinter hohen Häusern verkroch.

Der Domplatz war überraschend leer. Hier befanden sich normalerweise viele Bewohner der Stadt, viele zu Pferd aber auch einfach nur zu Fuß. Stadt am Hof war genauso gut besucht und dort herrschte beinahe ständig ein reges Treiben. Viele Händler trieb es über die Steinerne Brücke in die Innenstadt. Der Domplatz war ein sehr zentraler Ort, von dem man sehr leicht in viele weitere Stadtteile gelangen konnte.

Als Karek am Dom vorbeilief, musste er sofort an das Gespräch mit dem König denken und nun drang der mysteriöse Stein wieder in seine Gedanken. Er würde gerne mehr darüber herausfinden, aber er wusste noch nicht, wie er das anstellen sollte. Außerdem stellte sich die entscheidende Frage, ob es den Aufwand wirklich wert war.

Der junge Mann dachte einen Moment über diese Frage nach und sie hallte übernatürlich in seinem Kopf wider.

Es war doch tatsächlich so, wie König Zegon gesagt hatte: Egal, was Karek herausfinden würde, es würde an der Situation nichts ändern. Selbst wenn es ein uralter Drachenzahn war, änderte dies nichts, denn es würde nichts aussagen.

Karek hatte den Domplatz fast überquert, als ihm in einer Gasse, die fast völlig im Dunkeln lag und gesäumt von geschlossenen Geschäften war, etwas auffiel. Dort stand eine Frau in einem weißen Gewand. Außerdem hatte sie schulterlanges, lockiges Haar in einer goldenen Pracht, um die sie jede Frau beneidet hätte. Und sie starrte zu ihm herüber!

Die Frau hielt ihren Blick so fest auf ihn gerichtet, dass Karek nicht wegsehen konnte, ganz gleich wie sehr er es auch versuchte. Es war wie ein Bann, der ihn gefangen hielt, und er bemerkte, wie er fast ohne sein Zutun auf die Frau im weißen Kleid zulief.

Karek war nun so nah bei der Frau, dass er auch ihr Gesicht erkennen konnte. Vorher war es fast vollkommen von Schatten verborgen gewesen. Es sah aus wie gemalt und wurde von blonden, leicht gelockten Haaren umrahmt.

Außerdem war es von den Wangen hinab zum Kinn etwas schmaler. Ihre Augen hatten eine Farbe von hellem Braun und die dunkle Augenbrauen waren nur schwach erkennbar.

Plötzlich streckte die Frau eine Hand nach ihm aus und lächelte ihm freundlich entgegen, als wollte sie sagen: *Ich habe auf dich gewartet!*

Karek stand der Mund offen, der inzwischen sehr trocken war. Er streckte seinen Arm aus und ergriff die Hand der Frau. Nun zog sie ihn einfach mit sich, ohne ein Wort zu äußern, fast, als wäre es eine Selbstverständlichkeit, dass Karek zu ihr gelaufen war.

Die Frau, die kaum älter sein konnte wie er, führte ihn weiter in die Gasse hinein, in der fast ausschließlich düstere Schatten herrschten.

Nun brachte Karek endlich ein paar Wörter über die Lippen, doch diese waren nur ein verzerrtes Krächzen und er erschrak über den Klang seiner Stimme: „Wer seid Ihr?"

Zuerst sah es so aus, als würde die Frau gar nicht reagieren, denn sie lief einfach mit leicht gesenktem Kopf weiter und hielt Karek weiterhin an der Hand fest, wie einen Jungen, der in der Obhut seiner Mutter war. Doch dann reagierte sie doch auf seine Worte und drehte sich mit einem süßen Lächeln zu ihm um.

„Mein Name ist Emina und ich habe dich bereits erwartet." Ihre Stimme passte zu ihrem Gesicht und auf gewisse Weise überraschten ihn Eminas Worte nicht. Es war fast, als hätte er gar keine andere Antwort von ihr erwartet.

Nun bogen sie nach links, wo es zurück auf eine breitere Straße ging.

„Wo führt Ihr mich hin?"

Nun bekam er tatsächlich keine Antwort, denn Emina blieb plötzlich stehen und öffnete die Tür eines verlassenen Hauses, zu dem drei ausgetretene, lehmige Stufen führten.

Allmählich begann Karek, seine gewohnte Stärke und Selbstsicherheit zurückzugewinnen.

Er blieb abrupt stehen und versuchte, sich mit Gewalt aus den Griff Eminas zu befreien, doch die Frau hatte mehr Kraft als Karek gedacht hatte.

Sie wirkte zwar über Kareks Reaktion etwas überrascht, doch ihr Griff lockerte sich keineswegs. Stattdessen drückte sie noch eine Winzigkeit stärker zu, so dass er es kaum spürte und nur auf einer unbewussten Ebene wahrnahm.

„Ich verstehe, dass du verwirrt bist, doch lass uns reden und du wirst vieles begreifen."

Kareks Stirn legte sich in Falten, und obwohl ihm die Frau, die einfach nur engelhaft aussah, auf eine schwer zu beschreibende Weise sympathisch war, versuchte er sich erneut aus ihrem Griff zu befreien.

„Warum wollt Ihr mit mir reden? Kennen wir uns?"

Nun lachte Emina, doch es klang unsicher und sie wich nervös seinem Blick aus. Im Moment war nichts mehr von ihrer Sicherheit übrig.

„Ich weiß von dem damaligen Kampf gegen Daragon", gestand sie und lächelte schüchtern, doch gleich darauf wurde ihr Gesicht wieder ernst.

Karek riss verwundert die Augen auf. „Wie meint Ihr das *Ihr wisst von dem Kampf*? Viele wissen von dem Kampf, doch niemand hat ihn wirklich miterlebt, außer ich und ein paar Krieger, die Erentroß damals auserwählt hatte."

Emina nickte, so als wäre das für sie nichts Neues. „Glaube mir einfach, dass ich diese Geschichte nicht aus irgendwelchen Erzählungen weiß."

Plötzlich wurde ihre Unterhaltung von einem Geräusch unterbrochen, welches wie ein gewaltiges Donnern klang, doch es hörte sich merkwürdig verzerrt und langgezogen an.

„Das ist ein Gewitter", erklärte Emina, während sie sich umwandte und Karek einfach weiter mit sich zog. Diesmal ließ er es geschehen.

Es dauerte nicht mehr lange, da stieß Emina eine weitere Tür auf und forderte Karek auf, einzutreten. Aus irgendeinem Grund hatte er das Gefühl, einen Fehler zu begehen. Gleichzeitig hatte er aber auch das Gefühl, dass dieses Zusammentreffen einfach mehr als Zufall war. Daher siegte seine Neugier und er folgte ihrer Bitte.

Emina schloss die Tür, kaum dass er den Raum betreten hatte. Im Innern war es extrem düster. Instinktiv sah er sich nach einem Fenster um, und als er eines fand, ging er zielstrebig darauf zu und blickte mit klopfendem Herzen hinaus.

Der eben noch hellblaue Himmel hatte sich mit tiefschwarzen Wolken zugezogen. Kaum hatte er einen Blick aus dem Fenster geworfen, zuckte wieder ein Blitz vom Himmel. Keine zwei Sekunden später donnerte es so heftig, dass Karek glaubte, seine Ohren müssten platzen.

„Das geht vorbei", sagte Emina ruhig, und als er sich zu ihr umwandte, hatte sie sich bereits auf einem Schemel niedergelassen und sah Karek erwartungsvoll an. Direkt auf dem Tisch hatte sie inzwischen eine Lampe entzündet, die einen Großteil der Dunkelheit vertrieb.

Karek nickte und gleichzeitig konnte er seinen Blick nicht von Emina abwenden. Er zwang sich zu einem Lächeln, das sehr gequält aussehen musste. „Das denke ich auch."

Karek schwieg eine kleine Weile. Er setzte sich auf das Fenstersims und sein Blick wanderte wieder aus dem Fenster.

„Ihr klingt, als würdet Ihr solch heftige Gewitter jeden Tag erleben." Karek versuchte diese Worte mit einem Lachen zu begleiten, doch auch dieses misslang kläglich.

Emina stand nun vom Schemel auf und trat zu Karek ans Fenster. Wieder fielen ihm ihre geschmeidigen Bewegungen auf.

„Solche Gewitter habe ich schon oft erlebt, ja, und sie werden häufiger über Regensburg kommen."

Karek sah Emina irritiert an. „Wie meint Ihr das?"

Emina zuckte nur die Achseln und wandte sich wieder von ihm ab. Völlig aus dem Zusammenhang gerissen sagte sie: „Du warst dabei, als Daragon starb?"

Karek richtete sich vom Fenstersims auf und nickte kurz. „Ja, das stimmt. Ich war dabei, als Daragon und Erentroß kämpften. Der Schlangendrache war furchtbar."

Emina sah Karek mitfühlend an. „Das glaube ich. Du warst noch sehr jung und in diesem Alter können solche Erlebnisse schlimme Folgen haben."

Nun lachte Karek spöttisch. „Nun, ich habe es überlebt und an mir ist noch alles dran."

Emina schien dies nicht lustig zu finden, denn sie sah ihn nur stumm und mit ernster Miene an.

„Dieses Erlebnis hat Spuren bei dir hinterlassen. Ich lese es in deinen Augen. Du strahlst es aus."

Emina sprach diese Worte leise und unglaublich sanft aus und doch trafen sie Karek wie ein Peitschenhieb.

In diesem Moment wusste Karek, dass Emina recht hatte. Er hatte diesen Kampf niemals wirklich überwunden. Es war ein Gemetzel gewesen, dessen Anblick er nicht hatte verkraften können. Aus welchen Grund sonst hatte er wohl das Schwert Götterzorn in eine Truhe gesperrt und sein Zimmer nicht mehr betreten?

„Du weißt, dass der Schlangendrache nicht tot ist?"

Karek verstand immer weniger, worauf Emina hinauswollte, dennoch nickte er.

„Ich habe ihn damals davonfliegen sehen. Kurz nachdem Daragon durch Götterzorn gestorben war." Und Borger getötet hatte, fügte er in Gedanken hinzu.

Emina nickte, trat mit ruhigen Schritten wieder ans Fenster und blickte für eine geschlagene Minute nach draußen, ohne etwas zu sagen.

„Dieses Gewitter ist ein Zeichen und ich sage dir, dass es kein Gutes ist."

Karek schnaubte abschätzig, nachdem er sich zu ihr umgewandt hatte. „Jetzt hört aber auf. Es ist ein Gewitter. Das kommt vor."

Emina schüttelte heftig den Kopf. „Regensburg ist nicht so friedlich, wie es im Moment vielleicht aussehen mag."

„Das hat Terek auch gesagt." Die Worte hatten kaum seinen Mund verlassen, als Karek merkte, dass er sie tatsächlich laut ausgesprochen hatte und Emina ihn verwundert ansah.

„Von wem sprichst du?", wollte sie wissen und Karek zuckte nur die Achseln.

„Von einem jungen Mann, dem ich neulich begegnet bin, als er ein Messer gestohlen hatte. Dieser Terek sagte, er habe eine Gabe und würde spüren, dass auf Regensburg Probleme zukommen."

Gedankenverloren fingerte Karek in der Innentasche seiner Tunika herum und holte das Messer hervor. Die blaue Schatulle ließ er im Verborgenen.

Emina blickte neugierig auf das Messer und griff danach ohne zu fragen, um es sich genauer anzusehen.

„In diesem Messer steckt viel Arbeit", sagte sie leise ohne ihren Blick davon abzuwenden.

„Ich habe es von diesem Terek", erklärte Karek. „Das ist das Messer, das er gestohlen hat."

Emina ließ ihren Blick noch eine Weile auf der Waffe ruhen, dann gab sie es an Karek zurück. Kaum lag es wieder in seiner Hand, da ertönte von draußen ein heftiges Poltern und das Geräusch heftigen Regens drang zu ihnen ins Zimmer.

„Was wird denn auf Regensburg zukommen?", wollte Karek nun wissen und er konnte seine brennende Neugierde und Ungeduld nicht mehr aus seiner Stimme fernhalten. Immerhin hatte Terek ebenfalls davon gesprochen, und da es nun schon von zwei Personen behauptet wurde, musste darin einfach ein Fünkchen Wahrheit stecken.

Wieder blickte Emina aus dem Fenster und ein erneuter, heftiger Donnerschlag war zu hören.

Emina deutete mit einer Hand aus dem Fenster. „Dieses Donnern … Es gibt viele, die sagen, dass es der Schmerzensschrei des Schlangendrachen wäre."

Karek riss verwundert die Augen auf. „Wer sagt das?"

Emina zuckte die Achseln. „Verschiedene Leute", wich sie seiner Frage aus. Vielleicht wusste sie auch keine genaue Antwort.

„Diese Gewitter treten immer häufiger auf, und ich denke, sie werden auch immer heftiger."

„Ich habe auch schon öfter Gewitter erlebt, doch es gibt sie schon immer. Warum sollten sie etwas mit dem Schlangendrachen zu tun haben?"

Weil es Drachen schon immer gibt, ertönte eine leise Stimme in Kareks Kopf und er musste plötzlich an König Zegon denken, der ihm dies näher gebracht hatte.

Wieder zuckte Emina die Schultern. „Es gibt Geschichten, dass manche den Körper des Drachen als Schatten in den Wolken wahrgenommen haben sollen. Ich bin nicht abergläubisch, doch ich habe es auch schon gesehen."

Ohne eine Erwiderung abzuwarten, sprach sie weiter: „Ich war unterwegs und es war ebenfalls Spätsommer, genau wie heute. Dann zog sich der Himmel zu und es begann heftig zu gewittern. Zuerst war es ganz normal, allerdings wurde es immer schlimmer, und als Blitze vom Himmel zuckten, sah ich einen schlanken Drachenkörper, wie er als gigantischer Schatten über den Wolken flog, und ich hatte den Eindruck, dass das Donnern nicht vom Gewitter herrührte, sondern dass es das Kreischen des Drachen war. Es wird berichtet, dass der Drache nach Daragon ruft."

Prüfend blickte Karek aus dem Fenster und spähte zu den Wolken empor, in der Hoffnung, etwas Außergewöhnliches erkennen zu können.

„Wenn dem wirklich so ist, bedeutet das dann, dass wir mit einer Gefahr durch den Drachen rechnen müssen?"

Emina blieb eine Weile still und schließlich sagte sie nur: „Ich weiß es nicht. Es kann durchaus sein. Diese Gewitter traten in letzter Zeit sehr häufig um Regensburg herum auf und nun direkt über dem Dom, und ich könnte schwören, dass der Schlangendrache über den Wolken schwebt und nach Daragon sucht."

„Aber der Drache wird seinen Reiter nicht finden können."

Emina schüttelte traurig den Kopf. „Nein, das wird er nicht. Zumindest habe ich noch nicht davon gehört, dass Tote zurück ins Leben treten." Ihr letzter Satz wurde von einem traurigen Lachen begleitet und Karek hatte das sichere Gefühl, dass ihr dieses Thema emotional naheging.

Der junge Mann schob diese Frage auf, dann erhob er sich und verließ mit einem entschuldigenden Wort das Zimmer, um nach draußen ins Freie zu treten. Er wollte sich das Gewitter genauer anschauen. Vielleicht konnte er ja etwas erkennen.

Draußen angekommen wurde er sofort von einem heftigen aber warmen Regen begrüßt, sodass er die Augen zusammenkniff. Was vielleicht auch daran lag, dass ein starker, heller Blitz aus den Wolken zuckte, sobald er die Tür des Gebäudes geöffnet hatte.

Den Regen ignorierend trat er ins Freie und lief los. Er wollte zum Dom. Wenn das, was Emina erzählt hatte, wahr war, dann müsste der Drache dort am Himmel fliegen.

Aus den Augenwinkeln sah er, dass er verfolgt wurde. Er musste sich nicht umwenden, um zu wissen, dass es die hübsche Emina war, die ihm mit schnellen Schritten folgte.

„Wo möchtest du hin, Karek?", schrie sie, doch der Regen gepaart mit Wind und Gewitter war so laut, dass ihre Worte beinahe untergingen. Trotzdem vernahm er sie, reagierte aber nicht darauf und rannte weiter. Sein Herz klopfte wie wild. Würde er jetzt gleich dem Schlangendrachen begegnen? Karek malte sich ein Bild aus, wie der Drache auf dem riesigen Dom saß und mit weitaufgerissenem Maul seinen Schmerz in den Abend hineinbrüllte.

Karek zwang diese Gedanken nieder und bog nach rechts. Er lief den Weg zurück, den er mit Emina gekommen war.

Er war gerade um die Häuserecke gebogen, als jemand von hinten seine Tunika ergriff und daran zerrte. Fast schon wütend warf er sich herum und funkelte Emina mit einer Mischung aus Ungeduld und Verwirrung an.

„Geh nicht zum Dom!", forderte sie und schrie nun fast hysterisch. Karek fragte sich, warum diese junge Frau so aufgebracht war.

„Was ist mit Euch los? Es wird nichts passieren!", versprach Karek, wobei er sich nicht wirklich sicher war.

„Was ist, wenn der Drache wirklich für dieses Gewitter verantwortlich ist und da oben fliegt?"

Karek zuckte gleichgültig die Achseln. „Dann ist es so, Emina. Wenn da oben wirklich der Schlangendrache ist, dann müssen wir den König informieren. Deshalb müssen wir uns vergewissern."

Das schien Emina einigermaßen zu überzeugen, denn sie sah Karek noch einen Moment durchdringend an. In dem Moment, als wieder ein Donnern zu hören war, das mehr einem polternden Knurren glich, rannten beide los in Richtung Dom.

Kapitel 6

Gefährliches Gewitter

Es waren nur noch ein paar wenige Schritte bis zum Dom, und obwohl sie nicht mal fünf Minuten im Freien waren, waren sie inzwischen vollkommen durchnässt. Doch weder Emina noch Karek spürten es.

An ihrem Ziel angekommen, blickte Karek mit klopfendem Herzen zum Himmel. Irgendwie gewahrte er überall verräterische Schatten in den Wolken. Wenigstens hatte sich die Befürchtung, der Drache könnte auf den Zinnen des Doms sitzen, nicht bewahrheitet.

Allerdings kam es Karek so vor, als würde das Donnern lauter werden und immer häufiger aufeinander folgen, und er war inzwischen wirklich davon überzeugt, dass es das Brüllen einen gigantischen Drachen war.

Karek trat weiter auf den Platz hinaus. Dass Emina sich an ihn klammerte, nahm er kaum wahr. Warum war sie plötzlich so ängstlich?

Gerade, als sie die Gasse ein paar Schritte hinter sich gelassen hatten, zuckte ein gleißender Blitz aus den schwarzen Wolken und schlug vor ihnen im Kopfsteinpflaster ein.

Emina schrie erschrocken auf und auch Karek zuckte zusammen und sprang zwei, drei Schritte zurück. Die

Steinplatte war vollkommen zerstört und als sich der Staub gerade gelegt hatte, kam der nächste Blitz.

Ohne nachzudenken packte Karek Emina am Arm und zerrte sie mit sich. Er konnte sich nicht erklären, was hier passierte, doch es war klar, dass sie hier nicht sicher waren.

„Was habe ich dir gesagt? Dieses Gewitter ist gefährlich!", rief Emina über Kareks Schulter. Dass er ihre Worte überhaupt vernahm, grenzte an ein Wunder. Der Domplatz hatte inzwischen eine Atmosphäre, als würde die Welt untergehen. Der Dom war umhüllt von schwarzen Schatten und es peitschte ein Wind, der sich an den Mauern des Gebäudes brach.

Karek sah Emina an, die sich losgerissen hatte und nun neben ihm lief.

„Das ist kein Gewitter", sagte er entschieden und nur mit Mühe erkannte er, wie Eminas Stirn sich in Falten legte. „Ich denke schon, dass es ein Gewitter ist, doch kein übliches. Der Schlangendrache ist daran schuld. Es ist sein Zorn."

Als wäre dies ein Zeichen, ertönte erneut ein lautes Donnern.

Im nächsten Augenblick schlug ein weiterer Blitz direkt vor ihnen ein. Stein, Staub und Dreck wurden aufgewirbelt, begleitet von einem ohrenbetäubenden Krachen. Blitz und Donner waren körperlich spürbar.

Karek warf sich zurück und zog Emina ebenfalls mit sich, um dem Stromstoß zu entgehen.

Für Karek gab es nur eine Erklärung, auch wenn es gegen jede Logik war: Das Gewitter wollte verhindern, dass sie den Domplatz verließen!

„Kommt mit!", schrie Karek Emina ins Ohr und sofort rannten sie wieder los, auf die nächste Gasse zu. Er war nicht wirklich überrascht, als wieder ein Blitz vor ihnen in den Boden einschlug, kaum dass sie die Gasse erreicht hatten.

Automatisch zog er das Messer, das er von Terek erhalten hatte. Entschlossen blickte er auf die Waffe und dann warf er seinen Blick zum Himmel empor. Dort war noch immer nichts Ungewöhnliches zu sehen, auch wenn er manchmal glaubte, einen langen Drachenkörper zu erblicken.

Verzweifelt ließ Karek den Blick kreisen. Die Gassen im Umkreis waren völlig frei, doch er wusste, dass ein weiterer Blitz kommen würde, wenn er sich auch nur in ihre Nähe wagen würde.

„Karek sieh doch, dort vorne beim Dom!", kreischte Emina und Karek wandte sofort seinen Blick von den Gassen. Er sah, dass sich mehrere Personen vor dem großen Eingangsbereich aufhielten, wovon eine mit stiller Miene zum Himmel emporblickte.

„Das ist der König!", entfuhr es Karek und sofort lief er auf den Dom zu, um mehr sehen zu können.

Der König stand völlig still, blickte ununterbrochen zum Himmel empor und beobachtete das Schauspiel. Seine Leibgarde versuchte besorgt und aufgeregt, ihn dazu zu überreden, wieder ins Gebäude zu gehen.

Es zuckten weitere Blitze hinab und das Gewitter schien nicht nachzulassen. Nun schlugen sie auch in der Nähe des Doms ein, doch der König rührte sich nicht von der Stelle, während seine Diener und die Leibgarde aufgeregt herumsprangen. Karek fragte sich, was der König bloß damit bezweckte. Er musste doch merken, dass es gefährlich war, so ungeschützt auf der Stelle zu stehen.

Schließlich, es musste eine Ewigkeit vergangen sein, zuckte wieder ein Blitz hinab und diesmal direkt auf den König zu. Als hätte der König es vorausgeahnt, hob dieser genau in dem Augenblick die Hand zum Himmel.

Irgendwas kam aus der Handfläche des Königs und schien den Blitz einfach aufzusaugen. Dann sprach er etwas in einer Karek unbekannten Sprache und aus der Handfläche erschien ein silbernes Licht. Es dauerte nicht lange und das Gewitter und der Sturm legten sich allmählich.

Das Unwetter war noch nicht ganz vorbei, da wandte sich der König mitsamt seinem Gefolge ab und betrat wieder den Regensburger Dom, so als hätte er nur für einen Moment die schöne Aussicht genossen.

Inzwischen war es Abend, doch nun war der Himmel sternenklar und nicht eine Wolke war zu sehen. Lediglich Kareks und Eminas nasse Kleider und Haare erinnerten noch daran, dass es heftig geregnet hatte. Auch der gesprungene Asphalt verriet noch etwas über das außergewöhnliche Gewitter.

„Hast du das auch gesehen? Das habe ich mir doch nicht bloß eingebildet, oder?" Emina stand stocksteif neben Karek und er spürte, dass sie leicht zitterte. Wahrscheinlich lag das nicht nur an der nassen Kleidung.

Karek blickte weiterhin zum Dom hinüber. Auch jetzt war dieser fast völlig von Dunkelheit umhüllt, doch nun hatte diese nicht so viel Bedrohliches an sich.

Mit einiger Verspätung schüttelte Karek den Kopf. „Nein, das habt Ihr nicht." Seine Stimme klang beinahe fremd, jetzt wo es so still und die Bedrohung vorbei war. Auf einmal fühlte sich Karek wie betäubt und träge.

Es dauerte einige Augenblicke, aber dann spürte Karek das Gewicht des Messers in seiner Hand. Mit gerunzelter Stirn verstaute er es wieder in der Innentasche seiner Tunika.

„Wir haben keinen Drachen gesehen", sagte Karek zu Emina und wandte sich um, um den Domplatz zu verlassen.

„Dieses Gewitter war gefährlich", entgegnete Emina und folgte Karek mit zügigen Schritten.

„Ja, das war es auf jeden Fall, doch weiß ich nicht, ob wirklich ein seit Jahren verschollener Drache dafür verantwortlich sein soll."

Emina lief nun noch schneller, bis sie direkt neben ihm lief, dann sah sie ihn mit großen Augen an.

„Aber hast du es nicht gehört? Das Donnern? Es war der Zorn des Drachen!"

Wäre Karek nicht so müde gewesen, hätte er nun gelacht. „Das Donnern beweist noch lange nicht, dass es das Kreischen eines Drachen war."

Um ehrlich zu sein, wusste Karek gar nicht mehr, was er glauben sollte. Wundern würde es ihn nicht mehr, wenn das, was Emina erzählte, der Wahrheit entsprach.

Karek verhielt sich für den Rest des Weges sehr still und gab sich seinen Gedanken hin. Er begleitete Emina nur noch bis zu dem Haus, in das sie Karek geführt hatte, dann verabschiedete er sich und trat den Weg zur Steinernen Brücke an. Bis dahin war es immerhin noch ein Stück und es war bereits sehr spät.

Im Moment konzentrierte er sich darauf, zügig den Weg zu finden und somit dauerte es auch nicht lange, bis er die Steinerne Brücke erreicht hatte und Stadt am Hof in Sicht kam.

Als Karek sein Haus erreichte, wartete Borger auf ihn. Er saß mit besorgtem Blick vor der Tür und blickte die ganze Zeit wie gebannt auf die Steinerne Brücke, die nicht weit entfernt war.

Als der schwarz-weiße Sheepdog Karek erblickte, sprang er auf und rannte mit kräftigen Sprüngen auf ihn zu.

Noch bevor Karek ein Wort der Begrüßung aussprechen konnte, sprang Borger an ihm hoch und Karek kraulte ihn. Anschließend liefen sie zum Haus zurück.

Aus der Dunkelheit schälten sich nun viele Bewohner, die neugierig vor ihre Häuser getreten waren und mit besorgten Mienen zu Karek und Borger hinüberblickten.

Sie hatten Kareks Haus noch nicht erreicht, da waren die ersten Einwohner bereits bei ihnen und blickten aufgeregt zu ihm auf. Da Karek schon des Öfteren als Bogenschütze für Regensburg gekämpft hatte, sahen viele Bewohner in ihm eine Art Beschützer und manchmal glaubte er sogar, manche Bürger wären der Meinung, er wäre unsterblich. Dieser Gedanke hatte ihn schon mehrmals amüsiert.

„Was war das für ein schreckliches Gewitter?", wollte ein Junge wissen, der vielleicht gerade neun Jahre alt war.

Auf die Frage des Jungen - er hieß Eren - zuckte er nur die Achseln. „Ich weiß es nicht genau." Da er Eren nicht verschrecken wollte, beugte er sich mit einem beruhigenden Lächeln zu ihm hinab und sagte: „Es war ein sehr starkes Gewitter aber keineswegs gefährlich. Du brauchst dir keine Gedanken zu machen."

Diese Worte schienen Eren zumindest teilweise zu beruhigen, denn sein Gesicht hellte sich ein wenig auf, ehe er mit schnellen Schritten zu einem Mann hinüberlief, der offenbar sein Vater war.

„Für uns klang es gefährlich", rief eine Frau aus der Menge, die sich inzwischen um Karek und Borger herum gebildet hatte. Sie wirkte sehr aufgelöst und Karek stockte allmählich der Atem. Er fühlte sich eingeengt. Wie sollte er etwas erklären, das er selbst nicht verstand? Sie hatten das Gewitter aus einer einigermaßen sicheren Entfernung beobachtet. Wie schlimm hätte es auf sie wohl gewirkt, wenn sie direkt beim Dom gewesen wären?

„Das war ein einfaches Spätsommergewitter und ist kein Grund zur Aufregung", rief Karek und versuchte dabei so überzeugend zu klingen, wie es nur ging. Er unterstrich seine Worte noch, in dem er die Hände abwehrend in die Höhe hob.

„Schlägt ein Spätsommergewitter auch im Boden ein?"

Die Worte vernahm Karek hinter sich und er wandte sich betont langsam um. Er erblickte einen Mann, der in der Nähe der Steinernen Brücke stand und mit ernster Miene zu der Menschentraube hinübersah. Das konnte man trotz der Dunkelheit erkennen. Mit langsamen Schritten kam er näher, nachdem er von allen bemerkt worden war.

Es war Terek und er kam direkt auf Karek zu, doch er sah ihn nicht an. Schließlich blieb er neben ihm stehen.

„Ich habe das Gewitter erlebt. Es war ein Gewitter, das stimmt, doch es war ganz sicher nicht normal."

Karek warf Terek einen warnenden Blick zu. Hatte er sich ebenfalls am Domplatz aufgehalten, während er mit Emina dort gewesen war? War er ihm vielleicht sogar bis hierher gefolgt?

Nun wandte er sich an Karek und sah ihn abschätzend an. „Es wundert mich, dass du überhaupt noch lebst, Karek", sagte er dann, doch dieser ging gar nicht auf Tereks Worte ein. Karek zischte ihm nur im ernsten Ton zu und das so, dass nur der junge Mann ihn hören konnte: „Terek, was treibst du hier? Was machst du überhaupt hier in Regensburg? Du wolltest doch längst verschwunden sein oder etwa nicht?"

Terek schien seine Worte gar nicht gehört zu haben, denn er setzte nur ein überhebliches Lächeln auf, ehe er fortfuhr: „Du hast dich ziemlich töricht verhalten, weißt du das? Man legt sich nicht mit dem Übermächtigen an. Dieses Gewitter war der Zorn des Himmels."

Karek riss die Augen verwundert auf und die Bewohner tuschelten nervös miteinander. Manche traten unsicher von einem Fuß auf den anderen, weil sie nicht recht wussten, was sie von dem jungen Mann halten sollten. Karek ging es inzwischen genauso. Schließlich fasste er sich und schüttelte selbstsicher den Kopf.

„Für alles gibt es eine vernünftige Erklärung. Ich glaube nicht, dass dieses Gewitter etwas mit Zorn zu tun hat."

Während er diese Worte aussprach, flüsterte eine stumme Stimme hinter seiner Stirn: *Oh doch, es hat was mit Zorn zu tun. Der Zorn des Schlangendrachen! Du hast ihn gespürt, doch du willst es dir nur nicht eingestehen!*

Karek schüttelte diese Gedanken nieder und fragte stattdessen mit etwas zittriger Stimme, da ihn seine eigenen Gedanken doch mehr ablenkten als ihm lieb war: „Was hast du vor? Wenn dieses Gewitter doch so gefährlich war, warum hast du mir dann nicht geholfen, anstatt mir zuzugucken?"

Diese Frage traf Terek wie einen Schlag ins Gesicht. „Weil ich es nicht konnte."

Der junge Mann fuhr nicht weiter fort, sondern wandte sich an die Bewohner. Seine gesamte Persönlichkeit schien sich nun zu verändern. Er wirkte nicht mehr so kühl, sondern im Gegenteil sehr einfühlsam.

„Dieses Gewitter war ein Zeichen. Es kommen schlimme Zeiten auf Regensburg zu und wir müssen etwas tun, um es aufzuhalten."

Nun begannen die Bewohner, wild durcheinander zu rufen. Viele wollten wissen, warum sie ihm trauen oder glauben sollten, schließlich kannten sie ihn nicht und Karek war ja offensichtlich nicht gut auf ihn zu sprechen.

Terek hob geduldig die Arme, um die Bewohner zu beruhigen. „Bleibt ruhig. Ich verstehe, dass ihr aufgebracht seid, doch lasst mich bitte aussprechen und ihr werdet mich verstehen."

Dies zweifelte Karek stark an, doch er war auch gespannt, wie sich die Situation weiter entwickeln würde. Er verschränkte die Arme und zuckte zusammen, als Borger an ihm hochsprang.

„Das heute Abend war ein Zeichen und ich bin der festen Überzeugung, dass dieses Gewitter wiederkommen wird. Nur noch stärker und verheerender."

„Warum sollten wir dir glauben?", sagte ein alter Mann aus der Menschenmenge aufgebracht und fuchtelte wütend mit seinem Stock in der Luft herum. „Du willst uns doch nur Angst einjagen! Karek sagte, es sei ein gewöhnliches Sommergewitter gewesen!"

Terek nickte sehr ruhig und verständnisvoll. „Tut es einfach", sagte er nur.

Genau das hatte Karek befürchtet. Die Menschen glaubten Terek kein Wort. Karek hatte versucht, die Situation zu verharmlosen, damit die Bewohner nicht unnötig beunruhigt wurden. Eine Panik nutzte niemandem etwas und würde nur zu Verletzten führen. Andererseits musste man die Bewohner auch irgendwie darauf vorbereiten, dass wahrscheinlich schwere Zeiten bevorstanden. Aber noch konnte Karek sich nicht sicher sein, denn auch wenn das Gewitter ungewöhnlich gewesen war, so hatte er den Schlangendrachen doch nicht gesehen.

„Ihr müsst mir einfach vertrauen, denn ich meine es nur gut mit euch", begann Terek erneut sanft, aber doch laut. „Genau deshalb bin ich hier, da ich spüre, dass Regensburg ein Unglück widerfahren wird."

Karek konnte in den Gesichtern der Zuhörenden erkennen, wie wenig überzeugend dies für sie klang.

„Ich habe eine Gabe, die mir in die Wiege gelegt wurde. Ich wurde in einem kleinen Dorf nicht weit von hier geboren und dieses wurde überfallen, als ich noch ein kleiner Junge war. Dabei starben meine Mutter und meine kleine Schwester Olivia. Seitdem habe ich mir zur Aufgabe gemacht, Menschen zu helfen, damit sie nicht das Gleiche durchmachen müssen wie ich."

Nun begehrten die Einwohner nicht mehr auf und in vielen Gesichtern erkannte Karek sogar so was wie Mitleid oder zumindest Verständnis.

„Angenommen, du sagst die Wahrheit und das Gewitter stellt wirklich eine Gefahr für uns dar. Wie sollen wir dagegen vorgehen?"

Diese Frage hatte sich Karek auch schon die ganze Zeit gestellt, doch lieber stumm zugehört. Auch Borger verhielt sich völlig still.

Nun schien Terek etwas verunsichert, denn er suchte Augenkontakt mit Karek, der seinem Blick mit wachsender Neugier standhielt.

Plötzlich sah Terek zu Boden und Karek spürte, dass seine folgenden Worte ihm nicht leichtfielen: „Als mein Heimatdorf überfallen wurde, habe ich die Einwohner auch versucht zu motivieren, und heute wäre es mir am liebsten gewesen, sie hätten alle ihre Sachen gepackt und wären einfach fortgegangen, um Schutz zu suchen. Hätten sie es getan, dann wären meine Mutter und meine Schwester Olivia noch am Leben."

Nun lachten ein paar Einwohner trocken auf und wieder meldete sich ein alter Mann zu Wort, den Karek schon des Öfteren an der Donau hatte sitzen sehen. Manchmal sogar mit einer Angel. „Ist das dein Ernst, Junge?", blaffte er und lachte erneut. „Wir sollen allen Ernstes von hier verschwinden, nur weil es heute ein starkes Gewitter gegeben hat? Das hier ist unsere Heimat Stadt am Hof, vergiss das nicht! Nie im Leben gehe ich von hier fort! Bisher haben wir jedes Wetter überstanden!"

Der Mann reckte triumphierend die Arme in die Luft und die Menge begann laut zu jubeln.

Terek schüttelte nur den Kopf, wandte sich um und machte sich daran zur Steinernen Brücke zurückzugehen.

Nun ergriff Karek das Wort: „Es ist Schluss!", rief er und seine Stimme übertönte die der Menge mit Leichtigkeit.

Die Bewohner sahen Karek mit einer Mischung aus Schrecken und Neugier entgegen.

„Findet ihr es in Ordnung wie ihr den jungen Mann behandelt? Glaubt ihr wirklich, er ist hergekommen, um sich über uns und die Stadt lustig zu machen?"

Auf seine beiden Fragen bekam er natürlich keine Antwort, sondern nur peinliches Schweigen. Allerdings nicht von allen, denn dem einen oder anderen wurde diese Unterhaltung anscheinend zu albern, sodass sie sich mit einem wütendem Fluch verabschiedeten. Doch Karek war dies in diesem Moment egal.

„Ich war nicht ganz ehrlich zu euch", gestand er nun mit lauter Stimme. „Ich habe das Gewitter erlebt und es war wirklich gefährlich. Die Blitze sind in den Boden eingeschlagen und es hätte noch viel Schlimmeres passieren können."

In diesem Moment dachte er an den König, der einfach auf dem Vorplatz des Doms gestanden und den Blitz mit seiner Handfläche aufgesaugt hatte. Doch diesen Gedanken versuchte er zu verdrängen, vielleicht einfach deshalb, weil er für ihn nicht wirklich greifbar war. Vor allem aber, weil er ihm *Angst* machte!

Mit weiterhin lauter Stimme fuhr er fort: „Es kann gut sein, dass uns dieses Gewitter wieder heimsucht, was ich aber nicht hoffe. Was ist, wenn dieses Gewitter demnächst in unserem Stadtteil einschlägt oder vielleicht sogar die

Brücke zerstört und wir nicht mehr über die Donau können?"

Diese Frage löste bei vielen Bewohnern Schrecken und Bestürzung aus.

Terek war kurz vor der Steinernen Brücke stehen geblieben, blickte zu Karek herüber und beobachtete, wie er versuchte, die Bewohner zu überzeugen.

„Wir können doch nicht alles hinter uns lassen nur wegen eines Gewitters!" Dieser Ruf war von ganz hinten gekommen und Karek merkte einfach, dass es keinen Sinn hatte, weiter zu diskutieren. Die Bewohner hatten die Gefahr nicht am eigenen Leib gespürt und hielten daher eisern an dem fest, was sie kannten und ihnen lieb und teuer war.

Karek ließ nur ein kurzes, enttäuschtes Kopfschütteln sehen, dann wandte er sich zusammen mit Borger um und verließ die Menschenmenge in Richtung seines Hauses. Ein kurzer Blick zurück verriet Karek, dass sich auch Terek wieder umgewandt hatte und nun den Weg über die Brücke zurück zur Innenstadt antrat.

Als Karek sein Haus zusammen mit Borger betrat, sah er, wie auch die Bewohner mit mürrischen Gesten zurück zu ihren Häusern marschierten.

Sie wollen der Wahrheit nur nicht ins Gesicht sehen, dachte er sich. *Sie sind doch auf mich zugekommen, weil sie besorgt wegen des Gewitters waren. Sie wussten ganz genau, dass es ungewöhnlich war. Sie wagen nicht, sich in Sicherheit zu bringen, weil sie noch nicht an die Gefahr glauben!*

Mit diesen Gedanken wandte sich Karek endgültig von der Tür ab und ging in sein Schlafgemach.

Kapitel 7

Vorkehrungen am Domplatz

Es war früher Morgen und die Sonne war gerade dabei, ihre sanften Strahlen über den Horizont zu schicken, als Karek in Stadt am Hof an einem grasbewachsenen Abhang saß und zur Donau hinausblickte.

Das Wetter war einfach fabelhaft. Nichts deutete heute daraufhin, dass es ein Gewitter oder auch nur Regen geben würde. Nicht eine Wolke war zu sehen.

Karek lauschte dem sanften Brausen des Windes und dem stetigen Plätschern der Donau und dachte an das, was sich gestern zugetragen hatte. Zuerst hatte er die Worte Eminas für eine aufgebauschte Geschichte gehalten, doch nach den Erlebnissen war er sich da nicht mehr so sicher. Sie hatten den Drachen nicht zu Gesicht bekommen, doch inzwischen wusste Karek nicht mehr, was er wirklich glauben sollte. Vor allem die Blitze, die scheinbar willentlich in bestimmte Orte eingeschlagen waren, und der König, der einen Blitz einfach so mit seiner Handfläche *aufgesaugt* hatte, gingen ihm nicht mehr aus dem Kopf.

Als Karek gestern Nacht im Bett gelegen hatte, hatte er sich allen Ernstes gefragt, ob er sich das nicht alles einfach nur eingebildet hatte. Ob seine überreizten Nerven ihm in diesem Moment vielleicht einfach einen Streich gespielt hatten. Eine andere Stimme in seinem Kopf sagte wiederum immer wieder, dass es keine Einbildung gewesen und das Ganze wirklich passiert wäre.

Schließlich hatte er eine Idee. Er erhob sich, wandte der wunderschönen Donau den Rücken zu und trat wieder auf den Weg. Er würde einfach zum Domplatz zurückgehen und sich dort umsehen. Dort müsste es ja schließlich Spuren von den Blitzeinschlägen geben. Vielleicht würde er auf diesem Weg ja mehr herausfinden und Antworten bekommen.

Karek stieß einen schrillen Pfiff aus und sofort kam Borger hinter einem Haus hervorgerannt, so als hätte er die ganze Zeit über nur auf ein Zeichen gewartet.

Der treue Sheepdog sprang aufgeregt an Karek hoch und dieser kraulte ihn hinterm Ohr. Dann machten sie sich auf zur Steinernen Brücke, die auch schon zu dieser frühen Stunde von Händlern und Kaufleuten gut besucht wurde.

Sie hatten das Ende der Brücke noch nicht ganz erreicht, da kam ihnen ein junger Mann entgegen, der Karek sehr bekannt vorkam.

Als Terek ihn und Borger erkannte, beschleunigte er etwas seine Schritte, um schneller bei ihnen anzukommen.

„Wusste ich doch, dass ich dich hier finde", sagte er schnaufend, was bewies, dass er lange gerannt sein musste. Er schien Borger gar nicht zu bemerken. Erst nachdem er einige Sekunden vor Karek stand, wanderte sein Blick etwas hinab. „Das ist dein Hund, nicht wahr?", fragte er erstaunt und Karek nickte schmunzelnd. „Er war gestern auch da, als ich zu den Bewohnern gesprochen habe."

„Ja, das stimmt. Ich kenne Borger schon seit einigen Jahren."

Terek machte ein anerkennendes Gesicht, ging in die Hocke und streichelte Borger. Dieser schien das ganz besonders zu genießen.

„Wo wolltest du hin, Karek?"

„Ich war auf dem Weg zum Domplatz, um mir die Spuren von gestern anzuschauen."

Terek machte ein ernstes Gesicht. „Da war ich vorhin auch schon. Ich sage dir, da ist ziemlich viel los. Der König schaut sich den Schaden höchstpersönlich an."

Karek riss die Augen auf.

„Der König?", entfuhr es ihm und Terek nickte zustimmend.

„Dann müssen wir da hin!" Karek nahm bereits seine Beine in die Hand und forderte Borger auf ihm zu folgen.

Als sie den Domplatz erreicht hatten, traf Karek fast der Schlag. Er hatte das Gefühl, alle Einwohner der Stadt und der näheren Umgebung hätten sich hier versammelt, sodass es völlig überfüllt war.

  Die Menschenmenge hatte einen gigantischen Kreis gebildet, der den gesamten Domplatz einzuschließen schien. Nachdem sie sich einen Weg durch die Menge gebahnt hatten, konnten sie sehen, wie der König mit ernster Miene in dessen Mitte stand und das Kopfsteinpflaster begutachtete. Seine Leibwache und Mitglieder der Stadtwache hielten die Bewohner davon ab, auf den Platz zu laufen. An vielen Stellen waren die Steine des Kopfsteinpflasters geschwärzt und durchlöchert. Karek konnte sich gar nicht erinnern, das die Blitze so oft eingeschlagen waren. Andererseits war er wirklich sehr aufgewühlt und aufgeregt gewesen, als das Gewitter gestern am späten Abend ausgebrochen war.

  Der König bewegte sich mit langsamen Schritten und schien die nervöse Menschenmenge gar nicht zu beachten. Vorerst.

  Überall wurde umhergeschaut und geflüstert. Nicht wirklich laut, doch da es jeder tat, war es so laut auf dem Domplatz, dass man kaum verstand, was Personen nur ein paar Schritte entfernt beredeten. Somit war es auch nicht möglich zu erfahren, was der König von sich gab, dessen Diener ebenfalls im Mittelpunkt des Kreises stand und geduldig aufschrieb, was der König ihm mitteilte.

Schließlich wandte sich der König zu der Menge um, wobei er sich einmal langsam im Kreis drehte, um von allen gesehen werden zu können. Karek hatte das Gefühl, dass der König sich dabei nicht zuletzt deshalb sehr viel Zeit ließ, weil ihm das, was gesagt werden musste, sehr unangenehm war.

Doch er wusste mit Sicherheit mehr über das Gewitter als sie alle. Sofort fiel Karek wieder ein, wie der Mann den Blitz einfach mit seiner Handfläche abgefangen hatte. Bei diesem Gedanken lief es Karek kalt den Rücken hinunter und er war froh, dass es keiner bemerkte.

„Bürger von Regensburg", begann der König mit lauter, fester Stimme und seine Worte übertönten das Gemurmel und Geplapper der Menge. „Ich kann verstehen, dass ihr alle sehr beunruhigt seid, doch es besteht kein Grund zur Sorge."

Sein Arm machte eine betont langsame Geste zum gewaltigen Dom hinüber.

Nun blickte der König zu Boden und machte ein paar Schritte nach vorne. Jetzt war es so still, dass Karek glaubte, sogar die Schuhe des Königs knarzen zu hören.

„Als ich vor vielen Jahren das Amt als König in Regensburg angetreten habe, versprach ich mir und vor allem Euch, dass ich für die Stadt sorgen werde. Ich wollte nicht, dass sie noch einmal so schlimme Zeiten erlebt wie unter Daragons Herrschaft. Dieses Versprechen halte ich noch immer und es hat sich nichts an meiner Loyalität zu euch geändert."

Als der König innehielt, applaudierten und pfiffen die Bürger durcheinander, verstummten aber auch sofort wieder, da der König seine Hand hob, um zu zeigen, dass er weitersprechen wollte:

„Das gestrige Ereignis hat mich zu folgender Überlegung gebracht: Das Gewitter war durchaus gefährlich und wir können froh sein, dass der Stadt nichts Schlimmeres widerfahren ist als der beschädigte Platz hier. Da wir nicht sicher sein können, um was es sich genau gehandelt hat, werden wir Vorkehrungen treffen, um besser reagieren zu können, für den Fall, dass so etwas wieder passiert. Mir liegt Regensburg sehr am Herzen und ich denke wir können allesamt stolz sein, wie diese Stadt zum jetzigen Zeitpunkt dasteht. Damit das so bleibt, werde ich Trolle anheuern, die hier am Domplatz Wache halten und den Dom im Auge behalten werden. Sollten sie etwas Verdächtiges wahrnehmen, und sei es ein noch so kleines Signal, werden sie sofort Alarm schlagen."

Der König hatte diesen Satz kaum beendet, als die Bewohner Regensburgs in Jubel und begeistertes Geschrei ausbrachen, sodass sich der König tief verbeugte.

Der Applaus war noch gar nicht verklungen, als aus den Gassen und aus allen möglichen Richtungen Trolle kamen, die sich schwerfällig und mit ernsten Gesichtern dem Dom näherten.

„Ich glaube nicht, dass diese Vorkehrung etwas helfen wird", sagte Terek entschieden zu Karek, allerdings ohne ihn anzusehen. Sein Blick war weiter starr auf den König geheftet.

Zuerst warf Karek einen fragenden Blick zu Terek, doch als er näher darüber nachdachte, verstand er zu gut: Sie konnten hier dutzende Trolle auf dem Domplatz postieren, trotzdem würden sie auch nichts gegen ein Gewitter ausrichten können.

Aber ein König mit seinen bloßen Händen, dachte Karek automatisch und bei diesem Gedanken lief es ihm erneut eiskalt den Rücken hinunter. Wieder war er froh, dass Terek, der neben ihm stand, es nicht merkte.

Vielleicht dienten die Trolle nur dem Zweck, dass der König schnell genug von der Gefahr erfuhr, um dann entsprechend handeln zu können.

Wie dem auch sei, den König umgab ein Geheimnis. Karek war sich noch nicht ganz sicher, ob es wirklich ein Gutes war.

Die Menschen sahen zu, wie sich die Trolle auf dem Domplatz verteilten und somit ihre Stellungen bezogen.

Zum Schluss hob der König noch einmal seine Hand und versuchte, die Menge, die nun wieder lauter geworden war, zum Verstummen zu bringen.

„Ich erbitte mir von euch Vertrauen. Ich versichere euch Bürgern, dass keine Gefahr besteht und alles Mögliche getan wird, um für Sicherheit zu sorgen."

Mit diesen Worten wandte sich der König ab und marschierte mit zügigen Schritten zum Dom, geleitet von seiner Garde, welche ihm eine sichere Rückkehr garantierte. Auch die Menschenmenge begann, sich mit lautem Gemurmel aufzulösen.

Terek und Karek sahen sich an und zuckten nur die Achseln.

Wirklich begeistert waren sie beide nicht von der Idee des Königs.

Kapitel 8

Tereks Geschichte

Karek und Terek standen weiterhin auf dem Domplatz, der sich in kürzester Zeit geleert hatte. Fast hatte es so gewirkt, als wären die Bewohner vor diesem Ort *geflohen*, als hätten sie Angst, sie könnten sich mit einer unheilbaren Krankheit anstecken, wenn sie noch länger an diesem Punkt verweilten. Nur die Trolle waren zurückgeblieben und machten ihre Aufgabe wirklich vorbildlich. Auch wenn sie nur darin bestand, den Domplatz im Auge zu behalten und vor möglichen Gefahren zu bewachen.

„Dieser Platz hier wird wohl vorerst so leer bleiben", sagte Terek nachdenklich, und als Karek ihn interessiert ansah, suchte er den Himmel mit zusammengekniffenen Augen ab. In seinem Gesicht war eine Spur von Sorge zu erkennen. Seit dem Tag, an dem sie sich getroffen hatten, schien sich seine Persönlichkeit geändert zu haben. Damals von Angst beherrscht, schien er nun bereit zu sein, sein Möglichstes zu tun, um der Stadt zu helfen.

„Was machst du eigentlich noch hier in der Stadt?", fragte Karek nun geradeheraus, aber als er die Worte ausgesprochen hatte, kamen sie ihm eine Spur zu grob vor, was ihm sofort wieder leid tat. Doch Terek schien es nicht zu bemerken, denn er wandte seinen Blick vom Himmel ab und musterte Karek mit einem unschlüssigen Schulterzucken.

„Ich bin aus demselben Grund hier, weshalb ich gestern Nacht über die Steinerne Brücke gelaufen bin", sagte er ausweichend. „Ich möchte meine Gabe nutzen, um den Bewohnern dieser Stadt zu helfen."

„Du meinst dieses Gefühl, von dem du mir erzählt hast, richtig? Du spürst, wenn eine Gefahr naht?"

Terek nickte etwas zögernd. „So ist es. Das Ereignis gestern war die Bestätigung dafür, dass ich mich nicht getäuscht habe und nicht grundlos in diese Stadt gekommen bin."

Unauffällig musterte Karek den jungen Mann. Noch immer trug er abgetragene Kleidung und man sah ihm trotz seines jungen Alters an, dass er viel durchgemacht hatte. Doch das änderte nichts daran, dass er sehr selbstbewusst auftrat.

Karek fielen Tereks Worte von gestern wieder ein.

„Was ist mit deiner Schwester passiert, Terek?", fragte Karek, und er glaubte schon, mit dieser Frage zu weit zu gehen, doch das tat er offenbar nicht, denn Terek suchte den Domplatz ab und gab Karek zu verstehen, ihm zu folgen. Gemeinsam setzten sie sich auf eine seitliche Stufe, die zum Dom emporführte. Borger folgte mit wedelndem Schwanz und winselte leise. Die Stufe lag auch zu dieser Tageszeit im Schatten, sodass es nicht ganz so warm war.

Terek saß neben Karek und er spielte mit einem etwa faustgroßen Stein, der in der Nähe der Stufe gelegen hatte. Borger legte sich zu ihren Füßen und schloss die Augen. Nachdenklich sah Karek in eine Gasse. Zufälligerweise war es genau jene, in der sie sich kennengelernt hatten. Vielleicht dachte Terek in diesem Moment ebenfalls daran.

„Es ist lange her", begann Terek ernst. „Ich bin in einem kleinen Dorf aufgewachsen und war noch sehr klein als der Albtraum passierte."

„Wie hieß dieses Dorf?", fragte Karek. Er wollte Terek nicht unterbrechen, doch es interessierte ihn.

Terek schüttelte nur den Kopf. „Ich war so klein, als ich dort lebte, dass ich mich gar nicht mehr erinnern kann und ich glaube auch, dass es nicht mehr existiert." Er machte eine kurze Pause und sah in den blauen Himmel empor.

„Warum existiert es nicht mehr?"

Terek wandte seinen Blick wieder vom Himmel ab und sah in die Ferne. Karek war sich nicht einmal sicher, ob er überhaupt etwas wahrnahm, was sich auf der anderen Seite des Doms tat. Genaugenommen marschierten dort auch nur zwei Trolle umher und schienen mit nichts beschäftigt zu sein.

„Es existiert nicht mehr, weil es damals zerstört wurde", gab Terek zur Antwort, ohne Karek anzusehen und doch nickte Karek, da er sich diese Worte schon gedacht hatte. Ehe er etwas äußern konnte, fuhr Terek fort: „Ich meine, es wurde nicht bloß zerstört, sondern *vernichtet.*" Das letzte Wort sprach er aus wie einen Fluch.

„Was ist geschehen?"

Terek begann langsam zu erzählen: „Ich glaube, ich war vielleicht vier oder fünf Jahre alt, und das Leben in diesem Dorf war sehr schön, soweit ich das noch sagen kann. Doch es kam der Tag, da war alles anders, aber ich kann nicht begründen warum, denn äußerlich war alles wie immer. Ich habe nur angefangen mich unwohl zu fühlen und hatte das Gefühl, dass es von Tag zu Tag schlimmer würde. Es fühlte sich an wie ein leichtes Rumoren im Magen. Bis er sich eines Tages schmerzhaft zusammenzog.

Meine Eltern, die das natürlich gemerkt haben, konnten sich das auch nicht erklären. Der Heilkundige, der mich schließlich untersuchte, sagte, ich wäre vollkommen gesund.

Ich kann mich erinnern, wie mir fast ununterbrochen der Schweiß auf der Stirn stand und ich mich immer schlechter fühlte. Zu meinen Eltern sagte ich, dass etwas kommen würde und dass alle in Gefahr wären, doch sie nahmen mich natürlich nicht ernst."

Terek machte eine kurze Pause. Es fiel ihm sichtlich schwer, diese Geschichte über die Lippen zu bringen. Karek fragte sich plötzlich, warum Terek ihm diese Geschichte erzählte? Immerhin war Karek ein Fremder für ihn.

„Mein schlechtes Wohlbefinden zog sich zu einer Ewigkeit und schließlich, als ich schon anfing, mich daran zu gewöhnen, geschah es! Es war sehr warm an diesem Tag und es war Nacht, als ich in meinem Bett lag und zur finsteren Decke sah. Plötzlich hörte ich einen lauten Schrei und dann war dieses Wissen da, dass sich meine Befürchtungen bewahrheiteten.

Ich weiß noch wie meine Mutter zu meinem Bett lief und mich einfach auf ihren Arm zerrte und mir ins Ohr flüsterte, dass wir schnell verschwinden müssten. Mein Vater wartete bereits an der Tür und hatte meine Schwester an der Hand, die leise weinte. Sie war älter als ich und dieses verweinte Gesicht war das letzte, was ich von Olivia sah.

Meine Mutter und mein Vater liefen hastig aus dem Haus und da sah ich es schon: Überall waren Feuer entzündet und vermummte Männer mit finsteren Wölfen und brennenden Fackeln hatten das Dorf umzingelt.

Ich weiß noch, wie mein Vater zu meiner Mutter sagte, sie solle Olivia an der Hand nehmen und er würde die Männer aufhalten. Dann lief meine Mutter los und ich bin mir heute sehr sicher, dass sie nicht einmal wusste, wohin."

Terek brach ab und Karek glaubte, Tränen in seinen Augen schimmern zu sehen, doch als er weitersprach, war seine Stimme so fest wie zuvor: „Jetzt beginnt alles zu verschwimmen", sagte er vorsichtig und seine Erzählweise wurde immer stockender: „Ich weiß noch, wie meine Mutter mich fallen ließ und ich anfing zu weinen. Ich stand auf und begann zu laufen, so wie es ein Vierjähriger nun einmal tut und ich weiß bis heute nicht, wie ich es geschafft habe, zu entkommen. Ich kann nicht einmal mehr sicher sagen, wie das Dorf in dem Moment aussah, aber es muss schlimm gewesen sein. Überall waren Rauch, Flammen und Wölfe und überall schrien Menschen und rannten wild durcheinander. Die vermummten Männer habe ich auf meiner Flucht nicht mehr zu Gesicht bekommen."

„Genauso wenig wie deine Eltern und deine Schwester, richtig?", schlussfolgerte Karek, als Terek nicht weitersprach. Dieser nickte nur zur Antwort.

„Ich weiß bis heute nicht, was mit ihnen passiert ist", gestand er und Karek hatte plötzlich das Gefühl, dass er zitterte.

„Du bist aus dem Dorf geflohen und was ist dann passiert? Du warst viel zu klein, um wirklich alleine überleben zu können."

„Das stimmt, Karek, das war ich. Mich hat jemand gefunden. Ich glaube, gleich am nächsten Tag, doch wo das war, weiß ich leider nicht. Schließlich bin ich bei einer Familie aufgewachsen, die ich sehr mochte, doch lange quälte mich das Erlebnis mit den vermummten Männern und ihren Wölfen, die mein Dorf überfielen."

Terek machte eine kurze Pause.

Nun musste Karek an damals denken, als Erentroß mit Daragon vor dem Dom gestritten hatte. War da nicht der Begriff *Höllenwolf* gefallen? Sehr wahrscheinlich waren das die Wölfe, die auch Tereks Heimatdorf überfallen hatten.

Plötzlich sprach Terek weiter: „Ich habe lange Zeit darüber nachgedacht, wie es sein konnte, dass ich den Überfall gespürt hatte, doch geredet habe ich vorerst mit niemanden darüber. Zu groß war die Angst, man würde mich für verrückt halten."

„Wie haben sie reagiert, als du es ihnen erzählt hast?"

Terek sah Karek ernst an.

„Ich habe es ihnen erzählt, da ich spürte, dass es mich immer mehr belastete. Als ich mit ihnen darüber sprach, nahmen sie mich sehr ernst. Sie haben mich immer behandelt wie ihr eigenes Kind. Orton und Katende waren ihre Namen. Ich sagte zu ihnen, dass ich es hätte verhindern können. Ich glaubte viele Jahre, ich wäre schuld an dem Tod meiner Familie, doch sie sagten, dass dem nicht so war."

Karek nickte, um seine Worte zu bekräftigen, denn damit hatten sie auf jeden Fall recht gehabt.

„Wie stehst du heute zu dem Vorfall?", fragte Karek und Terek schien einen Moment über diese Frage nachzudenken. Wieder wog Terek einen Stein in seiner Hand und diesmal musste Karek an den Brocken denken, den er besaß und der so aussah wie ein Drachenzahn. Das spukte ihm immer wieder im Kopf herum und er konnte sich nicht erklären, warum das so war.

„Ich bin überzeugt davon, dass ich den Überfall vorhergesehen habe. Immer wenn ich mich unwohl fühle, geschieht einige Zeit später ein Unglück. Wäre ich damals schon älter gewesen, hätte ich wahrscheinlich die Bewohner retten können, denn heute würde man mich sicherlich ernster nehmen als damals als Fünfjährigen."

„Du bist hier, weil du eine Gefahr vermutest?", fragte Karek geradeheraus und sah Terek durchdringend an.

„Ich vermute es nicht, es ist so!", antwortete Terek ernst. „Ich denke, was gestern geschehen ist, ist Beweis genug, dass etwas Schlimmes passieren wird." Er deutete energisch auf das zertrümmerte Kopfsteinpflaster.

Schließlich erhoben sich Karek und Terek und gemeinsam liefen sie tiefer in die Stadt hinein. Borger folgte mit verschlafenem Blick, doch bald gewahrte der

Sheepdog eine wild umherschwirrende Fliege, die sofort seine volle Aufmerksamkeit erregte. Aufgeregt sprang er umher und ließ ein freudiges Bellen hören.

Karek erzählte Terek von Emina und was er mit ihr erlebt hatte. Terek unterbrach Karek kein einziges Mal und er hörte ernsthaft zu.

„Und du bist dieser Emina einfach so begegnet?", fragte Terek und es war unüberhörbar, dass er leichte Zweifel hatte, worauf Karek nur mit leicht gerunzelter Stirn nickte.

„Ich habe so ein Gewitter wie gestern noch nie erlebt. Die Sache mit Daragon liegt nun dreizehn Jahre zurück. Warum erscheint der Schlangendrache erst jetzt und lässt seinem Zorn freien Lauf? Klingt für mich wenig überzeugend."

Da war etwas dran, wie Karek fand, doch er hatte es *erlebt* und er hatte genau *gehört*, wie das Donnern geklungen hatte. Je mehr er darüber nachdachte, desto mehr klang das Donnern für ihn wie der Schmerzensschrei eines Ungeheuers.

Karek verscheuchte diese Gedanken, denn sie reichten aus, um ihm eine tiefsitzende Angst einzujagen.

„Bist du sicher, dass deine Familie nicht mehr am Leben ist?", fragte Karek. „Wer sagt denn, dass deine Eltern bei dem Überfall wirklich gestorben sind? Du hast es doch nicht mit eigenen Augen gesehen. Vielleicht konnte dein Vater ja deine Mutter und Schwester retten."

„Wenn sie noch am Leben wären, dann wäre ich längst wieder bei ihnen", sagte Terek nur und durch die Betonung seiner Worte machte er Karek klar, dass er darüber nicht weiter reden wollte, was dieser auf jeden Fall nachvollziehen konnte.

Nun waren sie bei der Hauptwache am Neupfarrplatz angekommen. Jetzt fiel Karek etwas ein: „Ich habe das Messer noch", sagte er mit einem schuldbewussten Lächeln und holte es aus seiner Tunika hervor.

Terek besah sich das Messer, doch dann schüttelte er den Kopf. „Das ist nicht mein Messer, Karek, und das weißt du."

Sie setzten sich auf die Bank, die nun etwas im Schatten lag, da die Sonne sich für den Moment hinter der Neupfarrkirche verkrochen hatte.

„Als ich auf dem Markt am Neupfarrplatz war, da hat mir der Mann mit der Pferdekutsche etwas geschenkt."

Terek blickte ihn neugierig an, doch Karek hatte die Schatulle nicht dabei. Somit blieb ihm nichts anderes übrig, als sie zu beschreiben.

Terek zuckte schließlich die Schultern. „Dazu kann ich nichts sagen. Es ist ja auch gar nicht mein Messer."

Karek musterte Terek ganz genau, wie er da neben ihm auf der Bank saß, den Oberkörper leicht vorgebeugt.

Jetzt, als er das Ganze so betrachtete, wurde er nicht wirklich schlau aus Terek und er wusste nicht, wie er ihn einzuordnen hatte.

„Weshalb hast du es den Jungen gestohlen?", fragte er geradeheraus, obwohl er wusste, dass dieses Thema zu nichts führen würde.

Terek schüttelte verärgert den Kopf, stand kommentarlos auf und verließ Karek.

Als er sich ein paar Meter entfernt hatte, drehte er sich noch einmal zu ihm um und rief: „Sei doch froh, dass ich es getan habe. Dadurch hast du ein schönes Schnitzwerkzeug!"

Karek blieb mit gerunzelter Stirn sitzen und ließ das Messer wieder zusammenklappen.

Er wurde das Gefühl nicht los, dass Terek in der nahen Zukunft eine wichtige Rolle spielen würde.

Kapitel 9

Drachenzahn

Karek wurde aus Terek einfach nicht schlau.

Er war ihm nicht hinterhergelaufen, sondern noch eine Weile auf der Bank bei der Hauptwache sitzen geblieben und mit nachdenklicher Miene schließlich zurück zum Domplatz gegangen.

Hier stand er nun und wieder wurde ihm die Gefährlichkeit des gestrigen Gewitters voll bewusst. Und die Tatsache, wie viel Glück er und Emina gehabt hatten, schnürte ihm fast die Kehle zu.

Ich hätte tot sein können, dachte er und spürte, wie sich sein Magen bei diesem bitterernsten Gedanken schmerzhaft zusammenzog. Hastig schob er diesen Gedanken beiseite und sah hinab zu Borger, der still neben ihm herlief und aufgeregt am Boden schnüffelte.

Karek trat an ein paar zertrümmerte Steine des Kopfsteinpflasters heran. Die meisten beschädigten Steine waren bereits fortgeschafft und ausgetauscht worden, allerdings nicht alle. Auch hier wirkte Borger wieder sehr aufgeregt, als würde er etwas wittern.

Als der Junge seinen Blick kreisen ließ, glaubte er, dass es ewig dauern würde, bis der Domplatz wieder einladend aussah. Hier lief niemand mehr herum und Karek war sich sicher, dass dies auch so bleiben würde, solange die Erinnerung an das Gewitter noch frisch war.

Traurig schüttelte er den Kopf. Sie konnten Trolle als Wachen aufstellen und noch unzählige weitere Sicherheitsvorkehrungen treffen, ein solches Gewitter würden sie niemals aufhalten können. Es war eine Naturgewalt und dieser konnten sie nichts entgegensetzen.

Nachdenklich blickte Karek in den Himmel. War es wirklich möglich, dass ein Drache dafür verantwortlich war? Er würde keine Antwort auf diese Frage bekommen, also lief er weiter.

Als er fast am Anfang einer der Gassen angelangt war, durch die Karek und Emina in der vergangenen Nacht hatten flüchten wollen, störte ihn etwas an dem Anblick des geborstenen und aufgeplatzten Kopfsteinpflasters.

Ausgehend von dem Loch, in dem der Stein völlig vernichtet worden war, zogen sich dünne und dickere Linien nach außen und verliefen sich scheinbar im Nirgendwo. Doch in diesem Loch, welches so groß wie seine Faust war, lag etwas. Karek hielt sich für verrückt, weil es seine Aufmerksamkeit so sehr anzog. Vielleicht aber war es auch Borgers Bellen, welches in diesem Moment sehr energisch war.

Es sah aus wie ein Stein, doch es hatte nicht die Farbe des Kopfsteinpflasters, welches hier eine Färbung von hellem Grau hatte. Der Stein, der seine Aufmerksamkeit anzog, war schneeweiß und lief an einem Ende spitz zu.

Als Karek seine Hand danach ausstreckte, merkte er, dass diese leicht zitterte. Er hob den Brocken auf und wog ihn in seiner Hand. Gleichzeitig besah er ihn sich genauer. Dieser glich dem Stein, den er bereits zu Hause hatte und mit dem er zum König gegangen war. Er war ebenfalls geformt wie ein Drachenzahn.

Nachdenklich sah Karek in die Ferne. Warum hatte er diesen Stein nun gefunden? Er sah anders aus und hatte eine komplett andere Farbe als das Kopfsteinpflaster des Domplatzes, doch es war schon sehr merkwürdig, dass er darauf aufmerksam geworden war.

Karek schalt sich in Gedanken einen Narren. Dies war ein einfacher Stein, genau wie der, den er bereits zu Hause liegen hatte. Merkwürdigerweise hatten diese Gedanken nicht die erhoffte, beruhigende Wirkung auf ihn.

Weil du weißt, dass es nicht die Wahrheit ist, hörte er eine höhnische Stimme in seinem Kopf, vor der er fast erschrak.

Plötzlich musste Karek wieder an sein Gespräch mit dem König denken. Er war schon kurz davor, die Stufen zum Eingang des Doms hochzusteigen, als ihm einfiel, dass der König ihm gesagt hatte, dass es auch nichts ändern würde, wenn sie feststellten, dass es sich bei dem Stein um einen Drachenzahn handelte.

Ohne zu wissen warum, steckte er den Stein ein und ging in die Gasse hinein, die fast völlig im Schatten lag, da sich die Häusermauer hoch in den Himmel erhob.

Karek fragte sich, ob es nicht klug wäre, einfach zum König zu gehen und ihm von dem Stein zu erzählen, den er gerade gefunden hatte, allerdings wusste er auch im Vorneherein, dass das Gespräch nicht anders als das letzte verlaufen würde. Außerdem würde der König sicherlich an Kareks Intelligenz zweifeln, wenn er erzählte, wie er den Stein gefunden hatte. Jeder, der nicht Karek hieß, würde mit großer Wahrscheinlichkeit sagen, dass es sich um einen einfachen Stein handelte.

Karek schüttelte verärgert den Kopf, ziemlich entnervt von seinen eigenen Gedanken. Er hatte selbst den Eindruck, dass er hinter allem, was ein bisschen merkwürdig wirkte oder ein bisschen komisch aussah, sofort ein großes Geheimnis vermutete.

Nun holte er den Brocken wieder aus seiner Tasche und er hätte ihn nur zu gern weit von sich geschleudert, aber irgendetwas sagte ihm, dass er es nicht tun sollte.

Karek ging bis zum Ende der Gasse weiter und lief dann unschlüssig nach links.

Was tat er eigentlich hier?

Karek beschloss, sich zusammen mit Borger zur Steinernen Brücke aufzumachen und sich in sein Haus zurückzuziehen. Dort würde er die beiden Steine miteinander vergleichen.

 Mit neuer Motivation und voller Entschlossenheit machten sie sich auf den Weg.

Kapitel 10

Gerandos Geschichte

Karek saß auf dem Feldbett seines Zimmers und hatte die Truhe geöffnet, in der sich seine Habseligkeiten befanden. Darin lagen ein Stein in der Form eines Drachenzahns, sein Schwert Götterzorn und das Messer mit der blauschimmernden Schatulle. Borger saß neben ihm und sah neugierig hinein.

Der Deckel der Truhe stand weit offen, und so wie er auf dem Feldbett saß und sie anstarrte, konnte er nicht hineinsehen. Dafür war sie zu tief. Gerade einmal der Griff seines Schwertes ragte ein wenig über den Rand hinaus.

Schließlich erhob sich Karek vom Feldbett, hockte sich vor die Truhe, holte den Stein heraus und verglich ihn mit dem eben gefundenen.

Sie sahen unterschiedlich aus, das war auf den ersten Blick erkennbar, allerdings musste das nichts heißen. Sie waren sich dennoch ähnlich. Man konnte sie für Zähne halten, zumindest sah Karek das so.

Nach einer gewissen Zeit des stummen Betrachtens legte er die beiden Gegenstände wieder zurück und lehnte sich gegen sein Feldbett, blickte gegen die gegenüberliegende Wand und kraulte Borger hinterm Ohr, was dieser mit wild wedelndem Schwanz begrüßte.

Es war so still im Haus, dass er glaubte sein eigenes Herz pochen zu hören. Er schloss die Augen. Karek hatte immer mehr das Gefühl, sich in etwas zu verrennen.

Er öffnete wieder seine Augen und richtete sich auf. Dann verließ er das Zimmer und ging ziellos durch das Haus. Borger blieb an Ort und Stelle zurück.

Im Esszimmer hockte er sich schließlich auf einen Schemel und goss sich Kräutertee in einen Becher. Er war nur noch lauwarm, doch so mochte er ihn am liebsten.

Er genoss die Stille, die in diesem Augenblick im Haus herrschte. Manchmal empfand er sie als erdrückend, doch nun war es ein schönes Gefühl. Es half ihm, einen klaren Kopf zu bekommen. In den letzten Tagen war so viel Übernatürliches geschehen, dass er Schwierigkeiten hatte, abzuwägen, was richtig und was falsch war.

Er nahm noch einmal einen Schluck seines Kräutertees und leerte ihn damit bis zur Hälfe.

Gedankenverloren strich seine Hand über den grobgehauenen Holztisch, der hier bereits seit Ewigkeiten stand. Als sein Blick auf die Tischoberfläche fiel, hielt er inne, weil die Beschaffenheit des Holzes ihn an etwas erinnerte. Dort waren dicke und dünne Ringe und Linien erkennbar und natürlich sah er sie nicht zum ersten Mal, doch plötzlich löste der Anblick etwas in ihm aus.

Karek stand vom Tisch auf und brauchte all seine Willenskraft, um nicht zu stürmisch zu sein. Als er in sein

Zimmer zurücklief, konnte er die Eile nicht mehr unterdrücken, und als er ins Innere des Zimmers stürmte und sich vor der Truhe zu Boden fallen ließ, klopfte sein Herz vor Aufregung so stark, dass er es überdeutlich spüren und hören konnte.

Der Deckel stand noch immer offen, doch nun holte er sein Schwert und die blaue Schatulle heraus. Er entnahm das Klappmesser und legte beide Waffen vor sich auf den Boden. Dabei stolperte er fast über seinen Hund.

Karek konnte ein Stöhnen nicht unterdrücken. Die Vorahnung war dagewesen. Geradeeben, als er mit der Hand über die Tischplatte gefahren war und die Maserung des Holzes gespürt hatte.

Sowohl Götterzorn als auch das Messer hatten die gleichen Muster auf der Klinge!

Mit offenem Mund sah Karek auf und blickte durch das Fenster, welches sich direkt gegenüber der Tür befand. Er wagte es kaum, Luft zu holen.

Nun hob Karek das Schwert vom Boden auf, doch das hätte er gar nicht gebraucht, denn die Ähnlichkeit sah man natürlich mit bloßem Auge. Das Schwert lag wie immer vertraut leicht in seiner Hand, so als besäße es fast kein Gewicht und wäre eigens für ihn geschmiedet worden.

Er verglich die Muster und Linien auf dem Stahl genau. Natürlich sah er die Muster auf Götterzorn jetzt nicht zum ersten Mal, doch nun erkannte er, dass sie denen des

Messers glichen. Sie sahen sehr kunstvoll aus und irgendwie auch verschnörkelt. Karek fragte sich, wie man es geschafft hatte, diese Verzierungen in den Stahl zu brennen. Außerdem fragte er sich, warum die ungleichen Waffen die gleichen Muster auf den Klingen hatten.

Karek wusste, dass Götterzorn ein uraltes Schwert und in der Tat unbezahlbar war. Hieß das somit auch, dass das Messer einen ebenso großen Wert hatte und vielleicht auch ebenso alt war?

Mit einem fragenden Ausdruck im Gesicht lehnte sich Karek gegen sein Feldbett, ließ die Klingen allerdings keine Sekunde aus den Augen. Er hatte das sichere Gefühl, dass er eine unglaublich wichtige Entdeckung gemacht hatte. Er spürte, dass es etwas mit der ganzen Situation zu tun hatte. Was war, wenn es kein Zufall gewesen war, dass er dieses Messer in die Hände bekommen hatte? Auch wenn es sich in Kareks Ohren verrückt anhörte, inzwischen hielt er nichts mehr für ausgeschlossen.

Götterzorn hatte Erentroß gehört. Hatte er vielleicht von dem Messer gewusst?

Mit einem Seufzen, welches er nicht unterdrücken konnte, stand er vom Boden auf und verließ das Zimmer. Sowohl Schwert als auch Messer ließ er einfach an Ort und Stelle zurück. Mit schnellen Schritten verließ er das Haus. Karek hatte das Gefühl, dass ihm die Ereignisse über den Kopf wuchsen.

Die Sonne brannte immer noch warm auf Stadt am Hof herab. Karek begab sich zur Donau in der Hoffnung, einfach auf andere Gedanken zu kommen.

Als er sein Ziel erreicht hatte, nahm er reges Treiben auf der Steinernen Brücke wahr. Dies war recht häufig der Fall. Immerhin war diese Brücke die einzige Verbindung, die Stadt am Hof mit Regensburg verband. Einige Menschen waren zu Pferd, doch viele auch einfach zu Fuß unterwegs. Manche schienen kein genaues Ziel zu haben, denn sie standen bloß an der Brückenmauer und blickten auf die Donau hinab, auf der zu dieser Stunde ein paar große und kleine Schiffe umherfuhren.

Dieses Treiben auf der Donau und der Anblick, wie sich das brausende Wasser an den Pfeilern der Brücke brach, brachten ihn zumindest für den Moment auf andere Gedanken.

Karek lehnte sich ein Stück zurück und blickte in den blauen Himmel. Er fragte sich plötzlich, weshalb er sich eigentlich so stark mit der ganzen Sache befasste. Schließlich taten dies unzählige andere Bürger auch nicht. Sie gaben sich mit der Situation zufrieden, da sie nichts daran ändern konnten. So etwas in der Art hatte auch der König zu ihm gesagt. So wie es kam, so würde es kommen und sie würden nichts daran ändern können.

Aber du spielst eine große Rolle in dieser gesamten Angelegenheit. Es war kein Zufall, dass du vor dreizehn

Jahren Daragons und Erentroß' Tod miterlebt hast!, vernahm er seine innere Stimme.

Plötzlich hörte er hinter sich ein Geräusch, welches ihm bekannt vorkam und ihn endlich aus seinen Gedanken riss, von denen Karek schon glaubte, ihnen nie wieder entkommen zu können.

Hinter ihm, auf der Straße an der Donau, hatte eine Kutsche gehalten und auf dem Kutschbock saß ein Mann, der mit nachdenklicher Miene zu ihm hinabsah.

Karek wusste sofort, wer da gehalten hatte. Er erhob sich wortlos und lief auf den Pferdekutscher zu.

„Ich grüße dich, mein Junge", sagte Gerando feierlich und sein Gesicht nahm eine heitere, fröhliche Miene an.

Karek erwiderte den Gruß und blieb vor Gerando stehen. „Was verschlägt Euch in diese Gegend?", fragte Karek, nachdem Gerando vom Kutschbock gestiegen war.

„Ich war noch einmal in der Gegend und nun verlasse ich Regensburg mit einem Schiff."

„Der Markt am Neupfarrplatz ist doch schon länger vorbei. Wart Ihr noch so lange hier?"

Gerando sah aufs Wasser hinaus und nickte zur Antwort, ehe er sagte: „Ja, ich war lange Zeit hier und hatte einiges zu tun. Regensburg ist eine vielbeschäftigte Stadt und bietet viel Arbeit."

„Weshalb habt Ihr mir diese blaue Schatulle geschenkt?", fragte Karek nun geradeheraus.

Zuerst schien Gerando gar nicht zu wissen, wovon er sprach, doch dann sah er für einen kurzen Moment etwas erschrocken aus, ehe er unsicher zu lachen begann. „Ach das", meinte er und winkte ab. „Das war doch nur eine kleine Entschuldigung für meine Unfreundlichkeit. Das ist doch nicht der Rede wert."

Karek wusste nicht weshalb, doch er war sich ziemlich sicher, dass Gerando nicht ganz ehrlich war. Er hatte vielmehr den Eindruck, dass er diese Schatulle einfach schnell hatte loswerden wollen, als ginge davon eine große Gefahr aus. Karek hatte sein erschrockenes Gesicht genau gesehen.

Karek schalt sich in Gedanken verärgert einen Narren. Dieser Mann wollte ihm vielleicht wirklich nur einen Gefallen tun. Diese ganze Geschichte hatte ihn viel misstrauischer werden lassen als ihm lieb war. Wahrscheinlich, weil so viele Dinge geschehen waren, die er normal für völlig unmöglich gehalten hätte.

„Wisst Ihr etwas von dem Messer, das in die Schatulle passt?"

Gerando winkte ab und lachte dann wieder mit einer kaum wahrnehmbaren Unsicherheit in der Stimme: „Ich denke, dieses Messer existiert gar nicht mehr. Ich habe es nie zu Gesicht bekommen und diese Schatulle war lange Zeit in meinem Besitz. Viele Jahre."

„Ich habe das Messer und es passt genau in die Vertiefung hinein", gab Karek zur Antwort, kaum das Gerando geendet hatte.

Gerandos Augen waren groß und es war ihm anzusehen, dass er an Kareks Worten zweifelte.

„Darf ich es sehen?", fragte er schließlich, doch Karek schüttelte nur den Kopf. „Ich habe es nicht bei mir, aber ich finde, dass sowohl das Messer als auch die Schatulle äußerst edel aussehen. So etwas halte ich in Ehren."

Gerando nickte zufrieden.

„Und Ihr wisst wirklich nichts über das Messer?", hakte Karek nach. Er wusste einfach, dass dieses Messer von einem Geheimnis umgeben war, welches in irgendeinen Zusammenhang mit dem Gewitter und der Vergangenheit stand.

„Ich weiß nichts Handfestes", sagte Gerando ausweichend. „Alles, was ich mal gehört habe, habe ich als Märchengeschichte abgetan."

Karek nickte und deutete auf das Ufer. „Setzt Euch einen Moment zusammen mit mir an die Donau", sagte er betont heiter und Gerando machte ein nachdenkliches Gesicht, wobei er schließlich die Schultern zuckte und sein Pferd ein Stück von der Straße führte.

„Mein Schiff legt erst in ein paar Stunden ab", meinte er dann und ließ sich neben Karek zu Boden sinken, sodass beide auf das Wasser hinabblicken konnten.

„Was ist das für eine Geschichte, die Ihr nicht glaubt?"

Gerando blickte mit zusammengekniffenen Augen in die Ferne, da die Sonnenstrahlen von der Wasseroberfläche reflektiert wurden.

„Ich habe einmal gehört, dass dieses Messer, das zu der Schatulle passt, vor hunderten von Jahren geschmiedet worden wäre. Von einem Mann in einer schwarzen Rüstung, die er niemals ablegte."

Obwohl Karek noch nie etwas von einem Mann in einer schwarzen Rüstung gehört hatte, ahnte er, dass das nichts Gutes bedeuten konnte. Gleich darauf sagte er aber betont locker: „Alle Messer werden irgendwann einmal geschmiedet. Das ist doch nichts Besonderes."

Gerando zuckte nachdenklich die Schultern. „Niemand weiß, wo dieses Messer angefertigt worden ist, doch ganz sicher nicht in dieser Stadt. Man sagt, dem Reiter sei es nach jahrelanger Arbeit gelungen, diese Waffe fertigzustellen und sie sei so scharf, dass man sogar Stein damit schneiden könne."

Gerando sah Karek durchdringend an, ehe er fortfuhr: „Obwohl es nur ein einfaches Messer war, konnte man dem Reiter nie mehr etwas anhaben. Selbst Schwertkämpfer waren ihm von da an unterlegen, da der Reiter so geschickt mit dem Messer umzugehen wusste. Manche behaupteten sogar, diese Waffe habe magische Kräfte. Der schwarze Reiter wurde machthungrig und er stellte ein Heer zusammen und überfiel Dörfer. Seine Armee bestand aus vermummten Männern mit blutrünstigen Bestien, die die Dörfer nicht nur einfach überfielen, nein, sie zerstörten sie regelrecht, und dafür war ihnen jedes Mittel recht. Selbst vor Mord und Vergewaltigung machten sie nicht Halt."

Nun lief es Karek kalt den Rücken herunter und er starrte Gerando aus vor Entsetzen geweiteten Augen an.

Von diesen vermummten Männern hat Terek auch erzählt, dachte er erschrocken, sprach es aber nicht laut aus.

„Bei einem der Überfälle verlor der schwarze Reiter das Messer und noch am selben Abend wurde er verletzt. Als er floh, ließ er seine Armee zurück.

Der Reiter wusste, dass das Messer nicht perfekt gewesen sein konnte, denn es hatte ihn im Stich gelassen. Er beschloss, sich eine neue Waffe zu fertigen und er schmiedete ein Schwert. Ein Schwert, welches so mächtig war, das ihm nichts und niemand gewachsen war. Er brauchte für dieses Vorhaben fast doppelt so lange wie für das Messer, doch die harte Arbeit hat sich gelohnt. Das Schwert war nach fast zehn Jahren fertig und der Reiter hatte seine besten Jahre inzwischen hinter sich. Der Reiter gab dem Schwert einen Namen, doch er kam nie mehr dazu es zum Einsatz kommen zu lassen."

„Wie hat er das Schwert genannt?", fragte Karek und er erschrak beinahe, als er seine eigene Stimme hörte. Genaugenommen ahnte er die Antwort schon und hatte das Gefühl, ihm stecke ein großer Kloß im Hals.

Gerando sah Karek ernst an. Spürte er, wie Karek sich in diesem Moment fühlte? Bestimmt.

„Er hat das Schwert Götterzorn genannt, doch man sagt, dieses Schwert hätte nie ein Mensch zu Gesicht bekommen."

Oh doch, mein Freund, es gibt welche, dachte Karek und spürte, wie sich bittere Galle unter seiner Zunge sammelte. Aber er war so klug, seine Gedanken nicht laut auszusprechen.

Plötzlich lachte Gerando. „Niemand weiß, ob es sich wirklich so zugetragen hat oder ob es diesen schwarzen Reiter überhaupt gab. Mach dir deswegen nicht so viele Gedanken."

Karek nickte nur und sah auf die Donau hinaus.

Doch, diesen Reiter gab es, und Karek besaß sein Messer und ebenso sein Schwert! Und nun war Karek überzeugt davon, dass das Zusammentreffen mit Terek kein Zufall gewesen war.

Das Messer hatte zu ihm gefunden.

Kapitel 11

Brief vom König

Gerando war bald nach der Unterhaltung wieder mit seinem Pferd aufgebrochen.

Doch Karek hatte noch lange so dagesessen und einfach auf die ruhig fließende Donau hinausgeblickt.

Als ihm Gerando die Geschichte erzählt hatte, hatte sich Karek gefragt, ob Terek vielleicht das Messer gefunden haben könnte, als der schwarze Reiter es verloren hatte, doch das ergab keinen Sinn. Schließlich war Karek dabei gewesen, wie Terek vor den beiden Jungen davongelaufen war, denen das Messer gehört hatte. Doch Karek wusste, dass der schwarze Reiter für den Überfall von Tereks Heimatdorf verantwortlich war.

Schließlich erhob sich Karek und ging zur Straße zurück. Auf der Steinernen Brücke war noch immer reges Treiben und viele Pferdekutscher fuhren über die Brücke, um von Stadt am Hof nach Regensburg zu gelangen oder umgekehrt.

Er ging zu seinem Haus und betrat es. Nach dem hellen Sonnenlicht nahm ihn eine drückende Schwärze im Inneren des Hauses auf und es dauerte einen Augenblick, bis Kareks Augen sich an die Dunkelheit gewöhnt hatten, sodass er den Weg zu seinem Zimmer finden konnte.

Andererseits kannte er dieses Haus so gut, dass er sich fast schon blind zurechtfand.

Er betrat das Zimmer, in dem die beiden Waffen noch immer unverändert auf dem Boden lagen. Ebenso Borger.

Jetzt, nachdem er die Geschichte von Gerando gehört hatte, machten diese Waffen einen ganz anderen Eindruck auf ihn.

Wieder ließ er sich neben ihnen nieder und fuhr mit dem Finger langsam über die Klingen. Nun war es für ihn unübersehbar, dass hier ein und dieselbe Person am Werk gewesen war. Auch wenn diese Waffen völlig unterschiedlich waren, hatten sie doch einige Ähnlichkeiten. Nicht nur die Klingen sahen wegen ihren Musterungen ähnlich aus, sondern auch der Griff des Messers war dem des Schwertes sehr ähnlich. Natürlich nicht unbedingt in der Größe aber zumindest in der Form.

Karek wollte sich nun nicht mehr den Kopf darüber zerbrechen, legte alles wieder in die Truhe zurück und verschloss sie ordentlich.

Nachdem er eine Zeit bei Borger gesessen hatte, erhob er sich und verließ das Zimmer. Ohne zu wissen warum, ging er in den danebenliegenden Raum und öffnete ihn. Hier schlug ihm stickige Luft entgegen, da er das Fenster noch nicht geöffnet hatte.

Karek hatte eine ziemliche Leidenschaft für Bücher und in diesem Raum befand sich ein einzelnes hohes Regal, in dem einige Bücher dicht und sauber beieinanderstanden. Er hatte sie von Erentroß vererbt bekommen. Auch wenn Karek als Bogenschütze nicht schlecht lebte, waren Bücher doch ein wenig zu teuer für ihn. Nur Menschen von Adel oder der König besaßen überhaupt Bücher. Bis auf das Regal, einem Tisch mit einer halb heruntergebrannten Kerze und einem Schemel war der Raum leer. Hier hielt sich Karek nicht so regelmäßig auf, doch wenn er sich zurückziehen wollte, dann war dies immer ein schöner Ort.

Auch jetzt betrat Karek das Zimmer, setzte sich auf den Schemel am Tisch und starrte das Bücherregal an. Er tat es auf eine Art, als hoffte er, die Antworten auf seine vielen Fragen in diesen Büchern zu entdecken.

Ein lautes Klopfen, welches von draußen ins Innere des Hauses drang, riss ihn aus seinen Gedanken.

Fast schon erschrocken stand Karek vom Schemel auf und lief auf den Flur hinaus. Borger war sofort hellwach, denn er flitzte mit einem lauten Bellen an ihm vorbei, direkt auf die Haustür zu.

Als Karek sie öffnete, blickte er in das Gesicht eines kleinen Mannes mittleren Alters, dem leichte Schweißperlen auf der Stirn standen. Er sah etwas erschöpft aus, zumal er schwer atmete.

„Hier ist ein Brief für Euch", brachte er keuchend hervor. Er trug eine große Tasche auf dem Rücken, aus der noch einige Schriftrollen herausragten. Außerdem stand ein prächtiges, schwarzes Pferd bei ihm, schnaubte ungeduldig und wartete, dass es weiter ging. Borger schien dies etwas zu beunruhigen, denn er bellte nun aus Leibeskräften, sodass Karek den treuen Sheepdog erst einmal beruhigen musste.

Karek nickte dem Mann zu, dann reichte dieser ihm eine kleine Schriftrolle, die mit einem roten Band zusammengeschnürt und mit einem Siegel versehen war. Er bedankte sich, schloss die Tür hinter sich und trat in die Wohnstube mit dem offenen Kamin. Es war noch nicht so kalt, dass er ein Feuer entfacht hätte.

Karek ließ sich auf einen Hocker nahe dem Kamin nieder, woraufhin Borger an ihm hochsprang, und löste die Schleife mitsamt Siegel, um das Pergament auseinanderzurollen. Ungeduldig begann er zu lesen:

Karek,

vor Kurzem redeten wir zusammen über den Stein, den du mir zeigtest.
Das Gewitter hat die Bürger sehr verängstigt und ich weiß, dass du damit in Verbindung stehst.

Ich bitte dich, morgen vor dem Dom zu erscheinen, wenn die Sonne aufgeht. Sei pünktlich.

Zegon, König von Regensburg

Karek las den kurzen Text insgesamt dreimal durch, doch er wusste nicht so wirklich, wie er ihn einordnen sollte. Er hatte keine Ahnung, was ihn in dem Gespräch erwarten würde. Einerseits machte es ihn stolz, dass der König *ihn* sprechen wollte. Andererseits konnte er ein ungutes Gefühl nicht ganz beiseiteschieben, während er das Pergament zusammenrollte.

Das Gewitter hat die Bürger sehr verängstigt und ich weiß, dass du damit in Verbindung stehst, hatte König Zegon geschrieben.

Karek blickte nachdenklich in den offenen Kamin.

Der König musste gesehen haben, wie er sich zusammen mit Emina auf dem Domplatz aufgehalten hatte. Eine andere Erklärung gab es nicht.

Nachdenklich wog er die Pergamentrolle in der Hand. Morgen bei Sonnenaufgang würde er sich beim Dom einfinden. Er würde hingehen und er war jetzt schon mehr als gespannt, was der König zu erzählen hatte.

Mit einem Seufzen erhob sich Karek vom Hocker und ging zu seinem Zimmer, um die Schriftrolle zu verstauen.

Wie Karek erwartet hatte, schlief er in dieser Nacht mehr als schlecht.

Das Wetter war gut. Bei Einsetzen der Dämmerung war er nochmal zusammen mit Borger durch Stadt am Hof marschiert und hatte nur ein paar vereinzelte Wolken am Himmel erblickt. Auch hatte es keinen Wind gegeben.

Nun lag er in seinem Feldbett und starrte zur dunklen Decke empor, die Arme hinter seinem Kopf verschränkt. All das Grübeln brachte nichts, schließlich würde er in ein paar Stunden ohnehin erfahren, was der König mit ihm bereden wollte.

Karek atmete hörbar aus, während er sich zur Seite drehte und fast schon gewaltsam die Augen schloss. Irgendwann schaffte er es doch Schlaf zu finden, der nicht von Träumen geplagt war, wie er erwartet hatte.

Als Karek am nächsten Morgen die Augen aufschlug, war es noch so finster, dass er sich wirklich fragte, ob er überhaupt geschlafen hatte.

Ohne Zeit zu schinden ging er zum Zuber, in dem sich kaltes Wasser befand, um sich zu waschen. Anschließend ging er noch einmal in sein Zimmer zurück und nahm das Messer und das Schwert mit. Seine schwarze Tunika verbarg sie gut genug. Borger wartete bereits winselnd auf ihn.

Von der Sonne war noch nichts zu sehen. Daher würde er es schaffen, den Dom beim ersten Sonnenstrahl zu erreichen, so wie es der König von ihm verlangt hatte.

Ein prüfender Blick zum Himmel zeigte, dass die Wolken zwar zugenommen hatten, es allerdings nicht nach Regen aussah. Natürlich konnte sich das schnell ändern, doch im Moment sah es so aus, als würde es trocken bleiben.

Mit dem ungewohnten Gewicht des Schwertes an der Seite, das ihm ein Gefühl von Sicherheit gab, und Borger, der neben ihm herlief, ging er auf die Steinerne Brücke zu.

Die Donau brauste auch an diesem frühen Morgen munter unter ihm hinweg und Karek fand, dass es, gerade zu dieser Tageszeit, etwas sehr Beruhigendes hatte.

Und doch hatte er mit einem Mal das Gefühl, dass etwas nicht stimmte.

Karek konnte im ersten Moment nicht erklären, was es war, doch mit einem Mal war ihm unwohl, während er die Steinerne Brücke überquerte. Und nachdem er sich mit gerunzelter Stirn umgesehen hatte, wusste er auch, weshalb: Der Löwengreif, der immer einen Sockel in der Mitte der Steinernen Brücke gesäumt hatte, fehlte!

Irritiert blickte Karek sich um, doch der Löwengreif blieb verschwunden.

Er sah zu Borger hinab, der damit beschäftigt war, mit einer Spinne zu spielen, die auf dem gepflasterten Boden herumkrabbelte. Mit einem besorgten Gesichtsausdruck ging er weiter.

Karek erreichte den Dom sogar noch vor Sonnenaufgang.

Er ließ seinen Blick schweifen und bemerkte, dass noch viele Trolle auf dem Boden lagen und die Augen geschlossen hatten, allerdings nicht alle. Einige waren auch auf den Beinen und passten auf. Karek war froh, dass er nicht mit ihnen tauschen musste.

Vor dem Eingang stand Emina und schaute nervös auf die vielen Trolle hinab. Und damit war Karek davon überzeugt, dass der König wusste, dass er sich am Abend des Gewitters auf dem Domplatz befunden hatte. Schließlich erblickte Emina ihn und Borger und kam zu ihnen hinabgelaufen. In diesem Moment wurde Karek wieder bewusst, wie schön sie war. Sie trug ihr blondes Haar offen, doch heute war sie nicht ganz in Weiß gekleidet, sondern trug eine bunte Bluse mit Rüschen und eine dunkle Hose.

Sie lächelte Karek an, als sie auf ihn zutrat, doch es wirkte etwas gequält. Man sah ihr an, dass sie sehr nervös war und das ganz sicher nicht allein wegen der Trolle, die sich hier auf dem Domplatz tummelten.

„Hallo Karek", sagte sie knapp, als sie vor ihm zum Stehen kam. „Wie ich sehe, habe ich nicht als Einzige eine Einladung erhalten."

Karek schüttelte den Kopf und sagte fröhlich: „Nein, das hast du nicht. Ich denke, wir wurden vom König gesehen, als wir versucht haben, vor den Blitzen zu entkommen."

Eminas Mundwinkel wanderte nach oben. „Wir haben den König ja auch gesehen, wie er den Blitz *abgefangen* hat." Bei dem Wort *abgefangen* stockte sie einen Moment, so als müsste sie überlegen, ob dies die richtige Bezeichnung war.

Borger sprang an Kareks Beinen hoch, wie er es schon so oft getan hatte, doch Emina kniete sich zu dem zotteligen Hund und streichelte ausgiebig sein Fell. Sofort begann Borger damit, ihr das Gesicht abzuschlecken.

„Ich bin ziemlich nervös", gestand sie schließlich. „Ich war noch nie im Dom und nun wurde ich sogar dazu eingeladen."

„Ich bin sehr gespannt, was uns erwartet", entgegnete Karek knapp und blickte zuerst zum Eingangstor des Doms und dann zum Himmel, wo er die aufgehende Sonne vermutete. Allmählich begann es hell zu werden, doch der Sonnenaufgang stand noch bevor. Es konnte aber nicht mehr lange dauern, dann würde es soweit sein.

Tatsächlich streckte sich gleich darauf der erste Strahl über den Horizont, und als wäre dies ein Zeichen gewesen, öffnete sich genau in diesem Augenblick die große, massive Tür zum Dom, als hätte jemand nur darauf gewartet, dass die Sonne aufging.

Der Diener, der Karek bei seinem ersten Besuch wieder weggeschickt hatte, trat ins Freie und ließ seinen Blick schweifen. Als er Karek und Emina erblickte, die am Fuß der Treppe standen, winkte er sie wortlos zu sich herauf und wandte sich wieder zum Eingang um. Offenbar war er darüber unterrichtet worden, dass sie kommen würden.

Emina warf Karek einen etwas unsicheren Blick zu, den er mit einem knappen, aufmunternden Lächeln erwiderte.

„Schlimmer als das Gewitter von neulich wird es nicht werden", sagte er scherzend und Emina verzog ihr Gesicht zu einer angespannten Grimasse.

„Der König wird sofort kommen", unterrichtete sie der Diener und sie bedankten sich mit einem kurzen Nicken.

Karek sah zu der langen Tafel, die ihm beim letzten Mal schon aufgefallen war, allerdings nahmen sie nicht Platz, sondern warteten geduldig auf den König.

Emina sah sich neugierig um und wusste offenbar gar nicht, wohin zuerst mit ihrem Blick.

„Hier ist es sehr gemütlich", stellte sie schließlich fest, als sie sich wieder an Karek wandte. „Es sieht aus wie ein richtig großes Haus."

Karek nickte und ergänzte: „Genaugenommen ist es auch so. Hier lebt der König mit seinem Diener und seinen Leibgarden und wenn er nicht mehr im Amt ist, dann kommt der Nachfolger und lebt hier und so weiter."

Karek deutete mit einer Hand zur Treppe. „Siehst du, an den Wänden hängen überall Bilder. Das sind alles Könige der vergangenen Zeit", erklärte er.

Am meisten erstaunte Emina das Bild, welches von der Decke hing und das Daragon und seinen Schlangendrachen zeigte.

Schließlich kam der Diener zurück und teilte ihnen mit, dass der König jeden Moment erscheinen würde. Kaum hatte sich der Diener wieder zurückgezogen, da kam der König bereits aus einem kleinen Nebenzimmer heraus und Karek und Emina verneigten sich vor ihm.

„Ich freue mich, dass ihr schon da seid", sagte der König feierlich und wieder hatte Karek eher das Gefühl, einen guten Freund zu begrüßen als einen König. Er strahlte so viel Ruhe und Vertrauen aus.

Der König deutete mit einer Handbewegung zum großen Tisch und nachdem er sich gesetzt hatte, nahmen auch Karek und Emina Platz.

Der König faltete die Hände zusammen wie ein Betender und sah sie abwechselnd an, sagte aber vorerst noch kein Wort.

„Es ist gut, dass Euch meine Nachricht rechtzeitig erreicht hat", begann er schließlich und Karek fiel auf, wie dumpf sich seine Worte anhörten. Das lag wahrscheinlich daran, dass sich an den Wänden des Doms viele purpurrote Teppiche befanden, die die Geräusche schwächer werden ließen.

„Ich habe lange überlegt, ob ich euch einladen soll, doch es ist nicht zu übersehen, dass die Bürger der Stadt seit dem Gewitter recht verängstigt sind. Die Trolle vor dem Dom verbessern diesen Zustand nicht gerade."

Karek nickte nur, wartete aber geduldig ab, was der König weiter zu erzählen hatte.

„Nun bekomme ich allmählich ein Gefühl dafür, wie sich die Bürger damals gefühlt haben, als Daragon in Regensburg regiert hat." Der König unterstrich diese Worte mit einem kurzen, humorlosen Lachen und sein Blick wanderte anschließend kaum merklich zu Daragons Gemälde empor, welches stolz von der hohen Decke hing.

Schließlich schüttelte Karek entschieden den Kopf. „Ich denke, die jetzige Situation ist sehr milde im Vergleich zu dem, wie es Regensburg damals ging."

Nein, dachte Karek, *heute geht es Regensburg deutlich besser!*

„Das hat alles mit dem Gewitter zu tun und die Bürger haben Angst", meinte der König, als hätte er Kareks Worte gar nicht gehört. „Wie habt ihr das Gewitter empfunden?"

Karek wusste nicht warum, doch ihn traf diese Frage wie ein Peitschenhieb, denn sie kam so plötzlich und irgendwie erschreckte sie ihn. Er fühlte sich so *ertappt*, dabei wusste er, dass der König ihn und Emina gesehen haben musste.

„Es war grausam", sagte Emina und blickte wie ein eingeschüchtertes Mädchen auf ihre Hände. Ihre Körperhaltung wirkte so, als wäre sie wegen etwas heftig bestraft worden.

Karek beobachtete Emina nachdenklich und versuchte sich ins Gedächtnis zu rufen, wie sie bei ihrem Kennenlernen gewirkt hatte. An diesem Abend war sie viel selbstbewusster gewesen und erst das Gewitter hatte sie tief erschüttert. Die Erinnerung daran saß augenscheinlich noch tief.

„Als das Gewitter anfing, sind wir zum Domplatz gelaufen, und ich denke, an dieser Stelle war das Unwetter am stärksten", fügte Karek hinzu.

Der König nickte zustimmend und sah Karek mit seinen wachen Augen an.

„Doch das Donnern hörte sich nicht an wie ein Donnern", meldete sich nun Emina wieder zu Wort und richtete sich gerade auf, was ihr sofort mehr Sicherheit verlieh.

Der König sah Emina an und sein Gesichtsausdruck verriet, dass ihre Worte ihn nicht überraschten. Vielmehr wirkte es so, als hätte er nur darauf *gewartet*.

„Es klang vielmehr wie Gebrüll. Ein ziemlich wütendes Gebrüll", fuhr sie nun fort und der König nickte nur bestätigend.

„Ich kenne die Geschichte."

Emina zog eine Augenbraue hoch. „Ihr wisst davon?"

Der König zuckte die Achseln. „Viele wissen davon", sagte er ausweichend und über seine Lippen huschte ein sanftes Lächeln, was ihn wieder wie einen Freund aussehen ließ.

„Die Frage ist nur, ist an dieser Geschichte wirklich etwas dran? Ist es wirklich Daragons Schlangendrache, der über den Gewitterwolken sein Unwesen treibt?"

„Wir haben keinen Drachen gesehen", stellte Karek klar, auch wenn er es inzwischen nicht mehr für ausgeschlossen hielt, dass die Geschichten einen Funken Wahrheit enthielten.

„Ich konnte dieses Gewitter unterbinden, bevor Schlimmeres passiert ist", sagte der König schließlich.

„Ihr habt den Blitz abgefangen. Das haben wir doch richtig gesehen?", meinte Karek und sah den König aufmerksam an.

Der König nickte und erhob sich vom Schemel, so, als wäre es ihm plötzlich unangenehm zu sitzen.

„Ich bin nicht durch Zufall der König von Regensburg", sagte er schließlich, ohne die beiden anzusehen. „Ich erfuhr schon früh von den Problemen, die Daragon mit der

Stadt hatte, und ich glaube auch, dass sein Tod kein Zufall war."

Karek legte die Stirn in Falten. Er verstand nicht, worauf der König hinauswollte.

Schließlich drehte sich der König wieder zu ihnen um. „Wie wäre es wohl mit der Stadt verlaufen, wenn Daragon weiter regiert hätte? Er musste seine Macht verlieren, sonst wäre das der endgültige Untergang Regensburgs gewesen."

Karek bezweifelte sehr stark, dass es Regensburg noch schlimmer hätte treffen können.

„Ihr glaubt, der Tod Daragons wäre vorherbestimmt gewesen?", meinte Emina und beugte sich etwas vor, so als wolle sie ebenfalls aufstehen.

Der König schüttelte energisch den Kopf. „Ich rede nicht von seinem Tod, sondern lediglich davon, dass er seine Macht verlieren musste. Niemand verdient es zu sterben, ganz gleich, wie böse jemand auch ist, denn ich glaube, ein Mensch begeht nicht bewusst eine schlimme Tat. Seiner Ansicht nach ist sein Handeln richtig."

Karek sah den König mit Bewunderung an. So hatte er darüber noch nie nachgedacht. Ehe er sich dazu äußern konnte, sprach der König weiter: „Wenn wir einen Menschen, der Böses getan hat, mit dem Tod bestrafen, sind wir dann in Wahrheit nicht genauso schlimm wie der böse Schurke?"

„Ich denke, Ihr habt recht mit dem was Ihr sagt", sagte Emina. „Doch ich verstehe nicht ganz, was Karek und ich mit der Angelegenheit zu tun haben. Warum sind wir hier?"

Der König ging wieder auf den Tisch zu, stützte schließlich seine Hände auf der Platte ab und sprach vorerst kein Wort, sodass fast schon eine beängstigende Stille entstand.

„Wir drei sind die Einzigen, die das gefährliche Gewitter wirklich miterlebt haben und wir müssen herausfinden, ob an der Geschichte vom Schlangendrachen etwas dran ist."

Karek und Emina sahen zuerst sich und dann den König an.

„Karek, du warst vor ein paar Wochen bei mir und hast mir den Stein gezeigt, den du für einen Drachenzahn gehalten hast", erinnerte ihn der König. „Wenn wirklich der Drache für dieses Gewitter verantwortlich ist, dann könnte an diesem Fund tatsächlich etwas Wahres dran sein."

Nun fiel Karek wieder der zweite Stein ein und er ärgerte sich, dass er ihn nicht dabei hatte.

„Aber wie finden wir heraus, ob der Drache noch lebt?"

Dies war eine gute Frage und der König schmunzelte: „Wir sollten herausfinden, ob Daragon tatsächlich tot ist!"

Kapitel 12

Auf dem Friedhof

Karek und Emina befanden sich nun auf dem Neupfarrplatz. Auf dem Weg hierher hatten sie kein einziges Wort miteinander gewechselt. Beide waren völlig von ihren Gedanken eingenommen.

„Das ist doch Wahnsinn!", platzte es plötzlich aus Emina heraus. Sie saßen auf einer Bank direkt vor der Hauptwache, und als Karek seinen Blick schweifen ließ, merkte er, dass der Neupfarrplatz fast leer war. Normalerweise waren hier viele Händler mit ihren Ständen oder ihren Wagen zu finden. Direkt vor ihnen zeigte die Uhr der Neupfarrkirche neun. Sie hatten viel Zeit im Dom verbracht.

Schließlich nickte Karek und sah Emina ernst an.

„Ja, ich musste auch zweimal hinhören, bis ich es glauben konnte."

Emina war so aufgebracht, dass ihr Gesicht rot angelaufen war, was ihre blonden Haare noch mehr zur Geltung brachte.

Als ihnen der König erklärt hatte, was er vorhatte, hatte Karek geglaubt, er habe sich verhört.

„Daragon *ist* tot, Emina", sagte Karek überzeugt, allerdings ohne sie anzusehen, denn er beobachtete gerade einen Kutscher, der sich auf den Stufen der Neupfarrkirche niederließ und sich den Schweiß von der Stirn wischte.

„Und dennoch sollen wir herausfinden, ob es stimmt." Emina schien nun wesentlich gefasster als noch vor wenigen Augenblicken, doch Karek spürte, dass sie innerlich noch immer brodelte. Er hatte genau gesehen, wie sie sich im Dom und in der Gegenwart des Königs nur noch mit Mühe auf ihrem Stuhl hatte halten können und am liebsten wäre sie wahrscheinlich aufgesprungen und hätte die Unterhaltung damit auf der Stelle beendet. Natürlich hatte sie dies nicht getan und sich dem Gespräch bis zum Ende hingegeben, auch wenn ihre Beteiligung darauf beschränkt gewesen war, stumm zuzuhören.

„Emina, Daragon *ist* tot!", sagte er noch einmal eindringlich. „Ich war doch damals selbst dabei! Ich habe gesehen, wie er am Boden lag und Erentroß ihn erstochen hat."

Mit dem Schwert Götterzorn, dachte Karek bitter, sprach den Gedanken aber nicht laut aus.

Karek schüttelte anschließend den Kopf. Genau das hatte er auch versucht, dem König zu erklären, doch dieser hatte sich nicht von seinem Vorhaben abbringen lassen. Er hatte sogar noch geantwortet, dass dies kein Beweis dafür sei, dass er nicht doch noch unter den Lebenden weilte. Daraufhin hatte Karek sich ein abfälliges Lachen nicht verkneifen können und auch er war froh gewesen, den Dom wieder verlassen zu können.

Und er war froh darüber, dass sie nicht vom König hinausbefördert worden oder in den Kerker geworfen worden waren. Immerhin hatten sie versucht, ihm zu widersprechen. Karek war sich ziemlich sicher, dass der König dies nicht duldete. Doch der König schien großen Gefallen an ihnen gefunden zu haben.

„Wurde Daragon überhaupt hier in Regensburg beerdigt?", fragte Emina nun und schob ihre Hände unter ihre Oberschenkel, wie es Menschen taten, die plötzlich sehr nervös waren und sich nur schwer ruhig halten konnten.

„Ja, das wurde er."

Plötzlich sprang Emina auf, wobei sie fast auf Borger trat, der am Fuß der Bank lag und die Augen geschlossen hatte, und stellte sich direkt vor Karek. „Karek, wir können das nicht machen!", sagte sie inbrünstig und fügte mit zusammengebissenen Zähnen hinzu: „Wir können doch nicht auf dem Friedhof herumbuddeln und überprüfen, ob Daragon tatsächlich unter der Erde liegt!"

Karek lachte bitter und sah zu Emina auf. Er brachte es fertig gleichzeitig zu nicken und den Kopf zu schütteln. „Unter normalen Umständen nicht, doch wenn der König es von uns verlangt, werden wir es tun müssen, ob wir wollen oder nicht."

Emina schüttelte heftig den Kopf und sah gleichzeitig aufgebracht in die Ferne. Karek bezweifelte aber, dass sie in diesem Moment überhaupt etwas wahrnahm.

„Das ist doch unerhört!", platzte es von Neuem aus ihr heraus.

Nach ein paar Sekunden hellte sich ihr Blick wieder auf. „Wir sagen einfach, er hätte im Grab gelegen und schauen nicht nach", sagte sie dann, klang aber nicht wirklich überzeugt davon. Karek unterstrich das mit einem amüsierten Lachen. „Und du meinst, dein Plan wird funktionieren? Der König wird uns begleiten, da er sich selbst davon überzeugen möchte."

Karek erhob sich und gemeinsam gingen sie über den Neupfarrplatz.

„Was soll das denn schon bringen, wenn wir das Grab von Daragon ausheben?"

„Hast du den König nicht verstanden?", fragte Karek und seine Stimme klang vielleicht eine Spur zu barsch, denn Emina sah ihn kurz irritiert an, dann schüttelte sie mit gerunzelter Stirn den Kopf. „Der König glaubt, dass Daragon für dieses Gewitter verantwortlich ist. Er glaubt der Geschichte, die du mir neulich erzählt hast. Nur ist der König der Meinung, dass der Schlangendrache von Daragon den Auftrag bekommt, dieses Gewitter auszulösen, um die Einwohner einzuschüchtern."

Emina nickte kurz, ehe sie sagte: „Ja, das sagte der König. Nur weiß ich nicht, ob ich seine Vermutung teilen kann."

Karek zuckte die Achseln. „Das musst du ja auch nicht."

Selbst wenn das Grab leer sein sollte, sagte ihnen das noch lange nicht, wo sich Daragon aufhielt, doch eines war ihm klar: Wenn Daragon wirklich noch lebte, dann war das gar nicht gut und dann blieb die Frage, warum er sich über dreizehn Jahre lang nicht gezeigt hatte.

Bald darauf verabschiedete sich Karek.

Der König hatte ihnen gesagt, sie würden einen Brief erhalten, in dem er ihnen mitteilen würde, wann sie sich auf den Friedhof begeben würden. Er hatte ihnen auch ausdrücklich erklärt, dass es sich um keine verbotene Tat handelte, sondern, dass sie diese Unternehmung ausschließlich zum Wohle der Stadt tätigten.

Das glaubte Karek, aber natürlich bereitete ihm der Gedanke, auf den Friedhof gehen zu müssen, Kopfschmerzen. Da war es auch egal, ob es Tag oder Nacht war. Ihm ging es ganz ähnlich wie Emina.

Karek nahm die Beine in die Hand und lief zusammen mit Borger los.

Er brauchte eine Weile, bis er wieder zu Hause angelangt war.

Als Karek zu Hause war, ließ er sich auf sein Feldbett fallen. Nun merkte er erst, wie müde er eigentlich war. Schuld daran war der Plan des Königs, in den er und Emina hineingezogen werden sollten und der ihm großes Kopfzerbrechen bereitete.

Karek drehte sich auf den Rücken, verschränkte die Arme hinter dem Kopf und starrte zur Decke, ohne überhaupt etwas zu sehen. Der König hatte gesagt, dass ihnen keinerlei Strafe bevorstand, denn sie täten es schließlich zum Schutze Regensburgs.

Letzten Endes würden sie so oder so ein Skelett in einem kunstvollen Sarg vorfinden, welches einmal Daragon gewesen war. Daran gab es für Karek keinen Zweifel.

Erschöpft drehte er sich auf die Seite, schloss die Augen und schlief ein.

Als Karek wieder erwachte, hatte bereits die Dämmerung in seinem Zimmer Einzug gehalten und ließ die Möbel nur schemenhaft erscheinen.

Karek schwang seine Beine vom Bett und rieb sich die Augen. Er musste einige Stunden geschlafen haben und fühlte sich besser. Borger sprang neben ihn aufs Feldbett und Karek kraulte dem Sheepdog langsam das Ohr.

Er blieb noch einen Moment still sitzen, dann erhob er sich und verließ das Zimmer. In der Wohnstube standen ein paar Kerzen auf dem Tisch, die Karek schnell entzündete, um die Dunkelheit wenigstens ein bisschen zu vertreiben.

Plötzlich klopfte es an der Tür und Karek hätte beinahe die letzte Kerze fallengelassen, die er gerade wieder auf dem Tisch absetzen wollte.

Derselbe Bote wie am Vortag stand vor der Tür. Karek wusste sofort, worum es ging, und sein Magen zog sich zusammen.

Er bedankte sich mit einem gequälten Lächeln, dann schloss er die Tür und trat in seine Wohnstube zurück, um das Pergament auseinanderzurollen.

Karek,

sicherlich war das heute sehr überraschend für dich und vielleicht bist du nun verwundert, dass ich dir bereits jetzt diese kurzen Zeilen hinterlasse.

Die Unternehmung zum Friedhof ist äußerst wichtig und wird nicht umsonst sein.

Ich bitte dich, morgen zu Sonnenuntergang zum Dom zu kommen. Vorher bin ich leider noch verhindert. Bring dein Schwert mit.

Emina weiß bereits Bescheid. Auch sie wird am Treffpunkt sein.

Zegon, König von Regensburg

Karek sah von der Pergamentrolle auf und war fast noch verunsicherter als nach dem ersten Brief. Plötzlich glaubte er zu wissen, weshalb er mitsollte. Der König wusste von Götterzorn und nun dachte Karek auch an die Geschichte, die ihm Gerando erzählt hatte. War das Schwert vielleicht in Gefahr?

Der junge Mann erhob sich und griff nach seinem Schwert, um es sich umzuschnallen.

Er rollte das Pergament wieder zusammen und ging in sein Zimmer zurück. Obwohl er bereits einige Stunden geschlafen hatte, fühlte er sich noch immer müde, sodass er sich erneut aufs Bett legte, nachdem er sich entkleidet hatte, und fast augenblicklich einschlief.

Am nächsten Morgen fühlte sich Karek sehr matt, als hätte er nicht zu wenig, sondern zu viel geschlafen. Dieses Gefühl kannte er normalerweise nicht.

Erschöpft stand er auf und trat in den Raum nebenan, in dem der Waschzuber stand, um sich zu waschen. Anschließend begab er sich in die Wohnstube und bediente sich an der Obstschale, um ein paar Früchte zu sich zu nehmen. Dann ging er zusammen mit Borger aus dem Haus und trat an die frische Luft.

An diesem Morgen herrschte in Stadt am Hof bereits viel Trubel. Überall liefen Geschäftsleute umher und riefen etwas, das Karek nicht verstand, oder wirkten sehr in Eile. Die Steinerne Brücke war ebenfalls gut gefüllt.

Karek entschloss sich, diesen Tag sehr entspannt zu verbringen, um heute Abend genug Energie zu haben und munter zu sein.

Darum ging er mit Borger an der munter fließenden Donau entlang.

Die Zeit bis zum frühen Abend war scheinbar langsamer als sonst vergangen und Karek hatte nicht gewusst, wie er seinen Tag gestalten sollte. Schließlich hatte er viel gelesen und irgendwie war es dann doch Abend geworden, sodass er sich auf den Weg gemacht hatte.

Nun stand er zusammen mit Borger vor dem Dom und wartete. Karek ging in die Hocke und kraulte Borger am Kopf. „Bald sind wir wieder zu Hause", flüsterte er dem Hund zu und dieser wedelte wild. Offenbar verstand er ihn.

Noch war er alleine, wenn man von den Trollen, die immer träger und gelangweilter zu werden schienen, einmal absah.

Wie es der König von ihm verlangt hatte, hatte er sich Götterzorn wieder an den Gürtel geschnallt, welches jetzt mit seinem vertrauten Gewicht an seiner Hüfte hing.

Es dauerte nicht mehr lange, da schälte sich aus der langsam dichter werdenden Dunkelheit eine Person heraus. Karek wusste sofort, um wen es sich handelte. Auch wenn er erst zweimal Zeit mit Emina verbracht hatte, erkannte er sie bereits an ihrem Gang.

Diesmal kam sie ihm nicht mit einem freudigen Lächeln entgegen, sondern wirkte sehr angespannt und ihr Gesicht sah starr aus.

Karek grüßte Emina freundlich und ihr Lächeln kam gezwungen zum Vorschein.

„Dass wir das wirklich tun müssen", zischte sie im Flüsterton und es war ihr anzusehen, dass sie sich bereits den Großteil des Tages darüber aufgeregt hatte.

„Uns wird nichts geschehen, Emina", versuchte Karek sie zu beruhigen.

Emina sah Karek hitzig an. „Du scheinst dich auch noch zu freuen", giftete sie und Karek schüttelte nur entschieden den Kopf.

„Glaube mir, ich freue mich genauso wenig wie du, doch es wird nicht allzu lange dauern. Wir werden nachsehen, ob Daragon in seinem Grab liegt, und dann wird der König zufrieden sein. Auch wenn ich bezweifle, dass es irgendetwas ändern wird."

Emina drehte den Kopf in Richtung Dom und deutete ein kurzes Nicken an. Als Karek ihrer Geste folgte, sah er, dass der König vor dem Dom erschienen war und nun die wenigen Stufen zu ihnen herabgestiegen kam. Seine Leibgarde begleitete ihn, hielt aber überraschenderweise gebührend Abstand, so als erwartete sie keinerlei Probleme.

Er grüßte sie freundlich und sah ihnen aufrichtig ins Gesicht. „Wir werden uns aus der Stadt herausbegeben. Ich weiß wo mein Vorfahre beerdigt wurde."

Der König sprach die Worte *mein Vorfahre* in einem sonderbaren Ton aus, fast schon herablassend, doch es war ja bereits weit bekannt, was er von Daragon hielt.

Sie wollten sich gerade auf den Weg machen, als der Diener des Königs von der rechten Seite des Doms auf sie zukam. Er führte ein wunderschönes, weißes Pferd mit sich. Ihm folgten mehrere Soldaten auf weiteren Pferden. Zwei von ihnen hatten zwei unbemannte Pferde am Zügel, zwei weitere führten Packpferde.

Der König warf sich stolz in die Brust und sah Karek und Emina mit leuchtenden Augen an. „Ich dachte mir, es wäre besser zu Pferd als zu Fuß zu reisen."

Emina trat einen Schritt vor und berührte den Hengst einfach mit einer Hand an der Stirn, was das Tier auch mit sich machen ließ. „Das ist Schneesturm. Er ist seit vielen Jahren mein treuer Begleiter", sagte der König.

Schneesturm schnaubte kurz fröhlich und Emina lachte leise.

„Das Pferd ist sehr gesund", erklärte sie und berührte Schneesturm erneut sanft an der Stirn.

„Ich wusste nicht, dass du Ahnung von Pferden hast", sagte Karek und trat an ihre Seite. Emina schüttelte nur langsam den Kopf. „Das habe ich auch nicht. Aber ich spüre, dass ich recht habe."

Karek nickte nur langsam, verstand aber nicht wirklich, was sie damit meinte.

„Ich denke, wir sollten aufbrechen. Es wird schließlich schon dunkel." Der König unterstrich seine Worte mit einer auffordernden Geste und alle saßen auf. Die Pferde übten eine so kräftige Faszination auf Emina aus, dass sie völlig zu vergessen schien, warum sie nun unterwegs waren. Ihr Gesicht strahlte und ihre Augen leuchteten. Als Karek sie fragte, was denn los sei, antwortete sie nur feierlich, dass es den Pferden bestens ginge. Karek begegnete dieser Antwort mit einem leichten Stirnrunzeln.

„Karek, du hast hoffentlich dein Schwert bei dir, so wie ich es dir aufgetragen habe." Der König saß zwischen seinen Soldaten auf Schneesturm und hatte sich mit einem prüfenden Blick zu ihnen umgewandt. Karek nickte nur zur Antwort und legte seine Hand an seine Hüfte, wo sich sein Schwert befand.

Der König zog eine zufriedene Miene und gemeinsam ritten sie los.

Es war auch schon fast vollkommen dunkel.

Während des Ritts sprachen Karek und Emina kein Wort, sondern blickten nur stumm mal hier und mal dorthin. Borger lief brav neben den Pferden her. Jeder war mit seinen eigenen Gedanken beschäftigt.

Schließlich ließ der König Schneesturm anhalten und drehte sich zu ihnen um. Dabei knarrte der Sattel leise.

„Wir haben es geschafft", flüsterte er und blickte von Karek zu Emina und wieder zurück.

Karek nickte und blickte in die Ferne. Sie waren lange geritten und befanden sich tatsächlich am Stadtrand von Regensburg. Im ersten Moment konnte er nicht einmal sagen, ob er schon einmal hier gewesen war.

Sie stiegen von den Pferden und der König sagte einigen Soldaten, dass sie hier mit den Pferden auf sie warten sollten. Borger winselte aufgeregt und Karek redete dem Hund beruhigend zu. Auch der König meinte zu Borger, dass er keine Angst zu haben brauche. Borger zeigte keine Angst, doch irgendetwas schien ihn äußerst nervös zu machen, was wiederum Karek Sorgen bereitete.

Sie gingen auf den Friedhof zu. Die restlichen Soldaten begleiteten sie. Sie waren nicht direkt davor abgesessen, sodass sie nun noch einem gewundenen Pfad folgen mussten, an dessen Ende ein hohes, eisernes Tor wartete. Feiner Sand knirschte unter Kareks Stiefelsohlen. Das Schwert schlug immer wieder leicht gegen sein Bein und

Karek hatte immer mehr das Gefühl, dass er es heute Abend brauchen würde.

Der König ging, flankiert von zwei Soldaten, voraus und Karek und Emina folgten ihm. Emina schien immer bleicher zu werden.

Sie brauchten nicht lange, um den gewundenen Weg bis zum Friedhof zurückzulegen. Einer der Soldaten öffnete mit wenigen Handgriffen das eiserne Tor, sodass es quietschend nach innen aufsprang.

Nichts war zu hören, als sie den Friedhof betraten, doch es roch nach Erde und Gras. Leichte Wolken zeigten sich am Himmel und verdeckten den fast vollen Mond, welcher an diesem Abend gutes Licht spendete.

Der König ging mit einer Sicherheit voraus, als wäre er bereits dutzende Male hier gewesen. Wahrscheinlich war genau das der Fall. Seine Soldaten sicherten ihn, Karek und Emina zu allen Seiten hin ab.

„Daragons Grab ist ganz am Ende des Friedhofs", erklärte der König im Flüsterton, als habe er Angst, sie könnten gehört werden.

Karek und Emina folgten ihm weiter. Karek freute sich schon darauf, dass dieser Abend bald überstanden war.

Schließlich hatten sie das Grab erreicht, und Karek war sehr überrascht, wie schlicht es gehalten war. Bei dem Anblick des Grabes brauchte man nicht viel Fantasie, um zu erkennen, dass sich darum nicht viel gekümmert wurde, doch das wunderte Karek auch nicht.

Es handelte sich um einen alten, einfachen Grabstein, der schon so stark von Moos bewachsen war, dass man nicht mehr entziffern konnte, was auf ihm geschrieben stand. Er war zudem so von Unkraut umgeben, dass man ihn mit Leichtigkeit hätte übersehen können, wenn man nicht wusste, dass er dort war.

„Das ist Daragons Grab?", fragte Emina skeptisch und ihre Stimme klang erstaunlich fest.

Der König trat vor und ging zum Grabstein. Dabei trat er das Unkraut nieder. Er strich mit seiner Hand über den Stein, um ihn von dem Moos zu befreien.

Bis auf dem Namen war der Stein völlig leer und beinhaltete keinerlei Innenschriften.

„Und wir heben dieses Grab nun aus?", fragte Emina und deutete mit einer Hand auf den Boden zu ihren Füßen.

Der König bestätigte dies und ein Soldat brachte ein Bündel, welches er auf dem Boden ablegte. Es ertönte ein Scheppern und als er den Stoff zur Seite schlug, kamen Schaufeln zum Vorschein.

Der König reichte sie an Karek und Emina weiter. „Damit sollte es sehr schnell gehen", sagte er nur.

Das bezweifelte Karek stark. Er war überzeugt davon, dass die Erde tief reichte. Sie würden wahrscheinlich sehr lange schaufeln müssen, um den Sarg zu erreichen, doch

Karek und Emina machten sich ohne zu murren an die Arbeit.

„Ich halte solange die Stellung und gebe acht", erklärte der König, wandte sich von ihnen ab und entfernte sich ein Stück vom Grab, um sich zu seinen Soldaten zu gesellen.

„Er lässt uns hier jetzt wirklich alleine schuften?", zischte Emina in Kareks Richtung, während sie mit ihrer Arbeit innehielt. Karek beließ es unkommentiert und machte sich weiter daran, das Grab auszuheben. Der König hatte gesagt, diese Unternehmung würde komplett im Guten vonstattengehen, doch wonach hielt der König dann Ausschau?

Karek schob diese Frage beiseite und schaufelte weiter.

Es dauerte in der Tat nicht allzu lang, bis sie mit ihren Schaufeln auf Widerstand stießen.

Emina rief nach dem König, der sich mit langsamen Schritten immer mehr vom Grab entfernt hatte und nun aufgeregt herbeigeeilt kam.

„Wir haben es!", sagte sie und kämpfte sich aus dem Grab heraus. Einer der Soldaten ergriff ihre Hand, um sie herauszuziehen. Karek war nun ebenfalls wieder auf festem Boden und sah in das Grab hinab.

Daragons Sarg sah einfach schlicht, fast schon geschmacklos aus. Für eine so adlige Person hatte er schon etwas Wertvolleres erwartet. In dem Grab lag einfach ein schmaler Sarg aus Holz, der an manchen Stellen bereits morsch geworden war.

Der König nickte zufrieden, wandte seinen Blick aber nicht ab. „Das ist er! Das ist der Sarg!", flüsterte er.

Nun stieg einer seiner Diener ins Grab und strich mit seiner Hand über das Holz, so wie es der König zuvor beim Grabstein getan hatte, um den gröbsten Dreck zu entfernen. Karek musste Borger festhalten, da er aufgeregt und bellend ins Grab hinabspringen wollte.

„Wir müssen ihn öffnen!", rief der König, doch Karek und Emina rührten sich nicht. Karek spürte eine innere Scheu davor, welcher Anblick sich ihm bieten könnte. Also wandte er den Blick ab und stellte sorgenvoll fest, dass der Himmel sich zugezogen hatte, seit er mit dem Graben begonnen hatte. Die Wolken schienen zudem dunkel zu sein, aber vielleicht lag dieser Eindruck auch nur daran, dass der Mond von ihnen verdeckt wurde. Unwillkürlich folgte Emina seinem Blick und schlang die Arme um ihren Oberkörper als würde sie frieren. Auch ihr Gesicht zeigte ihre Besorgnis. Es würde wohl bald Regen geben.

„Wir sollten uns besser beeilen. Gleich kommt ganz schön was runter!"

Kaum hatte sie ihren Satz beendet, vernahm Karek einen lauten Schlag. Der Diener des Königs hatte die Schaufel in das brüchige Holz getrieben und dieser eine Schlag hatte bereits ausgereicht, den gesamten Sargdeckel rissig werden zu lassen. Noch ein Hieb mit der Schaufel und der Sarg würde wahrscheinlich in mehrere Teile zerfallen.

Der Diener schlug noch einmal zu und Karek fragte sich allen Ernstes, warum er dies mit einer solchen Gewalt tat. Dies war das Grab eines Königs. Auch wenn er Regensburg nicht gerade Gutes getan hatte, war es immer noch ein König und es hätte mit Sicherheit auch noch andere Möglichkeiten gegeben, herauszufinden, ob Daragon nun darin lag oder nicht.

Doch es hätte nichts gebracht, seine Bedenken zu äußern, denn der dritte Schlag, der erfolgte, war der heftigste von allen und zerriss den Deckel in ein Dutzend Splitter.

Der König blickte in den Sarg und rührte sich nicht. Plötzlich begann es zu regnen. Zuerst nur ein paar harmlose Tropfen, doch stetig wurden es mehr.

Von seinem Standpunkt aus war es für Karek nicht möglich, in den Sarg zu blicken, da er nur Schwärze sah. Auch Emina schien nichts zu sehen, denn sie stand nur stocksteif da und blickte mit nervösem Blick ins Grab hinab.

Plötzlich ließ sich der König auf die Erde sinken und schien sehr erschöpft zu sein.

Karek sagte noch immer kein Wort, obwohl er die Stille, die in der Luft lag, kaum noch aushielt.

Dann sah der König zu ihnen hoch und sagte: „Es ist, wie ich es vermutet habe. Der Sarg ist leer!"

Kapitel 13

Der schwarze Reiter

Karek glaubte, sich verhört zu haben.

Die Worte des Königs hallten noch lange in seinem Kopf nach und er merkte gar nicht, wie er seinen Mund ungläubig geöffnet hatte.

„Was soll das heißen, *der Sarg ist leer*?", fragte Emina schließlich, als sie ihre Starre überwunden hatte, und kletterte zurück ins Grab, um sich selbst davon zu überzeugen. Der König saß noch immer auf der Erde und sah aus, als hätte er alle Kraft verloren.

„Das soll heißen, dass Daragon noch lebt."

Karek kletterte auch wieder in das Grab hinab. Der Sarg war tatsächlich leer. Keine Leiche, kein Skelett war zu sehen!

„Aber wie kann das sein? Ich war damals selbst dabei! Ich habe gesehen, wie Daragon erstochen wurde!" Karek schrie beinahe, was Borger dazu veranlasste, in Gebell auszubrechen. Karek beachtete ihn gar nicht.

Der junge Mann begriff zwar nicht, was diese Erkenntnis nun für sie bedeutete, doch er ahnte, dass es nichts Gutes sein konnte.

„Aber jemand muss doch gemerkt haben, dass der Sarg damals leer war."

„Oder dieser Jemand hat die Leiche einfach aus dem Sarg entfernt", antwortete König Zegon auf Eminas Worte.

Der Regen war inzwischen so stark geworden, dass sie bereits völlig durchnässt waren und aus der Erde matschiger, klumpiger Schlamm wurde. Nicht mehr lange und es würde sich Wasser im Grab sammeln.

„Wir müssen hier heraus!", sagte Karek und begann bereits aus dem Grab zu klettern. Der König und Emina folgten ihm. Ein Blitz zuckte über den Himmel und für den Bruchteil einer Sekunde war es auf dem Friedhof taghell. Kaum hatte sich Karek zu dem König umgewandt, um ihm hinaufzuhelfen, da ertönte ein heftiges Donnern, das für ein paar Sekunden alle anderen Geräusche verschluckte.

„Das Gewitter kommt. Und das ist kein Zufall. Wir sind daran schuld!", rief der König angespannt, kaum dass das Donnern verklungen war.

„Wie bitte?", wollte Emina wissen und der König nickte nur zur Bestätigung.

„Weil wir uns an dem Grab zu schaffen gemacht haben, gewittert es nun."

Karek drehte sich einmal um seine eigene Achse und erschrak. Der Friedhof hatte sich völlig verändert. Die Atmosphäre, die vorher regelrecht friedlich gewesen war, war nun aufgeladen vor Spannung. Es war vollkommen dunkel. Viel dunkler, als es für ein gewöhnliches Gewitter normal gewesen wäre. Außerdem war auch ein starker Wind aufgekommen, der ihnen den Regen ununterbrochen ins Gesicht peitschte.

„Wir müssen von hier verschwinden. Sonst haben wir ein ernstes Problem!", rief der König, aber das Gewitter war inzwischen so laut, dass Karek seine Worte mehr erriet, als wirklich verstand.

Karek befolgte die Worte des Königs und deutete nur ein Nicken an, fasste Emina bei der Hand und zog sie einfach mit sich. Ein weiteres Donnern jagte durch die finsteren Wolken am Himmel und nun hörte es sich wieder an wie das wütende Knurren eines tobenden Ungeheuers, welches sich seiner Beute sicher fühlte. Karek achtete nicht darauf, sondern jagte zusammen mit Emina hinter dem König und seinen Soldaten her, immer den Ausgang des Friedhofs im Auge. Borger wetzte mit eingezogener Rute an ihnen vorbei, kaum dass sie den Startschuss zur Flucht gegeben hatten.

Wieder zuckte ein Blitz und Emina schrie erschrocken auf, sodass Karek sich ihr alarmiert zuwandte. Emina deutete erschrocken zu den Wolken am Himmel vor ihnen. „Karek, schau da oben!"

Als Karek in die gedeutete Richtung blickte, blieb er wie angewurzelt stehen, sodass Emina in ihn hineinlief und der König, seine Soldaten und Borger schnell an Vorsprung gewannen.

Nun war es unmissverständlich zu erkennen. Über den Wolken flog ein schmaler, langer Schatten, der sich fast schon gemächlich bewegte, doch es war nur zu erkennen, wenn es blitzte.

„Das ist der Drache! Er wird uns bestrafen!"

Als wären ihre Worte ein Stichwort gewesen, donnerte es erneut und dieses Mal klang es wirklich wie das Brüllen eines Drachen.

Karek stellte sich vor, wie gleich ein gigantischer Drachenschädel aus der Wolkendecke brechen und sich auf sie stürzen würde.

„Wo ist der König?"

Karek sah sich um. Der König war nicht mehr da! War er vielleicht schon bei den Pferden angelangt und wartete auf sie? Der Sheepdog war ebenfalls nirgends zu sehen. Sie mussten weiter! Karek hatte das Gefühl, dass die Situation viel brenzliger war als beim letzten Gewitter.

Karek und Emina setzten ihren Weg weiter fort, doch jetzt lief Emina ohne seine Unterstützung.

Ein Blitz schlug neben ihnen in einen Grabstein und zerschmetterte ihn. Der Knall war so laut, dass Karek vor Schreck einen Satz zur Seite machte. Steinsplitter regneten auf ihn und Emina nieder. Nun war es Emina, die ihn an die Hand nahm und weiter zum Ausgang zerrte.

„Wenn wir hier nicht wegkommen, sind wir verloren!", schrie sie verzweifelt. „Das ist ein böser Ort! Ich habe schon gleich zu Beginn gespürt, dass es besser gewesen wäre, diesen Friedhof nicht zu betreten!"

Karek gab keine Antwort, sondern rannte wie ein Wahnsinniger weiter.

Eine Person erschien unter dem eisernen Tor. Es war der König, der ihnen aufgeregt zuwinkte. Borger war bei ihm, was Karek mit einem leichten Anflug von Erleichterung feststellte.

Wieder war ein Donnern zu hören und es hielt wesentlich länger an. Der Schatten am Himmel schien sich immer unruhiger zu bewegen.

„Karek, zur Seite!" Karek spürte einen kräftigen Stoß gegen seine Schulter und fiel dicht neben einem verwitterten Grabstein zu Boden. Was dann passierte, ließ ihn aufschreien. Wie lange er schrie, vermochte er hinterher nicht mehr zu sagen.

Etwas Langes, Mächtiges stürzte sich vom Himmel, öffnete sein großes Maul und versuchte nach Emina zu schnappen. Sie stieß nicht einmal einen Schrei aus. Ihre Augen waren nur vor Entsetzen weit aufgerissen, als sie das Unglaubliche anstarrte, dass da vom Himmel hinabgeschossen kam.

Karek wollte das Unausweichliche verhindern, doch er war vor Angst wie gelähmt.

Im letzten Augenblick sprang der König auf Emina zu und riss sie durch den Schwung mit sich zu Boden, sodass der Angriff des Schlangendrachen ins Leere ging.

Als wäre dies nicht die Realität, sondern ein Albtraum, knurrte der Drache und warf seinen Kopf vor lauter Enttäuschung, dass ihm die Beute entglitten war, hin und her.

Emina rappelte sich wieder auf, während der König zu Karek kam und ihn auf die Füße riss.

„Zieh dein Schwert! Es ist die einzige Waffe, die ihn wirklich aufhalten kann!", schrie ihm der König zu.

Ohne zu wissen, was seine Worte bedeuteten, zog er Götterzorn und blickte zum Himmel empor.

„Wir haben den Drachen erzürnt. Ich kann ihn nur in Schach halten, doch schaden kann ich ihm nicht", schrie ihm der König über das Getöse hinweg ins Ohr.

Karek hielt das Schwert fest in seiner Hand und trat einen Schritt vor.

„Achte auf das Gewitter! Der Drache kommt wieder und dann schlag zu!"

Karek sagte nichts dazu, sondern beobachtete mit wild klopfendem Herzen den Schatten, der sich mit wilden, nervösen Bewegungen über den Wolken schlängelte. Karek hatte entsetzliche Angst, doch er zwang sich, diese zu vergessen. Für ihn zählte nur eines: Er wollte diesen

Abend überstehen und so schnell wie möglich von diesem Friedhof verschwinden.

Blitz und Donner folgten einander immer rascher und somit wurde es auch immer schneller hell und dunkel. Der Drache hatte offenbar über den Wolken inne gehalten, denn man sah zwar seinen Schatten, allerdings bewegte er sich nur noch sehr langsam. Beobachtete er Karek? Hatte er vielleicht sogar Respekt oder gar Angst vor seinem Schwert Götterzorn?

Auf Kareks Stirn sammelte sich der Schweiß, der in schmalen Bahnen hinablief und in seinen Augen zu enden drohte. Hastig wischte er ihn weg und nutze die Bewegung, um nach dem König und Emina Ausschau zu halten. Der König zog Emina gerade in den Schutz eines großen Grabsteins.

Der Drache nutzte Kareks Unaufmerksamkeit und schlug zu.

Der junge Mann bemerkte gerade noch, dass ein lautes Gebrüll ertönte und der Kopf des Drachen aus den Wolken schoss.

Karek konnte hastig einen Schritt nach hinten springen und dann sein Schwert in die Höhe reißen. Kaum stach die Klinge in Richtung des Schlangendrachen, wich dieser zurück und ließ ein ersticktes Knurren hören.

„Wird uns der Drache gehen lassen?", schrie Karek dem König zu, doch dieser deutete nur ein verzweifeltes Schulterzucken an.

„Wir müssen es versuchen!" Als der König seine Antwort beendet hatte, sprang er aus seiner Hocke hoch und riss Emina mit sich, die ein wenig taumelte. Vielleicht hatte sie sich beim Sturz den Kopf gestoßen.

Karek rannte dem König hinterher, behielt das Schwert aber in der Hand. Er wagte nicht, es wegzustecken, denn er hatte das Gefühl, dass nur das Schwert sie hier herausbringen konnte, so merkwürdig ihm das auch erscheinen mochte.

Vor wenigen Minuten hatte der Schlangendrache einen Grabstein zertrümmert, doch dies war nicht der Einzige gewesen. Immer wieder gewahrte Karek auf seinem Weg zerschmetterte Steinblöcke. Manche Steinbrocken waren sogar bis auf den sandigen Weg geschleudert worden, was das Vorankommen erheblich erschwerte. Karek hätte es nicht gewundert, wenn der Schlangendrache dies absichtlich geplant hatte.

Der König rief aufgeregt seinen Namen, da er deutlich zurückgefallen war, sodass Karek seine Schritte beschleunigte, um wieder aufzuschließen. Sie mussten diesen Friedhof hinter sich lassen, sonst würde es noch richtig gefährlich werden. Wie dieses *gefährlich* dann aussehen möchte, wollte er sich nicht ausmalen.

Emina schien sich wieder gefangen zu haben, denn nun drehte sie sich zu Karek herum und ihre Augen weiteten sich vor Entsetzen.

„Karek, hinter dir!" Ihr Schrei gellte schrill durch das Getöse.

Als Karek nach hinten sah, war er auf das Schlimmste gefasst. Er erwartete, dass der Drache vom Himmel herabgestiegen war und sein großes Maul aufriss, um ihn zu verschlingen, oder dass er seinen gewaltigen Schlangenkörper um ihn wickeln wollte. Stattdessen gewahrte er nur etwas Festes, Finsteres, das sich aus der Dunkelheit der Nacht schälte. Karek konnte nicht wirklich erkennen, um was es sich handelte.

Der junge Mann bemerkte gar nicht, dass er stehen geblieben war. Er ließ das Schwert sinken und wandte seine Aufmerksamkeit diesem seltsamen Schemen zu, sodass er ein erstklassiges Ziel für den Schlangendrachen bot, was ihm in dieser Sekunde nicht bewusst war.

Die schwarze Figur schälte sich weiter aus der Dunkelheit heraus, und als sie etwas näher gekommen war, stockte Karek der Atem.

Es war ein Reiter auf einem geflügelten Wesen!

Das konnte nur der schwarze Reiter sein, zumindest war das der erste Gedanke, der ihm durch den Kopf schoss.

Erneut stieß der Schlangendrache ein ohrenbetäubendes Brüllen aus, doch dann hob der Reiter seine Faust zum Himmel und der Drache verstummte augenblicklich.

Dann näherte sich der Reiter langsam Karek und seinen Gefährten.

Karek war wie versteinert und ihm schlug das Herz bis zum Hals. Alles in ihm schrie danach einfach fortzulaufen, doch irgendetwas hielt ihn an Ort und Stelle fest, wie eine unsichtbare Kraft, die Widerstand zwecklos machte.

„Karek, komm da weg! Das ist zu gefährlich!"

Am liebsten hätte Karek über die Worte des Königs laut gelacht, schließlich würde er nichts lieber tun.

Als der schwarze Reiter näher gekommen war, konnte Karek auch erkennen, was er da ritt. Es war ein Löwengreif! Ein stolzer Löwe, der seinen Kopf anmutig nach oben gereckt hatte und dessen goldene Mähne vom Wind aufgewirbelt wurde. Die Flügel waren weit ausgebreitet und die Tatzen bewegten sich so geschmeidig, dass sie kaum den Boden zu berühren schienen. Karek war sich sicher, dass rasiermesserscharfe Zähne zum Vorschein kämen, wenn dieses Wesen das Maul öffnete. Der Reiter war komplett in eine schwere, schwarze Rüstung gehüllt, die durch die Bewegungen des Löwengreifs klapperte, wenn das Eisen aneinanderschlug.

Das ist der Löwengreif, der an der Steinernen Brücke stand, dachte Karek. Also war die Statue tatsächlich verschwunden – und zum Leben erweckt worden.

Davon einmal abgesehen, zog der Helm des Reiters Kareks Aufmerksamkeit auf sich. Er war ebenfalls komplett in schwarz gehalten und im Visier befanden sich dutzende, schmale Sehschlitze. Er war so glattpoliert, dass er im Sonnen- oder Mondlicht wahrscheinlich gefunkelt hätte. Doch das war es nicht, was Karek so sehr faszinierte. Es waren insgesamt drei goldene Federn, die der Reiter an seinem Helm trug. Sie verliehen ihm etwas Mächtiges.

Plötzlich wurde Karek am Arm gepackt.

„Was stehst du so herum? Er wird uns töten, wenn wir hier noch länger verweilen!"

Der König wartete keine Reaktion von Karek ab, sondern zog ihn einfach mit sich, sodass dieser fast ins Stolpern geriet. Die Leibwache tat ihr Bestes, um den König und Karek vor den diversen Gefahren abzuschirmen.

Kaum beschleunigten die Männer ihre Schritte, um zu Emina aufzuschließen, in deren Blick nur nackte Panik zu lesen war, lief auch der Löwengreif schneller.

Plötzlich brach Emina in die Knie und aus ihren Augen liefen dicke, große Tränen. Nun wich die Angst tiefem Schmerz und sie schlug die Hände vor das Gesicht.

„An diesem Ort ist so viel Elend und Schmerz! Ich spüre das!", rief sie und Karek wollte zu ihr eilen, um ihr aufzuhelfen, doch der König hielt ihn zurück. Dieser richtete einen mitfühlenden Blick auf das zusammengebrochene Mädchen, dann wandte er sich wieder dem Reiter zu, der wieder langsamer geworden war.

Karek konnte sich des Eindrucks nicht erwehren, dass der Reiter nicht wirklich kämpfen wollte, was aber natürlich nicht hieß, dass keine Gefahr von ihm ausging.

Der König trat nun doch mit sicheren Bewegungen auf den Reiter zu, auch wenn seine Leibgarde versuchte, ihn davon abzuhalten. Karek nutze die Gelegenheit, um nach Emina zu sehen.

„Emina, was ist los mit dir? Komm wieder hoch!"

Karek wollte sie am Arm in die Höhe ziehen, doch sie schlug nur seine Hand beiseite, ließ aber ihre Hände von ihrem Gesicht sinken. Es zeigte reinste Qual.

„Das hier ist ein schrecklicher Ort und dieser Mensch ist böse!"

Karek fragte sich, weshalb sich Emina so merkwürdig benahm, verschob diese Frage aber auf später. Das Blitzen und Donnern hatte abgenommen, doch wenn Karek gen Himmel blickte, sah er den monströsen Schatten des Schlangendrachen immer noch. Er flog gemächlich über den Wolken und es schien, als wartete er nur den richtigen

Moment ab. Vielleicht wartete er sogar auf den Befehl des schwarzen Reiters mit dem Löwengreif.

„Was wollt Ihr?", fragte der König den schwarzen Reiter, nachdem er mit selbstbewusst erhobenem Haupt vor ihm stehengeblieben war, immer noch umringt von seiner Leibgarde.

„Du bist es nicht, um den es hier geht, alter Mann!", sagte dieser herablassend und seinen Worten folgte ein respektloses Lachen.

Der Reiter ritt an dem König vorbei, so als wäre er überhaupt nicht da. Die Soldaten wussten im ersten Moment gar nicht, wie sie sich verhalten sollten, dann scharten sie sich einfach dicht um den König, um ihn nach allen Seiten hin zu schützen.

Der König wollte dem Reiter zusammen mit seinen Soldaten den Weg versperren, doch dieser ritt weiter auf Emina und Karek zu. Bei jedem Schritt des Löwengreifs klapperte die Rüstung laut.

„Du hast das Schwert, Junge!", sagte der Reiter und streckte die Hand nach Karek aus. Karek erhob sich langsam und sah den Reiter abschätzend an.

„Was soll mit dem Schwert sein?", fragte Karek und diese Frage klang selbst in seinen Ohren heuchlerisch. Er kannte die Geschichte vom schwarzen Reiter und konnte sein Wissen nur schlecht verbergen. Diese Nacht hatte ihm auch die letzten Zweifel am Wahrheitsgehalt genommen.

Dieser Reiter, der vor ihm stand, hatte sowohl Götterzorn als auch sein Messer geschmiedet und nun wollte er sie zurück.

„Ich rate dir, mir diese Waffe zu zeigen, Junge, sonst lasse ich meinen Greif mit dir spielen."

Als wäre dies ein Befehl gewesen, unterstrich der Löwengreif seine Worte mit einem bedrohlichen Brüllen, das Karek das Blut in den Adern gefrieren ließ.

Neben ihm wimmerte Emina lauter und Karek fragte sich, was mit ihr geschah. War es wirklich nur Angst, die sie verspürte, oder war da noch etwas gänzlich anderes?

„Ich denke, das solltet Ihr nicht tun!", meldete sich nun wieder der König zu Wort, doch der Reiter schenkte ihm keinerlei Beachtung, sondern ließ seinen Blick nur weiter mit ausgestreckter Hand auf Karek ruhen, fast so, als gäbe es den König gar nicht.

„Gib ihm das Schwert nicht, Karek!" Neben Karek stemmte Emina sich in die Höhe und starrte den schwarzen Reiter hasserfüllt an. „Es wäre ein großer Fehler, wenn du das tust."

Das konnte sich Karek sehr gut vorstellen. Er fragte sich bereits die ganze Zeit, wie sie es schaffen sollten, von diesem Ort zu entkommen, ohne dass es zu ernsten Verletzungen kommen würde. Außerdem weigerte er sich, den Drachen oben am Himmel zu vernachlässigen. Er war noch immer da und auch der ein oder andere Blitz zuckte noch vom Himmel. So oder so, sie waren in einer prekären Lage.

Nun stieg der Reiter mit einem lauten Seufzen von seinem Löwen ab und tätschelte ihm noch kurz beruhigend die Mähne, dann kam er mit langsamen aber sicheren Schritten auf Karek zu.

„Ich habe dieses Schwert vor langer Zeit geschmiedet und es ist somit rechtmäßig mein Besitz. Ich verlor es in einer unerbittlichen Schlacht und bin seither auf der Suche nach Götterzorn."

Karek gelang es nicht, ein leises Stöhnen zu unterdrücken. *Er kennt sogar den Namen des Schwertes*, dachte er erschrocken. Dann gab es keinen Zweifel mehr, dass es sich tatsächlich um den schwarzen Reiter handelte, von dem Gerando gesprochen hatte.

„Du kannst mir viel erzählen", sagte Karek trotzig und versuchte ein abfälliges Lachen über die Lippen zu bringen, was ihm leider misslang.

Der Reiter legte abschätzend den Kopf auf die Seite und musterte Karek durch die schwarzen Sehschlitze. Dann seufzte er wieder und einen kurzen Augenblick lang war es still.

Die nächste Bewegung kam so schnell, dass Karek sie kaum mitbekam.

Der Reiter sprang auf ihn zu und stieß ihm die bloßen Handflächen vor die Brust, sodass Karek überrascht zurücktaumelte.

Emina schrie erschrocken auf, doch das kümmerte den Reiter nicht. Karek landete auf dem Boden, dicht bei einem verwitterten Grabstein. Bevor er sich wieder aufrappeln konnte, war der Reiter über ihm. Aus den Augenwinkeln erkannte Karek, wie der König und seine Soldaten ihm zur Hilfe eilen wollten, doch der Löwengreif versperrte ihnen den Weg.

Borger, der sich die ganze Zeit hinter einem Grabstein verkrochen hatte, begann drohend zu bellen. Aber es war deutlich, dass der Sheepdog große Angst verspürte, denn er traute sich nicht hinter dem Grabstein hervor, um seinen Freund zu beschützen.

Verzweifelt suchte Karek den Boden ab, denn ihm war das Schwert aus der Hand gefallen. Es lag nicht weit entfernt, doch in seiner misslichen Lage war es einfach unerreichbar.

Nun fasste der Reiter Karek an der Kleidung und zog ihn ein Stück in die Höhe.

„Ich werde mir jetzt mein Schwert nehmen, hörst du?", zischte er ihn an.

Karek versuchte sich zu wehren, in dem er um sich schlug und trat, doch gegen die Rüstung konnte er mit bloßen Händen nichts ausrichten. Es hätte ihn gewundert, wenn der Reiter seine Gegenwehr überhaupt zur Kenntnis nahm.

Der Reiter schlug erneut zu, sodass Karek wieder zu Boden ging, aber diesmal mit dem Kopf schmerzhaft gegen den Stein schlug. Ihm wurde schwarz vor Augen. Er musste seine gesamte Willenskraft aufbringen, um nicht das Bewusstsein zu verlieren.

Das nächste, das er wahrnahm, war Emina, wie sie sich auf den schwarzen Reiter stürzte.

Auch wenn die Geschehnisse in weiter Ferne stattzufinden schienen, befürchtete er das Schlimmste für diese junge Frau. Doch dann stieß Emina dem Reiter die flachen Hände vor den Helm und nun taumelte dieser zurück, wenn auch nicht so unbeholfen wie Karek. Da seine Sicht sich soweit geklärt hatte und er Emina zur Hilfe kommen wollte, stemmte Karek sich in die Höhe. Heftiger Schwindel erfasste ihn und ihm wurde so schlecht, dass er sich übergeben musste. Er fiel neben seinem Erbrochenen zurück auf den Boden und blickte benommen zum wolkenverhangenen Himmel empor. Um ihn herum war nur Kampflärm zu hören. Das Blut, welches an seiner Schläfe hinunterrann und seine linke Gesichtshälfte rot färbte, nahm er gar nicht wahr. Borger erschien neben ihm und stieß ihn winselnd an, dann rannte er davon.

Als er sich noch einmal auf die Ellbogen hochkämpfte, um zu sehen was geschah, versuchte er die Übelkeit zu unterdrücken, die ihn wieder überkam.

Er erkannte noch, dass Emina ihre Handflächen auf den Helm des Reiters drückte und dieser vor Qual stöhnte.

Dann wurde endgültig alles dunkel um ihn herum.

Kapitel 14

Genesung im Dom

Eine sanfte Berührung, war das Erste, das Karek wahrnahm, auch wenn er für den Moment nicht wusste, wo er sie an seinem Körper spürte. Als sein Bewusstsein weiter in den wachen Zustand hinüberglitt, spürte er einen festen Druck am Kopf und einen dumpfen, pochenden Schmerz. Ganz vorsichtig versuchte Karek, die Augen zu öffnen, und er war sehr froh, dass der Ort, an dem er sich befand, verdunkelt war. Somit blieben ihm zumindest vorerst schlimmere Schmerzen durch grelles Licht erspart.

„Er wird wach!"

Karek konnte die Person, die diese Worte gesprochen hatte, nicht gleich einordnen, doch sie klang aufgeregt. Er schloss die Augen wieder, drehte den Kopf in die Richtung, aus der die Stimme gekommen war, und öffnete sie wieder. Er brauchte eine Weile, um das Gesicht richtig einzuordnen, erkannte aber schließlich Emina.

Schließlich gesellten sich noch weitere Gesichter dazu, doch Karek schloss wieder die Augen. Im drohte, erneut schwindelig zu werden. Wieder vernahm er den Druck am Kopf überdeutlich, doch Karek versuchte ruhig zu atmen. Weshalb war er nur so schwach?

„Was ist geschehen?", brachte er dann schwach hervor und erschrak vor seiner Stimme. Sie klang sehr kratzig und heiser. So, als habe er seit Tagen nicht gesprochen.

Jemand hob seinen Kopf an, ohne auf seine Frage zu antworten. Dann wurde ihm ein Becher mit einer kalten Flüssigkeit an die Lippen gehalten. „Trink das! Danach wird es dir besser gehen!"

Karek tat, was Emina von ihm verlangte, doch es bereitete ihm große Mühe. Erstens schmeckte das Getränk scheußlich und zweitens tat das Schlucken recht weh. Erneut schoss die Frage durch seinen Kopf: Weshalb fühlte er sich so? Er hatte sich doch nur den Kopf an einem Stein gestoßen.

Der Becher wurde wieder abgesetzt und die Person, die seinen Kopf gehalten hatte, ließ diesen behutsam in die Kissen zurücksinken.

„Wie sind wir vom Friedhof weggekommen?", wollte Karek nun wissen, der die Unwissenheit einfach nicht mehr länger ertrug.

Der König trat in sein Blickfeld und sah ihn ernst an. Überhaupt sah er sehr besorgt aus. „Es war sehr schwer, dich vom Friedhof fort zu bekommen, doch dank Emina war es uns möglich."

Karek versuchte sich ein Stück aufzusetzen und verzog verwundert das Gesicht. Er erinnerte sich wieder, wie

Emina sich kurz vor seiner Ohnmacht auf den schwarzen Reiter gestürzt und damit sogar Erfolg gehabt hatte.

„Ich konnte den Reiter aufhalten und so sind wir entkommen", sagte sie nur knapp, was für Karek keineswegs eine ausreichende Erklärung war, doch er fragte nicht weiter nach, sondern nickte nur.

„Was war mit dem Löwengreif und dem Schlangendrachen?", fragte er dann besorgt. Je mehr er sich erinnerte, desto weniger konnte er es fassen, dass sie tatsächlich entkommen waren. Eigentlich hätten sie tot sein oder zumindest im Sterben liegen müssen.

„Den Löwengreif haben ich und meine Soldaten in Schach gehalten und Emina konnte mit dir fliehen", sagte der König, doch das konnte Karek nicht glauben. „Ich war bewusstlos. Wie hättest du mit mir fortlaufen sollen?"

Emina sah ihn aus glasigen Augen an. „Dank eines Trolls, der zu dieser späten Stunde am Friedhof entlangmarschierte. Er hat die Gefahr erkannt und trug dich bis zu den Pferden. Ein paar der Tiere haben tatsächlich auf uns gewartet, während die Soldaten zum Großteil verschwunden waren. Der Troll muss wohl das Gewitter bemerkt und seine Aufgabe sehr ernst genommen haben. Wenn er nicht dagewesen wäre, hätten wir nicht so leicht fliehen können. Dein Hund hat ebenfalls dort gewartet und wirkte ganz aufgebracht."

Karek konnte das gar nicht glauben. Wie konnten ein bewusstloser Mann, ein König, eine Handvoll Soldaten und eine junge Frau vor einem schwarzen Reiter, einem Löwengreif und einem mordlustigen Schlangendrachen, der seinen Zorn in Blitzen entlud, entkommen?

Karek sank zurück in die Kissen und blickte zur Decke. „Wir sind im Dom, nicht wahr?"

Er hörte, wie Holz über den Steinboden schleifte und sich der König niederließ. „Ja, wir sind bei mir im Dom und hier sind wir sicher!"

Die Betonung gefiel Karek gar nicht. Sie hatte so einen bedauernden Unterton, doch er sagte nichts dazu und schloss seine Augen. Die kurze Zeit, die er nun wach gewesen war, hatte ihn bereits wieder völlig entkräftet und kaum waren seine Lider geschlossen, schlief er tief und fest.

Als Karek das nächste Mal die Augen aufschlug, war seine Umgebung deutlich dunkler, was bewies, dass er zumindest einige Stunden geschlafen haben musste. Er war allein in dem Zimmer.

Karek blieb noch einen Moment still liegen und blickte zur Decke empor, die immer mehr in der Finsternis zu verschwinden drohte. Schließlich versuchte er sich ein wenig aufzurichten und horchte in sich hinein. Ein leichtes Schwindelgefühl überkam ihn, doch es war erträglich.

Karek befand sich in einem großen, fast quadratischen Raum, in dem sich neben dem Feldbett, in dem er schlief, lediglich ein niedriger Tisch mit einem halbgeleerten Becher und einem Krug mit einer grünlichen Flüssigkeit, und ein Tisch ziemlich in der Mitte des Raumes mit zwei Schemeln daran befanden. Ansonsten war der Raum leer.

Auch wenn ihn seine Beobachtung nicht gerade beeindruckte, schlug er die dünne Felldecke beiseite und setzte sich auf. Sofort begann die Welt sich wieder um ihn zu drehen, doch als er seine Augen schloss und tief durchatmete, konnte er den Schwindel besänftigen. Vorsichtig fasste er sich an die Schläfe, mit der er an den Grabstein geprallt war. Er spürte einen weichen Verband und eine Beule, die stark schmerzte, sobald er sie berührte. Karek sog die Luft zwischen den Zähnen ein und starrte auf die gegenüberliegende Wand, die aus groben Ziegelsteinen erbaut worden war.

Er versuchte zu ergründen, was in der Nacht auf dem Friedhof geschehen war. Es grenzte an ein Wunder, dass sie noch am Leben waren und dass Karek nur mit Fieber und einem schmerzenden Kopf davongekommen war.

Die Geschichte um den schwarzen Reiter stimmte also tatsächlich. Es war nur schade, dass er Gerando nicht mehr deswegen befragen konnte. Ihm wurde vor allem klar, dass diese gesamte Unternehmung ihnen nichts gebracht hatte.

Sie wussten, dass Daragon nicht in seinem Sarg lag, doch das war auch schon alles.

Nein, verbesserte sich Karek in Gedanken. Sie hatten noch viel mehr herausgefunden: Sie waren auf den Schlangendrachen gestoßen und diesmal war es eine Tatsache, dass er noch lebte. Außerdem übte der Reiter auf eine merkwürdige Art eine gewisse Macht auf den Drachen aus, denn dieser hatte sich die gesamte Zeit still verhalten, während der Reiter mit Karek und seinen Gefährten zu tun hatte. Doch wie passte alles zusammen?

Das Denken fiel ihm sehr schwer und schwächte ihn, sodass er sich zurücksinken ließ und erschöpft zur Decke blickte. Er würde nur noch etwas Schlaf benötigen und dann wieder fit sein. Mit den Gedanken schlief er erneut ein, wurde aber von schweren Träumen geplagt.

Als er das nächste Mal erwachte, war es stockfinster im Raum, bis auf eine kleine Lichtquelle, die allerdings nicht ausreichte, um die Dunkelheit vollends zu vertreiben. Eine grobe Berührung hatte ihn aus dem Schlaf gerissen und als er die Augen aufschlug, merkte er, dass er schwer atmete und sein Körper von kaltem, klebrigem Schweiß bedeckt war.

Seine Atmung beruhigte sich wieder, als er nach der Lichtquelle Ausschau hielt. Es war eine Kerze, deren

Flamme leicht flackerte und so einen tanzenden Lichtkreis an die Wand warf.

„Du hast geschrien."

Karek erschrak leicht, da er erst jetzt bemerkte, dass jemand bei ihm saß.

Karek nickte leicht zur Antwort. Er glaubte, dass es Emina war, doch er konnte es nicht mit Sicherheit sagen, da sie fast völlig im Schutz der Dunkelheit saß. Das Kerzenlicht beschien nur einen kleinen Teil von ihr.

Emina beugte sich vor und legte ihm ein feuchtes, kaltes Tuch auf die Stirn. „Du hast Fieber, aber es wird vergehen. Du kommst schnell zu Kräften."

„Was ist mit Borger? Ist mein Hund gesund?", fragte Karek.

Die Frage nach seinem Hund hatte ihn in den Wachphasen beschäftigt, und da er ihn nicht mehr gesehen hatte, seitdem sie zum Dom zurückgekehrt waren, machte Karek sich allmählich Sorgen.

Emina nickte zur Antwort: „Deinem Hund geht es gut. Wir werden ihn nur vorerst nicht zu dir lassen, da du dringend Ruhe benötigst."

Ganz zufrieden war Karek mit dieser Antwort nicht, nickte aber stumm. Er konnte sich erinnern, wie Borger davongelaufen war. Jetzt war er erleichtert, dass es ihm gut ging.

Karek drehte seinen Kopf in ihre Richtung. „Du hattest Angst auf dem Friedhof, nicht wahr?"

Emina lachte etwas unsicher. „Hatten wir das nicht alle?", fragte sie und fügte, ohne Karek die Möglichkeit für eine Antwort zu geben, hinzu: „Das haben wir uns alle anders vorgestellt, denke ich. Aber es ist nun mal passiert und wir müssen damit leben."

„Es war gefährlich und eigentlich müssten wir alle tot sein", flüsterte Karek.

Emina ließ sich eine Weile Zeit, um auf seine Worte zu reagieren: „Wäre der Troll nicht am Friedhof vorbeimarschiert, dann wären wir das vielleicht auch. In dieser Sekunde war er wohl so etwas wie ein Schutzengel."

Karek blickte die Decke an. „Der Reiter hat etwas mit dem Schlangendrachen zu tun."

Karek hörte, wie sich Emina nach vorne beugte. Der Schemel knarrte leicht unter der Bewegung.

„Ich habe den Reiter gespürt. Er trägt viel Schmerz in sich. Er hat mir leid getan."

Karek sah sie verwundert an. Dann musste er daran denken, wie sich Emina völlig verzweifelt auf den Reiter gestürzt hatte und er unter ihrem Angriff sogar zu Boden gegangen war.

„Was weißt du über den Reiter und was meinst du überhaupt damit, du hättest ihn *gespürt*?"

„Ich kann Gefühle von Menschen genau wahrnehmen und weiß, was in ihnen vorgeht."

Karek nickte langsam, begriff aber nicht genau, was sie meinte.

Emina lachte nun etwas unsicher. „Ich hatte die ganze Zeit über ein schlechtes Gefühl bei dem Gedanken, auf den Friedhof zu gehen. Der Reiter ist böse - aber eben nicht nur. Ich spürte auch eine Menge Verzweiflung und Schmerz."

Karek kämpfte sich mit seinen Armen in die Höhe, sodass das feuchte Tuch von seiner Stirn rutschte und auf der Decke landete.

„Was hat der Reiter gefühlt?", fragte Karek und seine Stimme war nicht mehr als ein Flüstern.

Emina wusste plötzlich nicht mehr wohin mit ihrem Blick. „Ich kann es nicht genau sagen. Er hat versucht sich gegen meine Macht zu wehren. Aber er trug einen großen Schmerz des Verlustes in sich."

Karek dachte nach. Es war möglich, dass Emina einfach nur unter Schock gestanden hatte, während sie sich auf dem Friedhof befunden hatten. Doch er hatte gesehen, wie sie sich in dieser Nacht verhalten hatte und wie der Reiter unter ihrer bloßen Berührung geradezu zusammengebrochen war.

„Leg dich wieder hin, Karek!", sagte sie schließlich und griff nach dem Tuch. „Du brauchst genügend Ruhe, um wieder zu Kräften zu kommen."

Karek ließ sich kommentarlos zurücksinken. Emina erhob sich vom Schemel, um den Raum zu verlassen. Sie nahm die Kerze und ging zur Tür, wobei man ihre Schritte kaum hörte. Sie wollte gerade die Tür hinter sich schließen, als sie sie noch einmal öffnete und den Kopf hindurch steckte.

„Heute war jemand da und wollte nach dir schauen." Als Karek fragend schaute, fügte sie hinzu: „Es war ein Mann namens Terek. Er wird die Tage nochmal vorbeischauen, wenn es dir wieder besser geht."

Kareks Stirn legte sich in Falten, denn er hatte Terek länger nicht mehr gesehen. Was mochte er von ihm wollen? Karek nickte Emina zu und bedankte sich. Dann schloss sie mit einem schüchternen Lächeln die Tür und eine alles verschlingende Finsternis legte sich über ihn. Es dauerte nicht lange, da war er eingeschlafen.

Als er wieder erwachte, war es hell, denn durch das geöffnete Fenster gegenüber des Feldbetts drang angenehmer Sonnenschein und ein leichter Wind wehte, sodass die weißen Vorhänge tanzten. Dies hatte etwas sehr Beruhigendes und Angenehmes, fand er.

An diesem Morgen fühlte sich Karek auch wieder deutlich wohler, zwar noch immer matt und schläfrig, doch schon wesentlich besser, als in den letzten Tagen. Karek lag noch eine Weile still in seinem Feldbett, bis sich die Tür öffnete. Er drehte etwas den Kopf, um zu sehen, wer eintrat. Einen kurzen Moment lang hatte er fest damit gerechnet, Terek würde eintreffen, doch es war der König, der mit einem freundlichen Ausdruck auf ihn zukam.

„Wie fühlst du dich?", fragte er und ließ sich auf dem Schemel nieder, auf dem auch Emina in der Nacht gesessen hatte.

„Es geht mir schon wieder besser." Er nickte und unterstrich die Antwort mit einem Lächeln, doch es kam wohl etwas gezwungen über die Lippen, denn der König wirkte nicht sehr zufrieden.

„Ich habe euch einer großen Gefahr ausgesetzt. Das tut mir schrecklich leid. Als König trage ich eine hohe Verantwortung für die Stadt und ihre Bürger. Da hätte mir das nicht passieren dürfen."

„Es war nicht Eure Schuld", sagte Karek nur, doch der König wischte die Antwort beiseite. „Die Ereignisse vielleicht nicht, doch ich hätte vorsichtiger sein müssen."

Karek sah zur Seite und fragte: „Was hatte das alles zu bedeuten? Es ist so viel auf einmal passiert. Was hat es mit dem Reiter und dem Löwengreif auf sich?"

Diesmal zuckte der König nur die Achseln. „Ich denke, es ist viel geschehen, was nicht hätte geschehen dürfen! Das Gewitter ist gefährlich und wir müssen einen Weg finden, um es in den Griff zu bekommen."

„Ihr meint wohl, den Drachen in den Griff zu bekommen."

Der König schmunzelte. „Was die Sache nicht gerade einfacher macht."

Karek setzte sich ein Stück auf und sah den König eindringlich an. „Ihr könnt Euch dem Drachen stellen, habe ich Recht? Emina und ich haben es gesehen, als das Gewitter am Dom ausbrach."

Der König nickte und wirkte selbstsicher wie immer. Karek hatte ein wenig erwartet, er würde sich ertappt oder peinlich berührt fühlen, doch er wurde enttäuscht. „Es ist gefährlich", sagte Zegon nur und Karek zog die Stirn kraus. „Wie meint Ihr das?"

Nun lachte der König heiter. „Man setzt sich nicht einfach so dem Blitzschlag eines wütenden Drachen aus, mein Junge. Da geht man schon ein gewisses Risiko ein."

Karek nickte verständnisvoll. „Doch hättet Ihr es nicht getan, wäre vielleicht sogar der Dom zerstört worden."

„Nicht nur vielleicht, sehr wahrscheinlich sogar."

Plötzlich erhob sich der König und zog etwas unter seinem roten Umhang hervor und Karek war heilfroh es zu sehen. Es war sein Schwert Götterzorn, welches er beim Angriff des schwarzen Reiters fallen gelassen hatte.

„Wir haben es retten können. Ich denke, dir ist bewusst, dass wir Emina sehr viel zu verdanken haben. Ohne sie wäre das alles noch viel schlimmer ausgegangen als ohnehin schon."

Karek nickte zur Antwort und war sich nicht sicher, ob er erzählen sollte, was er von Emina erfahren hatte, entschied sich dann aber dagegen.

„Heute wartet eine kräftige Suppe auf dich", meinte der König feierlich. „Ich habe einen hervorragenden Koch. Das Mahl wird dir helfen wieder voll zu Kräften zu kommen. Jetzt ruh dich noch etwas aus. In wenigen Stunden wird wieder jemand nach dir sehen. Du bist solange mein Gast, bis du wieder vollständig genesen bist."

Karek brachte nur ein kurzes Danke hervor, denn er wusste es wirklich zu schätzen, was der König tat. Doch dann, als der König schon halb aus der Tür heraus war, räusperte Karek sich noch einmal, sodass der König sich noch einmal zu ihm umwandte. „Glaubt Ihr, dass der Schlangendrache und der Reiter miteinander in Verbindung stehen?"

Der König sah ihn fragend an. „Wie kommst du darauf?"

Karek zuckte die Achseln. „Der Drache hat getobt und war völlig außer sich vor Zorn. Das Gewitter war deutlich schlimmer als letztens auf dem Domplatz. Aber dann kam der schwarze Reiter und der Drache beruhigte sich, sodass auch das Gewitter deutlich abnahm und kaum noch gefährlich war."

Der König zog ein nachdenkliches Gesicht. Kurz bevor er die Tür zuzog, meinte er, er würde darüber nachdenken, allerdings war sich Karek ziemlich sicher, dass ihm das ebenfalls aufgefallen und Kareks Vermutung ihm nicht neu war.

Kaum war die Tür geschlossen, ließ sich der junge Mann wieder zurück in die Kissen sinken und schloss die Augen.

Als die versprochene Suppe fertig war, war er bereits soweit bei Kräften, dass er sich zutraute, das Mahl am großen Tisch in der Eingangshalle zu sich zu nehmen.

Sein Optimismus hatte ihn wohl getäuscht, denn kaum war er auf den Beinen und auf den Flur hinausgetreten, wurde er wieder von Schwäche überfallen, sodass er zu schwitzen begann. Trotzdem legte er die wenigen Schritte zur Treppe zurück und kämpfte sich hinab in den Eingangsbereich. Als er bei der Hälfte der Treppe angelangt war, fiel sein Blick wieder auf das Gemälde, welches majestätisch von der Decke hinabhing. Jedes Mal zog es ihn in seinen Bann, wie Daragon dort stand und sich sein Schlangendrache mit aufgerissenem Maul schützend um ihn schlängelte.

Karek wandte seinen Blick widerwillig ab und konzentrierte sich weiter auf den Abstieg. Kaum hatte er das Ende erreicht, erschien Emina und kam auf die Treppe zugelaufen. Sie hatte sich vor dem Kamin in einen der Sessel zurückgezogen. Nun hielt sie ihm eine helfende Hand hin, um ihn zu stützen. Karek wusste allerdings nicht, worauf er zuerst achten sollte, denn Borger kam nun mit einem freudigen Bellen auf ihn zu und sprang an ihm hoch. Karek konnte verstehen, dass er sich freute, ihn zu sehen. Karek ging mit wackligen Knien in die Hocke, um seinen Hund zu kraulen und zu streicheln, und sofort schleckte Borger seine Hand ab.

„Wie geht es dir, Karek?", fragte Emina über das Bellen hinweg, obwohl sie es eigentlich sehen müsste. Immerhin glänzten seine Stirn und sein Gesicht vor Fieber und Schweiß. Trotzdem versuchte er, sich zu einem fröhlichen Grinsen durchzuringen und sagte, dass es ihm bereits viel besser ginge. Davon war er auch bis vorhin noch überzeugt gewesen, nur war die Schwäche von einem Moment auf den nächsten zurückgekehrt.

Emina steuerte zusammen mit Karek einen Platz an, an dem bereits eine große Essschale stand, ein Becher, ein Löffel aus Holz und ein Korb mit sehr gut aussehendem und duftendem Brot. Er war sich sicher, dass er sich nach diesem Mahl auf jeden Fall besser fühlen würde. Immer wenn Karek als Kind krank gewesen war, was zum Glück recht selten vorgekommen war, hatte ihm Erentroß eine kräftige Brühe zubereitet, nach deren Genuss er sich gleich besser und gesünder gefühlt hatte. Offenbar verstand sich der Koch des Königs auf dieselbe Heilkunst.

Kaum hatte Karek Platz genommen, sprang Borger an ihm hoch, doch das störte ihn nicht.

„Ich habe geholfen, die Suppe zuzubereiten", sagte Emina feierlich und lief schon wieder zurück, um in einem extra gelegenen Raum zu verschwinden, der Karek bisher noch gar nicht aufgefallen war. Der Dom musste wirklich gigantisch sein.

Es verging nicht viel Zeit, da kam Emina bereits mit einem großen Topf zurück, aus dem es herrlich dampfte. Nun bekam Karek doch spürbaren Hunger, und als Emina ihm etwas in seine Schüssel getan hatte, musste er sich bemühen, nicht sofort nach seinem Löffel zu greifen und die warme Köstlichkeit in sich aufzunehmen. Nur wegen der Regeln der Etikette, die ihm von Erentroß beigebracht worden waren, wartete er noch eine Weile und begann erst zu essen, als sich Emina wieder in die Küche zurückgezogen hatte. Die Suppe war sehr heiß, sodass er ohnehin nicht schnell hätte essen können. Kaum hatte er den ersten Löffel gekostet, musste er husten, da die Suppe salziger war als er gedacht hatte.

Schließlich vernahm Karek erneut Schritte hinter sich und Emina und der Leibdiener des Königs kamen zum

Tisch, um ihm Gesellschaft zu leisten. Emina sah ihn erwartungsvoll an.

„Schmeckt es dir?", fragte sie zögerlich und ließ ihren Blick auf Karek ruhen. Dieser nickte zufrieden und wandte sich wieder seinem Mahl zu.

Emina und der Diener hatten gerade zu essen begonnen, als es an der gewaltigen Eingangstür hämmerte, sodass Karek erschrocken zusammenzuckte. Das Geräusch musste durch das gesamte Gebäude zu hören sein.

Kaum war der Schall des Klopfens verklungen, erhob sich der Diener des Königs und eilte zur Tür. Er war noch nicht ganz dort angelangt, als es erneut kräftig an dem Tor klopfte. Als der Diener dem Ankömmling öffnete und dies von einem lauten Quietschen begleitet wurde, wusste Karek sofort, um wen es sich handelte, denn der Besucher zwängte sich einfach durch die schmale Öffnung der Tür, ohne den Diener anzuhören. Ob dies nun der Höflichkeit angemessen war oder nicht, schien Terek nicht zu stören, denn er stand nun im Inneren und sah mit großen Augen zum langen, großen Esstisch hinüber. Dem Anschein nach hatte er den Dom noch nie von innen gesehen.

„Terek", sagte Karek verwundert und ließ von seiner Suppe ab. Er wollte sich schon erheben, um dem jungen Mann entgegen zu gehen, doch Emina schüttelte bestimmt den Kopf.

„Nein, du bleibst sitzen! Terek kommt doch ohnehin zu uns. Du bist viel zu schwach."

Karek gehorchte, da er einsehen musste, dass es ihn nur übermäßig geschwächt hätte. Natürlich kam Terek zu ihnen herübergelaufen. Er klopfte Karek auf die Schulter, doch in seinen Augen war tiefe Sorge zu lesen.

„Ich habe das Gewitter beobachtet. Ich wollte bereits vor kurzem mit dir sprechen, doch da warst du noch nicht gesund genug. Nun scheint es dir besser zu gehen."

Karek nickte zufrieden und bevor er überhaupt etwas erwidern konnte, setzte sich Terek bereits neben ihn auf einen Schemel. „Als das Gewitter losging, bin ich sofort zu Stadt am Hof, um dich zu holen, doch dort warst du nicht. Nun weiß ich auch warum."

Wieder sah Terek ihn sehr besorgt an. Karek wich seinem Blick aus und griff nach einem kleinen Laib Brot und tunkte ihn in die Suppe.

Karek warf Emina einen flüchtigen Blick zu. „Ja, an diesem Abend war ich mit dem König unterwegs", sagte er dann ausweichend. In diesem Moment fiel ihm auf, dass er den König seit dem Morgen nicht mehr gesehen hatte.

„Ich habe mir einfach große Sorgen gemacht", wiederholte Terek und brachte Karek von seinen Gedanken ab. „Dieses Gewitter war deutlich gefährlicher als das letzte Mal hier am Domplatz. Wenn dagegen nichts unternommen wird, wird es Regensburg noch wirklich schwer erwischen."

Schließlich, Karek hatte seine Schüssel zur Hälfte geleert, entschuldigte er sich, um wieder ins Zimmer zurückzugehen. Für den Moment war er einfach zu schwach, um sich an solchen Gesprächen zu beteiligen. Zuvor hatte ihn sein Feldbett ziemlich angeödet, nun sehnte er sich geradewegs dorthin zurück. Die kurze Zeit hatte ihn so sehr entkräftet, dass es ihm nun noch schwerer fallen würde, den Weg zurückzuschaffen. Demnach war Karek sehr froh, als sich Terek bereit erklärte, ihn zu begleiten. Borger wurde von Emina zurückgehalten, nachdem sie sich voneinander verabschiedet hatten.

Kapitel 15

Ein ungutes Gefühl

Es vergingen noch zwei weitere Tage, bis Karek wieder vollständig genesen war. Offenbar hatte ihn das Ereignis auf dem Friedhof so sehr gestresst, dass es seinen Körper Unmengen an Energie gekostet hatte, die er sich schließlich zurückholen musste.

Nun war es Mittag und die Sonne stand beinahe im Zenit, als er vor dem Dom stand und seinen Blick über den gewaltigen Platz schweifen ließ. Sehr schnell stellte er fest, dass Emina recht gehabt hatte. Der Domplatz war durch das letzte Gewitter nicht erneut beschädigt worden. Stattdessen hatte man sich bereits daran gemacht, die Schäden wieder in Ordnung zu bringen. Zumindest sah Karek, wie neues Kopfsteinpflaster herangeschafft und der Schutt beseitigt worden war.

Mit einem kurzen Seufzen ließ sich Karek auf die Stufen fallen und genoss die Stille, die für den Moment über dem Domplatz lag. Nach den vielen Tagen seiner Krankheit war es eine Wohltat, nun endlich wieder an der frischen Luft zu sein. Erst dann spürte man oftmals, wie sehr einem die einfachsten Dinge fehlten.

Schließlich hörte er, wie sich hinter ihm die gewaltige Domtür öffnete und Emina nach draußen trat. Sie hatten sich in den letzten zwei Tagen nicht gesehen, aber sie hatte ihm erzählt, dass sie ebenfalls ein Zimmer bekommen hatte, um sich in Ruhe von dem letzten Schock zu erholen.

Sie kam zielstrebig auf Karek zu und setzte sich kommentarlos neben ihn. Sie schlang die Arme um ihre angezogenen Beine und blickte stumm in die Ferne.

„Dir scheint es besser zu gehen", brach sie dann die Stille und sah Karek sanft an. Jetzt, wo sie so da saß, wurde Karek erneut bewusst, wie hübsch sie war. Dies wurde noch einmal betont, als ihr blondes, offenes Haar etwas im Wind wehte.

„Ja, so ist es", sagte er knapp mit einem Lächeln.

„Glaubst du, wir sehen den Reiter wieder?", fragte Emina und blickte wieder in die Ferne. Man sah ihr an, dass sie dieses Thema sehr beschäftigte. Auch Karek steckte das, was auf dem Friedhof passiert war, nicht so ohne weiteres weg, doch in Emina schien es etwas ausgelöst zu haben.

„Ich weiß es nicht", sagte Karek wahrheitsgemäß. „Ich hoffe nicht, doch wenn es so sein sollte, dann werden wir vorbereitet sein."

Emina sah ihn verwirrt an. „Warum bist du dir da so sicher?"

Karek zuckte nur die Achseln. „Auf dem Friedhof ist er ohne jede Vorwarnung einfach aufgetaucht, ohne dass jemand was von ihm wusste. Doch jetzt wissen wir, dass es ihn gibt und nun können wir auf der Hut sein."

Emina nickte, schien aber mit seiner Erklärung nicht glücklich zu sein. „Ich habe bei dem Reiter viel Schmerz gespürt. Er handelt bestimmt aus Gründen, die uns fremd sind."

Karek zog eine Augenbraue hoch. „Das hast du schon einmal gesagt. Es klingt fast so, als hättest du Verständnis für ihn."

Emina zuckte fast trotzig die Schultern. „Ja, vielleicht habe ich das sogar. Ich habe gespürt, was in ihm vorgeht. Er trägt einen tiefen Schmerz in sich, der mit dem des Drachens vergleichbar ist."

„Wie kommst du darauf?", fragte Karek und zog verwundert die Stirn kraus.

Zuerst sah es so aus, als wolle Emina gar nicht darauf antworten, tat es dann aber doch, auch wenn sie deutlich leiser fortfuhr, so als hätte sie Angst von anderen gehört zu werden. „Ich habe dir doch schon gesagt, dass das bei mir so ist. Ich kann das Innere einer Person lesen. All ihre Gefühle erkenne ich."

„Was macht dich da so sicher?", fragte Karek. Seine Worte kamen schroffer heraus als beabsichtigt, denn Emina zuckte zusammen und blickte von ihm weg.

„Es tut mir leid", sagte Karek dann entschuldigend, doch Emina winkte bloß ab.

„Es ist schon gut. Ich an deiner Stelle würde genauso reagieren. Als meine Eltern damals merkten, dass ich anders bin, haben sie mich verstoßen und ich musste sehen, wie ich für mich selber sorge. Das war nicht leicht für mich. Hat mich aber hart und widerstandsfähig fürs Leben gemacht."

„Wie alt warst du, als dich deine Eltern abwiesen?"

Emina schien darüber nachzudenken, schüttelte dann aber nur langsam den Kopf. „Ich weiß es nicht genau. Ich war aber noch sehr klein. Vielleicht zehn Jahre. Auf jeden Fall zu jung."

„Das muss dich sehr getroffen haben."

Emina stimmte Karek mit einem Nicken zu. „Ja, das hat es. Doch ich musste lernen, damit klar zu kommen, und im Großen und Ganzen war es eine gute Vorbereitung auf alles was gekommen ist."

Die Wahrheit war, dass Karek aus Emina nicht wirklich schlau wurde. Es gab Momente, da schien sie innerlich völlig zusammenzubrechen, aber in diesem Augenblick wirkte sie so stark, dass Karek glaubte, sie würde sogar dem heftigsten Gefühlssturm standhalten. Die Frage war nur, ob beide Seiten echt oder eine von beiden nur Fassade war.

„Was macht dich so sicher, dass es sich um eine Gabe handelt?", fragte Karek dann. „Es könnte ja auch sein, dass du einfach Menschen gut verstehst."

Emina schüttelte entschieden den Kopf. „Das dachte ich damals auch. Es ist nur so, dass ich bereits vielen Menschen allein durch meine Berührung helfen konnte."

Karek blickte sie fragend an, doch Emina ging nicht näher darauf ein, sondern zuckte nur die Schultern. „Ich möchte Menschen helfen, ihre Gefühle ins Gute zu ändern. Sie von ihren Sorgen und Nöten erlösen."

Karek fasste Emina sanft bei der Schulter. „Das ist doch ein lohnendes Ziel."

Emina sah ihn dankbar an und lachte schließlich verlegen. „Ich würde gerne eigene Heilkräuter herstellen und sie in einem kleinen Laden verkaufen. Vielleicht sogar einmal hier in Regensburg."

„Das wirst du machen und dann komme ich zu dir, wenn es mir nicht gut geht."

Wieder lachte Emina, da sie es offenbar für einen Scherz hielt. Doch Karek meinte es ernst, denn er konnte sich Emina sehr gut in einem solchen Laden vorstellen.

Die Tür zum Dom öffnete sich erneut und Terek trat nach draußen. Sein Gesicht war sehr ernst, als er auf sie zutrat und hinter ihnen stehenblieb. Er sah Karek und Emina nicht an, sondern blickte nur in die Ferne.

„Es kommt etwas auf uns zu!", sagte er dann und allein der Klang seiner Stimme sorgte dafür, dass Karek eine Gänsehaut bekam.

„Bist du dir da sicher?", fragte Emina und sprang beunruhigt auf.

Terek nickte. „Es ist nahe und ich spüre eine leichte Unruhe. Es kommt etwas auf uns zu und es wird nichts Gutes heißen."

„Jetzt machen wir uns mal nicht verrückt", versuchte Karek die beiden zu beruhigen. Dass ihn Tereks Worte ebenso verunsicherten und nervös machten, ließ er besser mal außen vor. „Wie lange hast du dieses Gefühl schon?", fragte er.

Terek schien über diese Frage nachzudenken. „Seit ein paar Stunden."

„Wo ist denn der König? Ich habe ihn seit Tagen nicht mehr gesehen."

„Das liegt daran, dass du die meiste Zeit geschlafen hast", antwortete Emina. „Ich denke, er hält sich irgendwo im Dom auf und grübelt darüber nach, wie wir Regensburg besser schützen können."

Karek ging in den Dom. Dort sah er, wie der König in einem purpurroten Sessel saß. Vor ihm auf dem Boden lagen unzählige Schriftrollen, die der König fieberhaft zu studieren schien. Karek fiel auf, dass Zegon einen merkwürdigen, langen Stab bei sich trug, den er zum ersten Mal wahrnahm. Er bestand komplett aus Holz und am oberen Ende war er mit einem schmuckvollen Widderkopf verziert.

Als der König die drei hereinkommen hörte, wandte er sich um, doch wirklich wahrzunehmen schien er sie nicht, denn er drehte sich wieder um und las weiter in den vielen Schriftrollen, mit denen er sich eingedeckt hatte. Doch Terek schien sich davon nicht beirren zu lassen, denn er lief sofort auf den König zu und setzte sich ihm gegenüber, ebenfalls in einen purpurroten Sessel.

Nun legte der König seine Arbeit beiseite und widmete seine Aufmerksamkeit Terek.

Terek räusperte sich etwas verlegen, ehe er zu sprechen begann: „Ihr denkt über die Situation in Regensburg nach, habe ich recht?", begann Terek langsam und sah den König dabei durchdringend an. Der Kamin brannte, trotz der Wärme draußen.

Der König antwortete nicht direkt auf die Frage, sondern stemmte sich aus seinem Sessel in die Höhe und trat zum Kamin, um einen neuen Holzscheit nachzulegen. Funken flogen in die Höhe und es knisterte und knackte.

Schließlich wandte der König sich wieder um und ging zum Sessel zurück. Erst jetzt nickte er mit einem freundlichen Lächeln. „Ganz recht", sagte er dann und räusperte sich. „Das, was auf dem Friedhof geschehen ist, war sehr gefährlich, und wir können von großem Glück sprechen, dass wir allesamt hier versammelt sind."

Kaum hatte er seine Worte beendet, forderte er seinen Diener auf, ihm etwas Obst zu bringen.

„König Zegon, was hat es zu bedeuten, das Daragon nicht in seinem Grab liegt? Habt Ihr dafür eine Erklärung?", fragte Karek, als er sich neben Terek stellte.

Der König sah verwundert auf, so als würde er erst jetzt bemerken, dass außer Terek noch weitere Personen anwesend waren. Ein paar geschlagene Sekunden ließ der König seinen Blick auf Karek ruhen, dann senkte er ihn wieder. Der Diener brachte inzwischen eine reichgefüllte Schale mit Obst, von der sich der König sogleich einen Apfel schnappte.

Mit gesenktem Kopf schien er über Kareks Frage nachzudenken, sodass Karek sich unweigerlich zu fragen begann, ob der König sich eine Ausrede zurechtlegen musste. Der König spielte gedankenverloren mit dem Apfel in seiner Hand und zuckte dann nachdenklich die Schultern. „Das ist eine gute Frage, mein Junge", sagte er dann und brach damit die drückende, kaum auszuhaltende Stille. „Ich war mir sehr sicher, Daragon würde dort seinen ewigen Schlaf schlafen und ich war wirklich schockiert, als wir feststellten, dass es nicht so war."

„Aber ich verstehe das nicht!", sagte Karek nun fast verzweifelt. „Ich war damals dabei, als Daragon starb. Er starb wirklich! Daran gibt es überhaupt keinen Zweifel!"

Terek stand auf und entfernte sich ein, zwei Schritte von dem König und Karek und blieb dicht bei Emina stehen, die die ganze Zeit über noch nichts gesagt hatte. Vielleicht hatte sie sich nicht einmal bewegt.

„Jetzt beruhige dich, Karek", forderte Terek ihn auf. „Dafür, dass Daragon nicht in seinem Grab liegt, gibt es sicherlich eine ganz normale Erklärung, und wenn du gesehen hast, wie Daragon damals starb, dann wird es auch so sein."

Dem König schienen Tereks Worte nicht so sehr zu gefallen. Auch wenn er nach außen sehr gefasst und ruhig wirkte, war er doch recht nachdenklich gestimmt. „Die Frage, die dann noch offen bleibt, ist, was ist dann mit Daragon nach seinem Tod geschehen? Dieses Gewitter macht mir wirklich Sorgen und ich dachte, wir würden vielleicht an Daragons Grab einen Hinweis darauf finden."

Nun hatte sich Karek in dem purpurroten Sessel niedergelassen. „Weshalb das?"

Der König zuckte etwas energielos die Schultern. „Nun, wir haben es auf dem Friedhof doch mit eigenen Augen gesehen oder? Es war Daragons Drache, der für das Gewitter verantwortlich war."

Nun lachte Terek kurz auf. „Nur weil der Drache am Himmel flog, heißt das nicht, dass er auch für das Gewitter verantwortlich war."

„Doch!", rief Karek, kaum dass Terek seinen Satz beendet hatte.

„Wir haben alle gesehen, dass das Gewitter immer stärker und unberechenbarer wurde, je wütender der Drache wurde. Zum Schluss flog er nur noch gemächlich am Himmel umher und das Gewitter hatte sich großteils zurückgezogen. Die Flugechse ist daran schuld und somit ist sie auch daran schuld, wenn diese Stadt immer mehr beschädigt wird und vielleicht sogar Menschen getötet werden."

Terek trat auf den König und Karek zu. „Dann ist die Sache für mich klar: Wir müssen diese verdammte Echsenschlange vom Himmel holen und dafür sorgen, dass es endgültig ist."

„Nein!", schrie Emina, und als sich alle drei erschrocken zu ihr umwandten, sah Karek, dass sie Tränen in den Augen hatte. „Das ist grausam!", meinte sie mit zittriger Stimme. Nur mit Mühe gelang es ihr, die Tränen zurückzuhalten. „Glaubst du wirklich, dass das die Lösung ist?", fragte Emina aufgebracht und stampfte auf Terek zu. Zusätzlich bohrte sie ihm noch den Zeigefinger in die Brust, was ihre Worte noch unterstrich.

Nun stand Emina so dicht vor ihm, dass sich fast schon ihre Nasenspitzen berührten. „Glaubst du wirklich, dass Gewalt dieses gesamte Problem löst und Regensburg Frieden hat?", presste sie über die zittrigen Lippen. „Die Bürger haben Angst. Sie wissen inzwischen, dass ein Drache über Regensburg sein Unwesen treibt und seinen

Zorn in heftigen, unkontrollierbaren Gewittern entlädt. Diese werden von Mal zu Mal schlimmer und es dauert nicht mehr lange, dann gibt es Tote! Glaube mir, Terek, wenn du den Drachen tötest, dann bist du kein bisschen besser."

Eminas Worte schienen einfach von Terek abzuprallen, und er lachte sogar kurz, auch wenn es etwas gequält wirkte. „Doch, Emina, das bin ich", sagte er ungerührt. „Wenn wir dem Drachen seinen verdammten Hals durchschneiden, dann haben die Bürger ihren Frieden, denn dann gibt es keine übernatürlichen Gewitter mehr, die die Stadt verwüsten. Wenn wir uns entschließen, gegen den Drachen vorzugehen, dann tun wir es aus einem guten Grund. Von daher möchte ich sagen, bin ich auf alle Fälle besser als dieser tobsüchtige Drache."

Daraufhin erhob sich der König aus seinem Sessel und klatschte einmal laut in die Hände. „Es reicht! Jetzt beruhigen sich alle!"

Mit ruhigen Schritten ging der König auf Terek zu. „Erkläre mir eines", wollte er dann wissen und sah Terek direkt in die Augen. Seine Stimme war nicht mehr als ein Flüstern, und obwohl es im Dom sehr leise war, überhörte Karek es beinahe. „Wie möchtest du denn gegen den Drachen vorgehen, mein Junge? Möchtest du ihn einfach so in Stücke reißen? Einfach so mit deinen bloßen Händen?" Die Stimme des Königs sprühte nur so vor

Spott, und während Eminas Worte einfach an Terek abgeprallt waren, schienen ihn die Worte des Königs umso mehr zu treffen. Er schluckte schwer und sah betroffen zu Boden.

„Terek hat recht."

Alle Beteiligten sahen nun zu Karek. „Es muss einen Weg geben, sich dem Drachen zu stellen. Wenn wir es nicht tun, dann wird die Gefahr nie vorüber gehen, oder glaubt ihr, der Schlangendrache wird bald genug haben und sich zurückziehen?" Karek beantwortete seine eigene Frage mit einem humorlosen Lachen und schüttelte gleichzeitig den Kopf. Sofort musste er an Götterzorn denken. Es musste ihnen gelingen, den Drachen in seine Schranken zu weisen!

Emina zischte heftig und schüttelte erregt den Kopf.

„Vielleicht bekommen wir dazu eher die Möglichkeit, als wir denken", sagte nun Terek geheimnisvoll und alle sahen ihn fragend an. „Es kommt ein Unheil auf die Stadt zu und wird nicht mehr lange auf sich warten lassen. Ich spüre das und darauf konnte ich mich schon immer verlassen."

Karek hatte eigentlich geglaubt, der König würde dies mit einer einfachen Geste abtun, doch er schien Tereks Worte sehr ernst zu nehmen. Fast schon so, als hätte er damit gerechnet. „Wie meinst du das, *es kommt ein Unheil auf die Stadt zu?*"

Terek zuckte nur die Achseln. „Ich spüre, dass das Unheil ganz nah ist. Es fühlt sich an wie …" Terek stockte und suchte offenbar nach den richtigen Worten, die Karek für ihn zu finden glaubte: „Wie damals, als dein Dorf überfallen wurde, nicht wahr?"

Karek war nicht einmal überrascht als Terek plötzlich nickte und sich sein Blick aufzuhellen schien. „Ja, ich denke, das ist der Wahrheit sehr nahe."

Der König brachte ein kurzes Lachen über die Lippen, was aber sehr angespannt klang, und auch sein Gesichtsausdruck sah alles andere als gelassen aus. Es wirkte fast schon so, als versuchte er, einen leichten Schmerz zu unterdrücken. „Wir machen uns jetzt nicht verrückt", sagte er dann und fasste Terek besänftigend an der Schulter. „Wegen etwas Unwohlsein brauchen wir uns nun wirklich nicht unter Druck zu setzen." Der König sprach die Worte zwar ruhig aus, doch lag darin ein Ton, der keine Widerrede duldete.

Dies schien auch Terek zu bemerken, denn im ersten Moment schien er etwas erwidern zu wollen, ließ es dann im letzten Moment aber bleiben. Es wäre wahrscheinlich ohnehin einfach vom König abgeprallt.

Nun wandte König Zegon sich wieder an Karek. „Karek, du solltest dich noch ein wenig ausruhen. Du bist so lange mein Gast, bis du wieder völlig genesen bist, das hatte ich dir versprochen. Ich brauche nun noch etwas Ruhe, um über alles nachzudenken. Regensburg befindet sich in keiner guten Lage. Es wäre von Vorteil, wenn mir etwas einfällt, um dies wieder zu ändern."

Der König widmete seine Aufmerksamkeit wieder Emina und Terek. „Ihr dürft später noch einmal zu Karek und nach ihm sehen, doch jetzt bitte ich euch zu gehen, damit ich über alles in Ruhe nachdenken kann."

Emina und Terek blieben noch einen Moment still stehen, doch dann wandten sie sich mit einem enttäuschten Nicken ab und verließen den Dom. Beim Hinausgehen nickten sie Karek noch als knappen Gruß zu, dann traten sie durch die schwere Tür.

Der König blickte noch einen Moment die Tür an, dann drehte er sich zu Karek herum. „Mir ist es nun wichtig, meine Gedanken zu ordnen. Und dafür brauche ich etwas Ruhe."

Der König ließ ein entschuldigendes Lächeln sehen und Karek verstand. Er erwiderte das Lächeln, dann wandte er sich ab und ging die Treppe empor, vorbei an dem gewaltigen Daragon-Gemälde, um sein Krankenzimmer zu betreten.

Auch er würde seine Gedanken ordnen müssen.

Kapitel 16

Die vermummte Armee

Karek hatte sich schließlich wieder in das Zimmer verzogen, welches man ihm schon vor einigen Tagen zugewiesen hatte.

Er hatte sich auf sein Feldbett gelegt und ständig waren ihm die jüngsten Ereignisse durch den Kopf gewandert. Dabei versuchte er einen Faden zu finden, denn er spürte einfach, dass so vieles zusammengehörte.

Warum war ihnen der schwarze Reiter auf dem Friedhof begegnet? Es war fast so, als hätte dieser gewusst, dass sie dort sein würden. Oder hatte der Reiter gewusst, dass das *Schwert* dort sein würde? Laut Gerandos Geschichte hatte der schwarze Reiter Götterzorn geschmiedet und das erklärte auch, dass er das Schwert wiederhaben wollte. Der junge Mann war heilfroh, dass es dem Reiter nicht gelungen war.

Karek schwang seine Beine vom Feldbett und griff zur Kommode direkt neben dem Feldbett. Dort lehnte sein Schwert Götterzorn und die Waffe sah aus, als wäre sie noch nie benutzt worden, ein Phänomen, welches er immer wieder aufs Neue bewunderte.

Karek vermochte sich nicht einmal vorzustellen, was gewesen wäre, wenn der Reiter das Schwert bekommen hätte. Er wusste ja nicht einmal, was so besonders an der Klinge war, außer dass er sich den geschätzten Wert nicht einmal vorstellen konnte.

Er setzte sich zurück auf das Feldbett, legte sich das Schwert über die Beine und strich mit dem Daumen ganz leicht über die Klinge. In der Mitte der Klinge war eine hauchdünne Linie aus Gold eingearbeitet. Er meinte, sie beim Darüberstreichen zu spüren, auch wenn das eigentlich unmöglich sein sollte.

Karek vernahm ein scharrendes Geräusch an der Tür und ein leichtes Lächeln huschte über sein Gesicht. Als er die Tür öffnete, sprang Borger sofort an ihm hoch, um ihn aufgeregt zu begrüßen.

Während er schließlich zusammen mit Borger auf dem Feldbett saß, dachte er weiter nach: Immer wieder waren ihm auch Tereks Worte im Kopf herumgespukt. Natürlich hatten Emina und der König nicht gut auf seine Worte, den Drachen töten zu wollen, reagiert, doch je mehr Karek darüber nachdachte, desto mehr wurde ihm bewusst, dass sie wahrscheinlich gar keine andere Wahl hatten. Solange der Drache am Leben war, würden immer wieder diese gefährlichen Gewitter über Regensburg hereinbrechen. Doch Karek musste auch zugeben, dass es wahrscheinlich keine Möglichkeit geben würde, dem Drachen auch nur nahe zu kommen.

Unmerklich schüttelte er den Kopf. *Nein*, dachte er entschieden. *Es gibt immer einen Weg. Auf dem Friedhof habe ich mich ihm bereits gestellt.*

Karek lehnte sich zurück und starrte an die gegenüberliegende Wand, die zunehmend von den Schatten der hereinbrechenden Dunkelheit verhüllt wurde.

Schließlich rieb er sich die Augen, legte das Schwert beiseite und versuchte Schlaf zu finden, was ihm auch gelang, nachdem er sich eine Weile herumgewälzt hatte.

Der treue Sheepdog blieb zufrieden am Boden liegen und schloss die Augen.

Karek konnte nicht genau sagen, was ihn weckte, doch als er die Augen aufschlug, war es noch tiefste Nacht und im ersten Moment vernahm er nichts, außer seinem eigenen Herzschlag und seiner schnellen Atmung. Hatte er schlecht geträumt?

Karek richtete sich auf und lauschte. Noch immer hörte er nichts, doch gerade, als er sich zurück in die Kissen fallen lassen wollte, drang ein eigenartiges Geräusch an seine Ohren.

Ihm fiel es schwer es einzuordnen. Nach einer geraumen Zeit, in der sich sein Puls zu beschleunigen schien, stand er auf und trat ans Fenster, um in die Nacht hinausblicken zu können.

In diesem Moment winselte Borger schwach, so als spürte er etwas, das ihn nervös machte. Schließlich legte er sich wieder zurück und nach einer kurzen Zeit bewies nur noch der wild peitschende Schwanz, der auf den Boden schlug, dass er wach war.

Das Fenster eignete sich perfekt, denn von hier konnte Karek den gesamten Domplatz überblicken und hatte sogar in fast alle Gassen Einblick. Im ersten Moment konnte er nichts Ungewöhnliches entdecken, doch als er sich gerade wieder abwenden wollte, riss er verwundert seine Augen auf und starrte mit offenem Mund in die Tiefe.

In ein paar der Gassen bewegten sich helle Punkte. Karek konnte es zuerst nicht einordnen, doch dann stellte er fest, dass es sich um Menschen mit Fackeln handelte, die sich aus den Gassen auf den Domplatz zubewegten.

Karek wollte sich gerade fragen, ob das für ihn von Bedeutung war, als schon die Tür zu seinem Zimmer aufging und der Diener des Königs mit hastigen Bewegungen und entsetztem Blick hereinstürmte. Es war nicht schwer zu erraten, dass etwas ganz und gar nicht stimmte. Immerhin hatte der Diener sogar darauf verzichtet anzuklopfen, was Karek noch nie an ihm aufgefallen war. Dass er fast über Borger stolperte, schien der Diener gar nicht zu bemerken.

Wild gestikulierend gab er Karek zu verstehen, dass er ihm folgen sollte und der junge Mann zögerte keine Sekunde.

Wahrscheinlich mehr aus Instinkt griff er nach Götterzorn und dem blauem Messer, welches in der Kommode untergebracht war, und verließ schnellen Schrittes das Zimmer. Borger folgte ihm dichtauf.

Als Karek die Stufen hinabeilte, stand der König bereits in der Eingangshalle und sah zu ihm hinauf. Er wirkte völlig gefasst und lächelte sogar leicht, als er Karek erkannte. Ganz anders sein Diener. Dieser wirkte sehr nervös, aufgewühlt und schien sogar außer Atem zu sein.

„Wie fühlst du dich?", fragte der König schließlich, als Karek mit einem unguten Gefühl vor den beiden Männern zum Stehen gekommen war.

Karek gab ein kurzes Nicken zur Antwort und zog gleichzeitig eine fragende Miene. „Was ist passiert? Stimmt da draußen etwas nicht?"

Der König schüttelte nur den Kopf. „Wir müssen hinaus. Es wird sehr ernst."

Mit diesen Worten wandte sich der König um und öffnete die schwere Domtür. Er hielt seinen Stab dabei fest umklammert.

Kaum war das Tor geöffnet, drangen hektische Rufe und helles Flammenlicht ins Innere.

Karek, der sich Götterzorn an den Gürtel geschnallt hatte, trat mit klopfendem Herzen durch die Türe und musste tief durchatmen, weil das Bild, das sich ihm bot, eine tiefe Angst in ihm weckte.

Es hatten sich dutzende, wenn nicht sogar hunderte von Männern in schwarzen Umhängen auf dem Domplatz versammelt, welche brennende Fackeln in den Händen trugen. Als wollte der Himmel darauf antworten, hatten sich bereits einige Wolken in ein leichtes Rosa bis hellrot verfärbt. Die Männer saßen auf schwarzen Höllenwölfen und als Karek sie nun in Wirklichkeit zu Gesicht bekam, zogen sich seine Eingeweide zusammen. Bisher wusste er von ihnen nur aus Erzählungen, doch jetzt spürte er, dass sie wirklich Angst und Schrecken verbreiteten. Die Höllenwölfe hatten zottliges Fell, rot glühende Augen und eine sehr spitze Schnauze. Ihre scharfen Zähne blieben bisher im Verborgenen, doch ab und zu knurrten sie ungeduldig.

Karek verspürte einen Hauch von Erleichterung, als er erkannte, dass sich auch viele Trolle wieder auf dem Domplatz zusammengefunden hatten, hatte er sie doch heute Mittag noch vermisst. Borger blieb im Dom zurück, knurrte aber immer wieder bedrohlich zu den Höllenwölfen hinüber.

„Was geht hier vor?", rief Karek, erhielt von den Fremden aber keine Antwort. Neben den schwarzen

Männern und den Trollen hatten sich auch viele Bürger der Stadt hier eingefunden, die sehr verängstigt wirkten. Sie blickten wie gebannt den Männern und Trollen entgegen. Es schien, als wagten sie es nicht einmal zu blinzeln, denn sie hatten die gesamte Zeit ihre Augen weit aufgerissen.

„Das wüssten wir auch gerne." Eine füllige Frau, die trotz ihrem leicht ergrauten, langen Haar noch recht jung aussah, brachte den Mut zu sprechen auf. „Niemand weiß, wo diese Männer plötzlich herkommen, doch ich kann mir schon denken, dass das nichts Gutes zu bedeuten hat."

Karek gab dieser Frau insgeheim Recht, auch wenn er seine Bedenken nicht laut äußerte.

Er ließ seinen Blick erneut über den Domplatz wandern. Die Bürger hatten sich in die Nähe des Doms geschoben. Einige weinten bereits, weil sie schon das Schlimmste erwarteten, andere wandten sich ab und tuschelten mit ihren Nachbarn und wieder andere starrten wie gebannt auf das, was geschah, und schienen dabei nicht einmal zu atmen.

Karek versuchte zu ergründen, ob er vielleicht jemanden aus Stadt am Hof erkannte, doch hier kam ihm auf den ersten Blick niemand bekannt vor.

Als er näher an die Stufen trat, kam plötzlich Bewegung in die Masse der schwarzgekleideten Männer. Sie bildeten eine Gasse. Sowohl die Menschenmenge als auch die

Wölfe heulten auf, als der gigantische Löwengreif zusammen mit seinem schwarzen Reiter aus der Menschengasse trat.

Von ganz weit hinten dieses Wolfsheeres ertönte dabei alle paar Sekunden ein lautes Trompetengeräusch, wahrscheinlich einzig und allein, um die Macht des Mannes zu demonstrieren.

Die Trolle auf der anderen Seite reagierten darauf mit einem bedrohlichen Gebrüll, was die schwarzen Männer aber keineswegs einzuschüchtern schien. Auch die Wölfe knurrten.

Karek war sehr erstaunt, als sich nun das Heer der Trolle teilte und aus dieser Gasse der König mit Schneesturm geritten kam. Hinter dem König marschierte die Leibgarde auf. Verwundert sah sich der Junge nach allen Seiten um, denn er hatte geglaubt, der König hätte sich in seiner Nähe befunden, da sie zusammen aus dem Dom herausgetreten waren.

Als der schwarze Reiter und der König aufeinander trafen, war es unglaublich still. Jedes einzelne Wort, das fiel, war problemlos zu verstehen.

„Was wollt Ihr hier, schwarzer Reiter?", fragte der König abfällig. Seine Hand ruhte auf dem langen Stab mit dem Widderkopf. Offenbar rechnete er mit einem Angriff des schwarzen Reiters.

Doch dieser war davon wenig beeindruckt. Er lachte sogar, ehe er entgegnete: „Dies ist eine schöne Stadt. Ich dachte, ich schaue mal mit meinen Freunden vorbei."

Nun lachte auch der König, doch dies klang weniger amüsiert. „Macht Euch nicht komplett lächerlich, Reiter! Ich kann mir schon denken, warum Ihr an meiner Türe klopft. Ihr wollt mir das Amt als König streitig machen, ist es nicht so?"

Der Reiter, der noch immer seinen Helm mit heruntergeklapptem Visier trug, schüttelte heftig den Kopf, sodass man das Eisen klappern hören konnte. Wieder fielen Karek die drei goldenen Federn auf dem Helm auf. Sie waren sehr zerfranst, sahen aber so aus, als bestünden sie aus echtem Gold. Waren sie Schmuck oder vielleicht ein Zeichen seiner Macht?

„In dieser Stadt befindet sich etwas, das ich haben möchte, und ich bin gekommen, um es mir zu holen! Auch Ihr werdet mich nicht daran hindern können!" Kaum waren diese Worte ausgesprochen, zeigte der Reiter herausfordernd mit dem Finger auf den König. „Ihr könnt so viele Trolle und Soldaten holen, wie Ihr wollt. Meine Männer und ihre Wölfe haben keine Angst und kennen ebenso wenig Schmerz. Wenn es sein muss, erledigen wir jeden einzeln und das vor Euren eigenen Augen."

Der König schüttelte nur entschieden den Kopf und zeigte sich von diesen Worten wenig beeindruckt. Die gesamte Menschenmenge, die sich um den Dom versammelt hatte, sagte noch immer kein Wort. Jeder hörte wie gebannt zu, als ob sie Angst hätten, dass sie etwas verpassen könnten. Es war fast so, als trauten sie sich nicht einmal zu atmen.

„Ihr glaubt doch wohl nicht im Ernst, dass ich das geschehen lassen werde. Falls Ihr es vergessen haben solltet, bin ich seit vielen Jahren der König von Regensburg und das nicht ohne Grund. Ich habe schon viele Herausforderungen überstanden, nicht zuletzt die völlige Zerstörung meines Vorfahren Daragon."

Bei den Worten schien der schwarze Reiter ganz kurz verunsichert zu sein und er schien mit seinem Löwengreif sogar einen kaum merklichen Schritt zurückzumachen.

„Das sind die vermummten Krieger, die damals mein Heimatdorf überfielen!"

Karek schreckte aus seiner Beobachtung hoch und blickte neben sich. Dort stand plötzlich Terek, der mit steinharter Miene auf den Domplatz hinausstarrte.

„Das tut mir leid." Karek kam sich unbeschreiblich albern bei diesen Worten vor, waren sie doch die einzigen, die ihm einfielen, denn er machte sich Sorgen um Terek, der zwar gefasst wirkte, aber beim Anblick dieser Armee innerlich brodeln musste.

Tereks Miene verfinsterte sich nur noch mehr, während er weiter auf die gewaltigen Heere blickte, die sich auf dem Domplatz postiert hatten.

„Terek, wir werden das überstehen", versuchte Karek ihn zu beruhigen, und diesmal sah Terek ihn sogar an. Er brachte ein gequältes Lachen zustande und nickte, doch man sah ihm an, wie schwer es ihm fiel, sich ruhig zu halten. Es wäre völlig verständlich, wenn nun der gesamte Kindheitsschmerz wieder in ihm emporkroch und seinen Verstand zu vergiften drohte. Das durfte nicht geschehen, denn dann würde Terek handeln, ohne klar darüber nachzudenken. Und das würde wahrscheinlich sehr böse enden.

„Ich will den jungen Mann!"

Diese fünf Worte donnerten nun über den gesamten Domplatz und für einen kaum messbaren Moment schien die Zeit stillzustehen. „Bringt mir den jungen Mann vom Friedhof!", brüllte der schwarze Reiter erneut, nachdem auf seine erste Forderung nicht reagiert worden war.

Auch diesmal handelte der König nicht, sondern schüttelte nur entschieden den Kopf. „Ich weiß nicht von wem Ihr sprecht!", behauptete er, woraufhin der Reiter wütend mit seinen eisenbeschlagenen Handschuhen gegen seine Rüstung schlug, sodass ein heftiges Scheppern zu vernehmen war.

„Doch, das wisst Ihr, alter Mann! Wo ist er? Er trägt etwas, das ich haben will, und ich weiß, dass er sich hier unter den Bürgern versteckt hält!"

Der schwarze Reiter ließ sein behelmtes Antlitz über die gesamte Menschenmasse wandern.

„Ich habe mich noch nie versteckt!" Als Karek klar wurde, dass er diese Worte laut gerufen hatte, lief er die wenigen Stufen hinab und bewegte sich auf die gewaltigen Armeen zu, um neben dem König stehenzubleiben. Karek starrte den schwarzen Reiter finster an. Den erschrockenen Blick des Königs ignorierte er kühl, auch wenn es ihm alles andere als leicht fiel.

„Du bist mutig", sagte der Reiter nun wesentlich ruhiger. Er klang sehr zufrieden. Wahrscheinlich war er sich seiner Sache schon sehr sicher. Der Reiter atmete tief ein. „Ich spüre es." Seine Stimme war nicht mehr als ein Flüstern und aufgrund seines Helmes kaum zu vernehmen. „Ich spüre die Energie, die du bei dir trägst. Es sind zwei Quellen."

Karek wusste sofort, was sein Gegenüber damit meinte, denn er trug sowohl Götterzorn als auch das blaue Messer bei sich. Beides Waffen, die dieser Reiter vor vielen Jahren geschmiedet hatte.

Der Reiter stieg von seinem Löwengreif, der mit angelegten Flügeln vor ihnen stand, ab und ging gemessenen Schrittes auf Karek zu. Karek widerstand im letzten Moment dem Impuls, vor ihm zurückzuweichen, auch wenn alles in ihm danach schrie wegzulaufen. Er wollte dem Reiter nicht die Genugtuung geben, schwach zu wirken.

Schließlich blieb der Reiter vor ihm stehen und sah ihn von oben herab durch die Sehschlitze seines Helmes an.

„Gib mir deine Waffen und ich verschwinde, ohne dass jemand zu Schaden kommt", forderte der Reiter und ließ Karek dabei keine Sekunde aus den Augen.

Das eigentlich Erschreckende an der ganzen Sache war, dass Karek wirklich in Erwägung zog, dem Reiter das zu geben, was er wollte. Somit könnte er eine Menge Leid verhindern, doch was würde dann kommen? Wäre dann alles gut und man würde niemals wieder was von diesem Reiter hören? Der Reiter hatte in der Vergangenheit schon gemordet und gebrandschatzt, da war es sehr fraglich.

Entschieden schüttelte Karek den Kopf. „Nein, das werde ich ganz bestimmt nicht tun!" Gleichzeitig wich er ein Stück zurück, sodass er nun wieder direkt beim König und Schneesturm stand.

Der Reiter nickte auf eine Art, als hätte er gar nichts anderes erwartet. Dann ging er zu seinem Löwengreif zurück und saß auf. In derselben Bewegung zog der Reiter sein Schwert. Es würde unweigerlich zum Kampf kommen, daran gab es nun keinen Zweifel mehr.

Ohne nachzudenken zog Karek Götterzorn und war auf das Schlimmste gefasst.

„Karek komm zu mir!"

Der junge Mann sah sich gehetzt um und stellte fest, dass der König die Worte ausgesprochen hatte. Er winkte ihn schnell zu sich und half ihm schließlich auf sein weißes Pferd.

„Dieser Narr wird angreifen. Wenn du dort unten stehst, wirst du von den Trollen einfach überrannt werden und das möchtest du doch nicht oder?"

Karek schüttelte entschieden den Kopf. Eine Bewegung am Rand seines Sehfelds ließ ihn den Kopf wenden. Die Bürger rannten nun voller Panik davon.

Terek hingegen rannte auf das weiße Pferd zu. Auch er hatte plötzlich ein Schwert in der Hand, obwohl Karek nie eines an ihm aufgefallen war. Als Karek ihn so sah, hatte er kein gutes Gefühl bei der ganzen Sache. Tereks Gesicht war von Zorn gezeichnet und seine ganze Körperhaltung zeigte, dass er zu allem entschlossen war.

Karek hoffte, dass er nichts Unüberlegtes tat. Es würde sowieso schwierig werden, heil aus dieser Angelegenheit herauszukommen.

Der schwarze Reiter reckte seine Faust zusammen mit seinem Schwert in die Höhe.

„Nehmen wir Regensburg ein und holen wir uns das Amt als König und Götterzorn als Trophäe!"

Die schwarzen Krieger und ihre Wölfe brüllten in den Abend hinein und auch der Löwengreif stieß sein Maul in Richtung der Trolle, doch diese ließen sich davon nicht beeindrucken.

„Du bleibst so lange wie möglich bei mir, hast du verstanden? Er darf das Schwert nicht bekommen. Das ist das Wichtigste überhaupt!"

Karek nickte und dann trat der schwarze Reiter noch etwas mehr vor. Nicht einmal schnell, fast schon zögerlich, ängstlich. Dann hob er das Schwert und senkte es, damit die Höllenwölfe und ihre Reiter mit riesigen Sätzen auf die Armee des Königs zustürzten.

Terek sprang seinerseits auf die Krieger zu. Erst jetzt erkannte Karek, dass Terek einen Schild auf dem Rücken trug. Trotzdem war Karek klar, dass Terek in sein Verderben rannte. Ganz gleich, wie gut er sich auch zur Wehr zu setzen wusste, er war einfach töricht sich einer solchen Übermacht in den Weg stellen zu wollen.

Der König fluchte, weil Terek so voreilig gehandelt hatte, und riss seinen Stab in die Höhe. Die Trolle unterstrichen diese Geste mit einem herausfordernden Gebrüll.

Kaum hatte sich Schneesturm in Bewegung gesetzt, schmetterte der König dem ersten Krieger seinen Stab in den Magen, sodass dieser stöhnend zusammenbrach und eine Sekunde später von einem herannahenden Troll einfach überrannt wurde.

Karek parierte seinerseits einen Hieb eines anderen Kriegers, der mit einem Wolf herankam.

Terek vollführte eine Drehung mit ausgestrecktem Schwert. Seinen Schild hatte er sich an den Arm geschnallt. Auf diese Weise erlegte er gleich vier Krieger und zwei weitere schleuderte er alleine durch den Schwung seiner Bewegung zu Boden. Sogar die Wölfe wichen kurz vor ihm zurück.

„Karek, pass auf!", schrie ihm der König zu.

Die Warnung kam keinen Moment zu früh. Direkt vor ihnen ragte der Löwengreif in die Höhe und stieß ein ohrenbetäubendes Brüllen aus.

Karek duckte sich instinktiv zur Seite und riss sein Schwert nach oben. Plötzlich bäumte sich Schneesturm auf und Karek musste sich am Sattel festkrallen, um nicht vom Pferd zu fallen.

Schneesturm schlug mit seinen Hufen aus und traf den Löwengreif. Dieser brüllte vor Schmerz und Wut auf und schnappte rasend um sich, doch Schneesturm zog seinen Kopf zurück und entging dem Biss des löwenähnlichen Wesens um Haaresbreite.

Karek hatte keine Zeit, zu Atem zu kommen, denn der schwarze Reiter versuchte mit seinem Schwert nach ihm zu schlagen und Karek konnte den Hieb gerade noch abwehren.

„Wir müssen Abstand gewinnen!", rief König Zegon und riss sogleich sein Pferd herum. Da musste Karek dem König Recht geben. Sie befanden sich mitten im Durcheinander und es war ein Wunder, dass sie noch nicht getroffen worden waren. Immer wieder sprangen Krieger mit ihren Wölfen an ihnen vorbei.

Während sie versuchten, sich in eine bessere Position zu bringen, schlug Karek mit seinem Schwert um sich, um sowohl den schwarzen Reiter als auch Wolfskrieger abzuwehren. Karek hatte das Gefühl, dass sein Schwert immer schärfer und leichter wurde, je mehr Feinde er damit erschlug, doch das war sicherlich ein Irrtum.

Plötzlich wurde Karek mit einem gewaltigen Ruck aus dem Sattel geschleudert. Er landete auf dem blutigen Körper eines erschlagenen Kriegers. Wie durch ein Wunder schaffte er es, sein Schwert in der Hand zu halten. Hätte er es verloren, hätte er wahrscheinlich mit dem Leben bezahlt. Ein Wolf sprang direkt über ihn hinweg und prallte gegen einen Troll, der ihm einen heftigen Faustschlag verpasste.

Karek rappelte sich umständlich hoch und schlug in derselben Bewegung zu, denn sogleich fegte ein weiterer Krieger mit seinem schwarzen Höllenwolf über ihn hinweg. Karek traf den Krieger nur mit der Breitseite seines Schwertes, doch die Wucht reichte aus, dass der Krieger von seinem Reittier geworfen wurde.

Karek blieb keine Zeit, sich zu orientieren. Wild mit dem Schwert um sich schlagend, wehrte er die Angriffe der Wolfsreiter wieder und wieder ab. Für Karek war es unmöglich zu schätzen, wie viele es waren, geschweige denn wie viele schon erschlagen waren. Die Trolle hatten sicherlich schon ganze Arbeit geleistet.

Auf einmal tauchte Terek aus der Masse der Angreifer auf. Er kämpfte wie ein Besessener. Er war blutverschmiert, fühlte aber keine Erschöpfung. Das waren die Männer, die seine Familie und sein Heimatdorf vernichtet hatten. Diese Stunde war für Terek die Gelegenheit, sich nun an ihnen zu rächen und es ihnen heimzuzahlen, und auch wenn es vielleicht nicht dieselben Männer waren, so doch zumindest dieselbe Kriegerkaste. In seinem Blick tobte der reine Wahnsinn und im ersten Moment schien er Karek für einen Gegner zu halten, denn sein Mund öffnete sich zu einem wütenden Kampfschrei und seine Hand schnellte nach vorne, um sein Ziel zu treffen.

„Terek, pass auf!", rief ihm Karek zu. Etwas anderes brachte er nicht hervor. Die Wahrheit war, dass er Todesangst hatte. Sie war tausendmal stärker als damals beim Kampf gegen Daragon, und Karek hatte nicht die geringste Ahnung, wohin das hier führen sollte.

Plötzlich lachte Terek, während er sein Schwert aus dem Magen eines Wolfes herauszog und einen weiteren Angriff abwehrte. „Diesen Rat gebe ich besser dir. Du hast nichts außer deinem Schwert. Dass du noch auf beiden Beinen stehst, wundert mich zutiefst."

Bevor Karek auch nur über eine Erklärung nachdenken konnte, übertönte ein lautes Donnern den Kampflärm.

Für Sekunden schien Kareks Herz stehenzubleiben, denn er wusste sofort, was das zu bedeuten hatte.

Die Schlacht war im vollen Gange und der Schlangendrache kam!

Kapitel 17

Dem Tod näher als dem Leben

Der Himmel verfinsterte sich immer weiter. Dunkle Wolken zogen in unglaublicher Schnelligkeit heran und mit ihnen auch der längliche Schatten des Schlangendrachen, der sich bereits mit seinem bedrohlichen Knurren ankündigte.

Und mit dem Knurren und Brüllen nahm auch das Donnern und Blitzen immer mehr zu.

Karek schaute sich hektisch um. Sein Herz raste und in seinem Schädel war ein regelmäßiges Pochen, das er sogar über das Gebrüll der Menschenmenge hindurch zu hören glaubte.

Das Kampfgeschehen auf dem Domplatz hatte sich völlig verändert. Nun schien es keine zwei Heere mehr zu geben, die sich gegenseitig bekämpften, sondern nur noch ein durcheinander geratener Mob aus Menschen, Wölfen und Trollen, die die Gefahr bereits witterten und die Scharmützel erst einmal eingestellt hatten.

Karek sah nach rechts und nur ein paar Schritte von ihm entfernt stand Terek direkt beim König. Beide sahen in dieselbe Richtung, und als Karek ihrem Blick folgte, erkannte er den schwarzen Reiter, der triumphierend sein Schwert gen Himmel gestreckt hielt.

Und dann ließ dieser ein Lachen hören, bei dem sich Karek die Nackenhaare aufstellten.

„Bisher habt Ihr Euch ganz gut geschlagen, Herr König", sagte er spöttisch. Ringsherum war nun alles still geworden und auch der Schlangendrache verhielt sich merkwürdig ruhig.

Wie auf dem Friedhof, dachte Karek mit einem Anflug schlechten Gefühls.

„Ich warne Euch zum letzten Mal, gebt mir das, warum ich hergekommen bin, und niemandem wird mehr etwas geschehen!"

Karek zog es den Magen zusammen bei dem Gedanken, Götterzorn an so jemandem abgeben zu müssen. In ihm weigerte sich einfach alles, das zu tun.

Der König trat vor und zeigte mit seinem Schwert anklagend auf den schwarzen Reiter, der selbstsicher auf seinem Löwengreif saß.

Auch wenn Karek sein Gesicht nicht erkennen konnte, wusste er, dass er dem Reiter nicht gerade freundlich entgegenblickte.

„Was gibt Euch das Recht, etwas so Unverschämtes zu fordern?", rief der König laut, so dass jeder ihn hören konnte. „Tut doch nicht so, als hätten wir eine Wahl. Was geschieht, wenn wir uns weigern? Macht Ihr dann weiter wie bisher? Noch viel interessanter ist die Frage allerdings, was geschieht, wenn Ihr das Schwert des jungen Mannes in Euren Händen haltet?"

Der schwarze Reiter lachte nur laut über die Worte des Königs. „Euch ist ein Gedankenfehler unterlaufen, großer König", sagte er spöttisch und nun richtete er anklagend sein Schwert auf den König. „Es ist nicht mal das Schwert des jungen Mannes."

„Es gehörte Erentroß!" Karek trat nun direkt zwischen Terek und den König. Noch immer trug der Reiter seinen eisernen Helm, doch Karek glaubte trotzdem seinen bohrenden Blick zu spüren.

Karek trat noch ein Stück näher an den Reiter heran. „Du und ich", sagte er dann bestimmt und gab sich die größte Mühe, seinen Worten einen festen Klang zu verleihen. „Der Gewinner bekommt Götterzorn!"

Wie um seine Worte zu unterstreichen, zuckte ein heller Blitz vom Himmel, der sich nur wenige Augenblicke später mit einem Donnern verabschiedete. Der Schlangendrache über den Wolken verharrte noch immer völlig still.

„Das meinst du nicht ernst!", brachte Terek über die Lippen und seine Augen waren vor Unglauben weit aufgerissen.

Der junge Mann reagierte nicht auf die Reaktion seines Freundes, sondern hielt Götterzorn zusätzlich herausfordernd nach vorn und machte einen weiteren

Schritt auf seinen Gegner zu. „Nur wir beide kämpfen, solltest du gewinnen, bekommst du das Schwert und verschonst Regensburg und seine Bürger. So soll es geschehen."

Der schwarze Reiter blieb noch einen Moment auf seinem Löwengreif sitzen, doch dann schwang er sich hinab und ging auf Karek zu.

Der König postierte sich neben Karek und schüttelte den Kopf. „Ich werde Karek nicht einfach so opfern! Es ist meine Pflicht als König, die Bürger dieser Stadt zu schützen und das werde ich auch jetzt tun. Ist es wirklich ein so großer Triumph gegen einen unerfahrenen jungen Mann zu kämpfen, Reiter?"

Der schwarze Reiter machte auf die Worte des Königs nur ein abfälliges Geräusch und schritt weiter auf Karek zu. Dann nickte er. „Ich hätte nicht gedacht, dass sich so eine Schlacht entwickelt, doch so soll es sein. Wenn ich mit dir fertig bin, halte ich Götterzorn endlich in meinen Händen, denn genau da gehört dieses Schwert hin."

Karek schluckte schwer. Er wusste, dass er sich auf extrem dünnem Eis bewegte, doch in seinen Augen war es die einzige Möglichkeit, die Bürger vor noch mehr Schaden zu bewahren. Zumindest vorerst. Vielleicht bestand nun die Möglichkeit diese grausame Schlacht zu beenden, ohne dass noch mehr Unheil angerichtet wurde.

Kareks Gegner stand nicht weit von ihm entfernt. Hätte er sein Schwert nach ihm ausgestreckt, hätte er Karek mit seiner Klinge am Hals berühren können. Dieser Gedanke sorgte nicht gerade dafür, dass Karek sich entspannte.

Im nächsten Augenblick schwang der Reiter sein Schwert und Karek war erneut verblüfft von der Schnelligkeit, die er trotz seiner schweren Rüstung zustande brachte. Es war, als habe er bereits von Kindesbeinen an nichts anderes getan, als diese Rüstung zu tragen.

Karek hob ebenfalls sein Schwert und stolperte hastig einen Schritt zurück, um nicht doch von dem gefährlichen Stahl getroffen zu werden.

Die Pause wehrte nicht mal eine Sekunde, denn Kareks Gegner ließ die Klinge sofort wieder herabsausen. Karek warf sich zur Seite und riss gleichzeitig sein Schwert in die Höhe. Die Wucht, mit der die beiden Waffen aufeinanderprallten, war heftig. Für Sekunden spürte Karek seinen Arm nicht mehr, der vom Aufprall völlig taub geworden war. Aber immerhin hatte er es geschafft, dass die Klinge an ihm vorbeiging, ohne Schaden anzurichten. Mit einem Keuchen kam er schnell wieder auf die Füße.

Und nun griff Karek seinerseits an. Er musste etwas riskieren. Wenn er sich nur verteidigte, würde er schnell müde werden und dann hatte der Reiter leichtes Spiel mit ihm.

Karek stieß einen Schrei aus und beschrieb mit Götterzorn einen weit ausgeführten Halbkreis, sodass nun sein Gegner sich verteidigen musste. Auch wenn es bei ihm wesentlich geschmeidiger aussah, denn er lenkte Götterzorn einfach mit einem Hieb seiner Waffe aus der Bahn, sodass der Schlag ins Leere ging.

Der schwarze Reiter lachte amüsiert. „Merkst du nicht, dass du gegen mich nichts ausrichten kannst? Ich habe deutlich mehr Erfahrung mit dem Schwert als du."

Ob es Karek gefiel oder nicht, er musste seinem Gegner Recht geben, denn er hatte noch nie in einer solchen Situation gesteckt wie jetzt. Ganz anders der Mann in der Rüstung.

Karek schob diesen Gedanken beiseite und griff erneut an. Er stand nicht weit entfernt, holte von unten aus und riss sein Schwert in die Höhe. Der Reiter parierte seinen Angriff und schlug ihm, ohne dass Karek es voraussahnen konnte, den Schwertknauf vor die Schläfe. Dieser Angriff war so heftig, dass Karek taumelte und sogar um sein Bewusstsein kämpfen musste.

Kaum strauchelte er, ertönte ein wütender Kampfschrei und Terek stürzte sich auf seinen Gegner. Auch wenn Karek der Ohnmacht näher war als dem wachen Zustand, sah er genau wie der junge Mann kämpfte. Terek hatte den Reiter noch nicht erreicht, da griff dieser bereits an. Dem jungen Mann gelang es nur durch eine geschickte Drehung seines Körpers, den Schlag auf den Schild zu lenken, den er immer noch in der linken Hand hielt. Der Schlag hatte solch eine Wucht, dass Terek dadurch aus dem Gleichgewicht geriet, doch nur für einen kaum wahrnehmbaren Moment. Terek holte aus und schlug seinerseits zu.

Karek hatte sich nun soweit wieder gefangen, dass er zumindest wieder mehr wahrnahm, als die bloßen Bilder des heftigen Zweikampfes. Doch immer noch saß er auf dem Boden.

Um sie herum wurde aufgeregt gemurmelt und nervöse Blicke getauscht. Manche der vermummten Krieger griffen sogar wieder zu ihren Waffen, doch dies schien auch der Reiter mitbekommen zu haben, denn er hob warnend die Hand.

„Niemand mischt sich ein. Wir können viele Verwundete und Tote sparen, wenn wir uns den Jungen schnappen!"

Ohne jegliche Vorwarnung sprang der Reiter auf Karek zu und griff nach Götterzorn, welches der junge Mann noch immer fest in seiner Hand hielt. Aus den Augenwinkeln, Karek entfernte sich gerade mit einer Rolle von dem Ritter, erkannte er, wie Terek sich von hinten näherte und sich mit aller Kraft gegen den Mann in der schwarzen Rüstung warf. Dieser geriet aus dem Tritt und stürzte fast, sodass sich Karek aufrichten und Luft holen konnte.

„Genug!"

Dieses eine Wort war so laut gebrüllt worden, dass alle Beteiligten neugierig und mit fast schon schreckgeweiteten Augen den Kopf wandten. Um die Kämpfenden herum hatte sich ein Kreis aus Wolfsreitern und Trollen gebildet, in den der König getreten war.

Er richtete seinen Stab mit dem Widderkopf anklagend auf den schwarzen Reiter und anschließend auf dessen Löwengreif. „Ich werde nicht zulassen, dass Ihr Regensburg in ein solches Durcheinander stürzt. Was erlaubt Ihr euch eigentlich?" Während der König mit lauter Stimme sprach, bewegte er sich immer weiter auf den schwarzen Reiter zu. „Glaubt Ihr wirklich, ich sehe tatenlos zu, wie Ihr diese jungen Männer abschlachtet?" Dabei deutete er auf Karek und Terek. „Ich bin der König!", schrie er heftig und Karek, der sich kaum noch auf den Beinen halten konnte, konnte sich nicht erinnern, ihn jemals so aufgebracht gesehen zu haben. Nun wirkte er nicht mehr gefasst und ruhig.

„Ich werde ganz sicher nicht hier stehen und zusehen, wie andere für mich und diese Stadt kämpfen!" Nun stand der König direkt vor dem Reiter und sah ihm herausfordernd ins Gesicht. „Glaube nicht, dass dieser Junge so töricht sein wird und Euch sein Schwert aushändigt. Das werde ich schon zu verhindern wissen!"

Für einen Moment herrschte Stille, dann lachte der Reiter, auch wenn es lange nicht mehr so selbstsicher und überzeugend klang. Er schien verunsichert zu sein.

Plötzlich wollte der Reiter den König berühren, doch dieser schlug so heftig mit seinem Stab auf den Boden, dass der Reiter seine Bewegung einfach abbrach und noch verunsicherter wirkte.

„Ich fordere Euch zum letzten Mal auf zu verschwinden. Ihr habt hier nichts verloren!" Der König trat noch einen winzigen Schritt auf den Reiter zu, um seine Worte zu unterstreichen. Karek konnte das spöttische Grinsen des Reiters regelrecht spüren.

Der schwarze Reiter gab ein kaum sichtbares Zeichen, woraufhin sein Löwengreif vorsprang und sich vor den König, Terek und die Trolle, die natürlich auf Befehl des Königs gespannt abwarteten, was weiter geschah, stellte.

Nun schlug der Reiter nach Karek und die Bewegung kam so schnell, dass er glaubte, den Schmerz zu spüren, ehe er den Schlag kommen sah. Er war so heftig, dass Karek sofort zusammenbrach, doch am Rande des Bewusstseins bekam er trotzdem noch mit, was weiter geschah. Der König fuhr wütend auf und wollte auf den Reiter losgehen, doch der Löwengreif hinderte ihn daran.

Der Reiter hob Karek auf und hievte ihn auf seinen geflügelten Löwen. Es erhob sich Gebrüll und die Trolle schwangen ihre Keulen.

„Keinen Schritt näher oder mein Drache reißt euch in Stücke!", brüllte der finstere Reiter.

Wie auf Befehl verstärkten sich die Blitze und das Donnern. Der Löwengreif setzte sich in Bewegung, um den Domplatz zu verlassen. In dem Tumult, der ausbrach, um den Reiter daran zu hindern, konnte der Greif abheben und in der Dunkelheit verschwinden.

Dann verlor Karek das Bewusstsein.

Kapitel 18

Finsternis

Keinen Schritt näher oder mein Drache reißt euch in Stücke!

Dieser Satz spukte die ganze Zeit über in Kareks Kopf herum, denn er verriet so viel. Karek war sicher, dass der schwarze Reiter sich dessen nicht einmal bewusst war. Wäre es so, hätte er seine Worte sicherlich anders gewählt.

Karek starrte mit offenen Augen ins Nichts. Alles um ihn herum war stockfinster und er wusste nicht, wo er war. Als er versuchte sich zu bewegen, vernahm er ein Klirren und spürte ein unangenehmes Gewicht, was verriet, dass ein schwerer Gegenstand an seinem Fußgelenk befestigt war.

Karek schloss für einen Moment die Augen und lehnte seinen Kopf gegen die harte Wand. Er konnte nicht einmal etwas zu der Größe des Raums sagen.

Er spürte, wie Panik ihn zu überfallen drohte, denn ihm wurde immer bewusster, in welch schlechter Lage er sich befand. Der schwarze Reiter musste ihn entführt haben und konnte nun alles mit ihm machen, so wehrlos wie er am Boden saß.

Mit den Händen tastete er den Boden in seiner Umgebung ab. Er bestand aus Stein, genau wie die Wand, an der er lehnte. Die Hoffnung, vielleicht einen

Gegenstand erfühlen zu können, der ihm weiterhelfen könnte, erfüllte sich leider nicht.

Jetzt, da er so in der Stille saß, hatte er auch Zeit über alles nachzudenken. Für ihn hatte es den Anschein gemacht, dass der König geahnt oder vielleicht sogar gewusst hatte, dass sie angegriffen werden würden. Schließlich hatte er die Trolle tagsüber zusammengezogen, um sie dann abends zur Schlacht zur Verfügung zu haben. Auch fragte er sich, warum sie sich überhaupt auf diese sinnlose Schlacht eingelassen hatten, denn es war eine reine Vergeudung von Menschenleben gewesen. Dann fragte er sich, ob der König vielleicht sogar schon längst gewusst hatte, wer sich wirklich in der schwarzen Rüstung verbarg und es bloß für sich behalten hatte. Das würde auch erklären, warum der Drache sich von dem Reiter kontrollieren ließ. Dabei musste Karek an den Friedhof denken, wie ruhig sich der Schlangendrache verhalten hatte, als der schwarze Reiter aufgetaucht war. Aber warum ritt Daragon dann einen Löwengreif und nicht seinen Drachen?

Mit einem erschöpften Seufzen ließ er wieder seinen Kopf gegen die Wand sinken und schloss die Augen. Er versuchte an nichts zu denken und den Kopf frei zu bekommen, doch das fiel ihm unglaublich schwer.

Plötzlich blitzte nicht weit von ihm etwas auf, was er sogar durch die geschlossenen Augen wahrnehmen konnte. Neugierig riss Karek die Augen auf und lehnte sich nach vorne, um es sich genauer anzusehen. Wenn er dieses silberne Leuchten wahrnahm, und wenn es noch so kurz gewesen war, dann musste es bedeuten, dass es eine Lichtquelle geben musste. Hier musste ein Fenster zu finden sein, doch egal wie sehr er sich auch bemühte, er entdeckte keins.

Nun kroch Karek weiter und stieß auf einen Gegenstand. Als er danach griff, stellte er fest, dass es eine metallene Schale war, in der sich eine Flüssigkeit befand.

Wasser!

Nun spürte Karek tatsächlich, wie durstig er war. Gierig griff er nach der Schale und war so nervös, dass seine Hände zitterten und er aufpassen musste, das wertvolle Nass nicht zu verschütten oder gar das Gefäß fallen zu lassen. Mit einiger Mühe beruhigte er sich soweit, dass er die Flüssigkeit hastig hinunterstürzen konnte.

Er leerte die Schale bis zum letzten Tropfen und leckte sie anschließend sogar noch aus, um ja nichts zu verschwenden.

Schließlich ließ er sie zu Boden sinken und kroch zu der Stelle zurück, an der er die ganze Zeit über gesessen hatte. Die Kette an seinem Fuß hatte immerhin ausgereicht, um das Wasser zu erreichen und es zeigte auch, dass man sich zumindest notdürftig um ihn kümmerte.

Und es zeigte noch etwas: Man war nicht an seinem Tod interessiert!

Dies war eine Erkenntnis, die Karek nicht wirklich nachvollziehen konnte. Er war sicher, dass der schwarze Reiter das Schwert Götterzorn in seinem Besitz hatte, also warum ließ man ihn leben? Karek konnte sich nicht erklären, warum er für ihn noch eine Rolle spielen sollte.

Schließlich vernahm er draußen Schritte, die aber sehr ruhig und ohne Hast näher kamen. Dann verstummte das Geräusch und einen Augenblick lang war nichts mehr zu hören, doch dann hörte Karek ein lautes Knarren und ein immer breiterer Lichtstrahl flutete den Raum. Leider blendete ihn das Licht so stark, dass er seine Augen schließen musste und somit keine Gelegenheit hatte, seine Umgebung wahrzunehmen.

Der Ankömmling schloss die Tür wieder, aber nur so weit, dass noch ein kleiner Spalt übrig blieb. Dies schonte zwar Kareks Augen, reichte aber nicht aus, um den Raum soweit zu erhellen, dass er mehr als Schemen und Konturen wahrnehmen konnte. Allerdings ahnte Karek schon, dass dieser Raum nur einem einzigen Zweck diente: Er war dafür da, Menschen gefangen zu halten.

Die Person legte die letzten Schritte zu ihm genauso ruhig zurück wie zuvor.

Es war nicht der schwarze Reiter, wie Karek vermutet hatte. Die Person, die nun vor ihm in die Hocke ging, hatte

Karek noch nie zuvor gesehen. Sie trug keine Rüstung, sondern war in eine einfache Lederhose mit braunem Wams gekleidet. Der Mann trug schulterlanges, leicht ergrautes Haar, welches ihm in Strähnen ins Gesicht hing. Er sah Karek allerdings nicht an, sondern holte aus einer Tasche seines Wamses nur einen kleinen, rostigen Schlüssel hervor und befreite Karek von seiner Fußfessel. Sofort erhob sich der Mann wieder kommentarlos und wandte sich zur Tür.

Karek glaubte schon, er würde ihn einfach hier sitzen lassen, doch dann wandte der Mann sich noch einmal um.

„Mitkommen!", befahl er barsch und Karek kämpfte sich stöhnend auf die Füße, da er keinerlei Gefühl mehr in seinem Fuß hatte. Dann humpelte er hinter dem Mann her. Als dieser die Tür öffnete, sah Karek noch einmal in den Raum zurück und sogleich wünschte er, er hätte es nicht getan. Die Kammer war wirklich klein und gar nicht weit von der Stelle entfernt, an der er gesessen hatte, lagen Skelette am Boden, deren Totenschädel ihn spöttisch angrinsten.

Karek lief es eiskalt den Rücken herunter und er wandte sich sofort ab.

Jetzt, als er in Bewegung kam, fühlte er sich allgemein auch deutlich besser. Die ganze Zeit hatte er sich schwach und niedergeschlagen gefühlt. Sein Magen knurrte. Er hatte seit einer gefühlten Ewigkeit nichts mehr in den

Bauch bekommen, wenn man mal von der Schale Wasser absah, die in seiner *Unterkunft* gestanden hatte.

„Der Meister erwartet Euch. Es ist nicht weit!"

Karek ließ die Worte des Mannes unkommentiert und sah sich dafür seine Umgebung aufmerksam an. Sie folgten einem langen, breiten Gang, an dessen Wänden in regelmäßigen Abständen Fackeln hingen. An manchen Stellen erkannte er auch kleine Wandmalereien. Der Feuerschein der Fackeln reichte gerade einmal aus, den Gang in ein mattes Licht zu tauchen, außerdem roch die Luft unangenehm nach Rauch, der sich zäh in seiner Nase festsetzte. Schließlich tauchte rechts eine große, massive Tür auf, die sie zielstrebig ansteuerten.

Nachdem sie sich der Tür weiter genähert hatten, bemerkte Karek, dass sie mit einem großen Balken verriegelt war. Offenbar war dies ein Zimmer, welches man nicht ständig betrat oder dessen Inneres sehr wertvoll sein musste.

Kareks Führer hob den Balken mit einem Stöhnen an, um die Türe zu öffnen. Plötzlich wirkte er sehr nervös, als er zur Seite trat.

„Der Meister erwartet Euch hinter dieser Türe", waren seine Worte und Karek entging keineswegs, dass seine Stimme leicht zitterte. Was befand sich hinter der Tür, dass dieser Mensch plötzlich so verängstigt war?

Auch Karek war nun etwas verunsichert, doch er nickte hastig und trat auf die Tür zu, während der Mann sich immer weiter entfernte. Das Gefühl, in eine Falle zu tappen, ließ sein Herz heftig pochen, doch er wusste auch, dass er nicht anders konnte. Egal was sich hinter dieser Tür befand, er musste hinein.

Auch wenn ein Teil von ihm sagte, dass er genau das Falsche tat, öffnete er die Tür ruckartig, wobei sie leichter aufschwang als erwartet. Als er in den Raum trat, wurde er von seiner Furcht fast überwältigt, und als die Tür hinter ihm ins Schloss fiel, konnte er einen Aufschrei nicht unterdrücken.

Kapitel 19

Das Narbengesicht

Karek war vor Schreck zur Salzsäule erstarrt und nicht fähig einen Finger zu rühren. Mit offenem Mund blickte er auf das, was sich vor ihm abspielte.

„Du siehst aus, als sähest du deinem schlimmsten Alptraum ins Gesicht", sagte der schwarze Reiter und erhob sich.

Ihn zu sehen hatte Karek erwartet, aber nicht das, was sich noch mit ihm zusammen in diesem Raum befand.

Der Raum war gigantisch groß, viel größer, als es von außen den Anschein machte. In seiner Mitte zuckte und wand sich der Schlangendrache und beobachtete Karek mit seinen wachen Augen, die wie Feuer loderten. Sein Maul hatte er geschlossen, doch ab und zu kam seine Zunge zum Vorschein, die tatsächlich wie die einer Schlange aussah: schmal, lang und am Ende gespalten.

Der schwarze Reiter trat auf ihn zu. An seiner Hüfte trug er eine Waffe, die Karek sofort bekannt vorkam.

„Gib mir sofort mein Schwert zurück!", forderte Karek und streckte die Hand danach aus. Dass er sich völlig lächerlich dabei vorkam, behielt er besser für sich.

Und tatsächlich fing der Reiter an zu lachen. Er trug noch immer den schwarzen Helm mit den drei goldenen, zerfransten Federn darauf. Ohne auf Kareks Worte zu reagieren, deutete er mit einer Hand schräg neben Karek, zur Wand direkt bei der Tür. Als er seiner Geste folgte, musste Karek stutzen. Dort stand ein einfacher, kleiner Tisch mit einem Schemel. Auf dem Tisch türmten sich Essen und alle möglichen Köstlichkeiten.

„Mein Drache stört dich doch nicht beim Essen, oder?"

Obwohl Kareks Magen nun wirklich energisch zu knurren begann, wandte er sich wieder an den Reiter und fragte skeptisch: „Was soll das Ganze? Möchtest du mich zum Narren halten?"

Der Reiter breitete die Hände aus und schüttelte den Kopf. „Keineswegs."

Dann trat er auf den Tisch zu und griff nach einer Weintraube. Der Reiter schob sein Helmvisier nach oben und steckte sie sich in den Mund.

„Du kannst deinen Helm ruhig absetzen."

Der Reiter rührte sich nicht. Zumindest bis er seine Traube genüsslich verzehrt hatte, dann trat er direkt an Karek heran und nahm tatsächlich seinen Helm herunter. Karek riss entsetzt die Augen auf und konnte seinen Blick nicht von dem Gesicht abwenden.

Ein schmales Lächeln, welches einfach nur traurig wirkte, huschte über Daragons Gesicht. „So sehen mich die meisten an, wenn sie mich sehen." Die Worte des schwarzen Reiters sollten humorvoll klingen, doch das misslang.

Karek wusste einfach nicht, was er sagen sollte. Daragon sah furchtbar aus, doch es schockierte Karek, ihn tatsächlich vor sich stehen zu sehen. Daragons Gesicht war von Narben entstellt, die von der Nase aus in dünnen und breiten, fleischigen Linien zum Haaransatz verliefen.

Der Mann breitete die Arme aus. „Ich habe überlebt", sagte er überflüssigerweise. Er ging im Raum auf und ab. Der gigantische Schlangendrache reckte seinen langen Hals in seine Richtung und Daragon tätschelte den Kopf des Drachen. „Als mir Erentroß das Schwert in den Leib rammte, spürte ich einen Schmerz von endloser Pein. Ich war in der Tat mehr tot als lebendig. Vielleicht war ich auch während meiner Genesung mehrmals tot - ich möchte das nicht ausschließen, weil ich es nicht weiß. Ich kann nur so viel sagen, dass es ein Geschenk ist, dass ich weiter auf dieser Welt verweilen darf."

Karek lachte bitter, doch es klang mehr wie ein Krächzen. „Und obwohl Du dir des Geschenks bewusst bist, richtest du wieder Schaden an."

Daragon wandte sich zu Karek um. Dieser hatte geglaubt nun Wut im Gesicht des Mannes zu sehen, doch das war nicht der Fall. Stattdessen ging er auf Karek zu, ganz langsam nur, und sein Drache folgte ihm mit seinem langen Hals. In regelmäßigen Abständen ließ die Riesenechse ein Schnauben hören.

Daragon verzog die Lippen zu einem leichten, kaum wahrnehmbaren Lächeln. Dann schüttelte er den Kopf. „Du verstehst es nicht", behauptete er.

Er ging an Karek vorbei auf den Tisch zu, der noch immer unberührt geblieben war. Kareks Hunger war plötzlich verschwunden und würde auch so schnell nicht wiederkommen.

Schließlich zog Daragon Götterzorn aus der Scheide, nachdem er sich eine weitere Weintraube in den Mund gesteckt hatte. Während er die Klinge betrachtete, kaute er genüsslich darauf herum.

„Diese Waffe ist wunderschön und doch so mächtig", flüsterte er so leise, dass Karek es kaum verstand. Karek stand so, dass er sowohl den Drachen als auch Daragon im Auge hatte.

Daragon legte das Schwert auf dem Schemel und wandte sich davon ab. Karek riss die Augen auf. Das Schwert war vielleicht nur drei große Schritte von ihm entfernt. Wenn er schnell war …

Nein, er verwarf den Gedanken sofort wieder. Genauso gut hätte er auch von der Steinernen Brücke springen und auf einem Felsen aufkommen können, das Ergebnis wäre dasselbe gewesen. Selbst wenn er es schaffen würde, nach der Waffe zu greifen, hätte er niemals die Kraft gehabt, sich gegen einen wütenden, ausgewachsenen Drachen und einen Ritter zu wehren. Ob es ihm gefiel oder nicht, Karek ließ das Schwert unangetastet und beobachtete weiter, was geschah.

Daragon bückte sich nach seinem Helm und strich mit seinen Fingern über die drei goldenen Federn. „Ihnen verdanke ich mein Leben!"

Karek war verwundert. „Wie bitte?", fragte er, als habe er sich verhört.

Daragon richtete sich auf und flüsterte: „Sie sind mein wertvollster Besitz." Er hielt den Helm mit beiden Händen und blickte die Federn unentwegt an. Doch schließlich, nach Sekunden, die sich für Karek ewig in die Länge zogen, blickte er ihn an. „Das, was vor über dreizehn Jahren auf dem Domplatz geschehen ist, hätte ich nicht überleben dürfen." Ein kurzes, trockenes Lachen ertönte. „Dennoch ist es so geschehen."

Schließlich ging Daragon zum Schemel, auf dem Götterzorn noch immer unverändert lag. „Hast du es dir schon einmal ganz genau angesehen?" Er wartete keine Antwort von Karek ab, sondern warf ihm das Schwert einfach zu. Irritiert fing dieser es auf. Gleich darauf verletzte es aber auch Kareks Stolz, denn es zeigte ihm, wie sicher sich Daragon fühlen musste und dass dieser in ihm keinerlei Gefahr sah. Immerhin händigte er ihm gerade eine unglaublich starke Waffe aus.

„Sieh dir das Schwert an und du wirst erkennen, warum es so wertvoll ist."

Karek besah sich das Schwert kommentarlos, doch er erkannte einfach nichts. Das Schwert sah aus wie immer und nichts Außergewöhnliches war daran zu erkennen. Er drehte es in seiner Hand und schließlich musterte er den Griff genauer. Dann sah er Daragon fragend an, etwas, das er eigentlich am allerwenigsten wollte.

„Das Schwert hat ein alles entscheidendes Detail", erklärte er und trat auf Karek zu. Dann deutete er mit einem Finger in der Nähe des Griffs auf die Klinge. Karek musste die Augen zusammenkneifen, um zu erkennen, was Daragon ihm zeigen wollte.

„Das ist ein Haar!", rief er verwundert aus und seine Stirn legte sich gleich darauf verwirrt in Falten.

Daragon entfernte sich wieder von ihm und ohne ihn anzusehen, sagte er: „Ja und Nein. Es ist kein Haar eines Menschen, sondern das einer Feder."

„Von einer der Federn deines Helms", vermutete Karek und Daragon nickte, drehte sich aber noch immer nicht zu ihm um. Er nahm nun seinen Helm wieder in die Hand und reichte ihn Karek. „Wie sehen die Federn aus?", wollte er von ihm wissen.

Karek sah sie sich genau an. „Sie sind ungleichmäßig und nicht glatt. Sehr zerfranst. Sie sehen alt aus."

Daragon nickte. „Diese Federn sind unsagbar alt", sagte er geheimnisvoll und sah Karek daraufhin durchdringend an. Der verstand immer weniger, worauf Daragon hinauswollte.

Der schwarze Reiter wandte sich wieder von ihm ab und ging zu seinem Schlangendrachen hinüber, der den Kopf gemütlich auf seine Vorderläufe gelegt und die Augen geschlossen hatte. Doch Karek wusste, dass der Drache wach war und alles genau mitbekam. Es war ein riesiges Reptil, allzeit bereit sich auf seine Beute zu stürzen und zu kämpfen.

Daragon setzte sich zwischen den Windungen seines Drachens auf den Boden und tätschelte ihm den Kopf.

Karek ging auf Daragon zu.

„Ich habe genau gesehen, wie Erentroß dir die Klinge in die Brust gestoßen hat. Mit genau diesem Schwert." Er hielt Götterzorn in die Höhe. „Niemand kann so etwas überleben, also warum befindest du dich hier mit mir in diesem Raum?"

Die Frage war mehr als berechtigt und Karek hoffte auch, dass er eine Antwort bekommen würde, die ihm gefiel.

Daragon fuhr sich mit den Fingerspitzen übers Gesicht und war dabei so vorsichtig, so sanft, als würde er ein neugeborenes Kind berühren. „Bei dieser Verletzung hätten mir selbst die Federn nicht helfen können", sagte er schließlich und seine Worte waren nicht mehr als ein

Flüstern. „Ich habe das Schwert Götterzorn vor so vielen Jahren geschmiedet und zu diesem Zeitpunkt wusste ich bereits von der besonderen Wirkung der Federn. Ich schmiedete ein Haar der Feder mit in den Stahl und somit wurde Götterzorn zu einer fast unbesiegbaren Waffe."

„Was macht dieses Schwert?", wollte Karek wissen, doch dann fiel ihm sein Gedankenfehler auf und er korrigierte sich. „Was machen die Federn?"

Daragon erhob sich, wobei das Eisen seiner Rüstung ein hässliches, schabendes Geräusch erzeugte. Er blieb aber direkt bei seinem Drachen stehen. Plötzlich kam Karek der Gedanke, dass Daragon sich nicht näherte, weil Karek Götterzorn in den Händen hielt. Versteckte Daragon sich vielleicht hinter seinem Drachen, weil er das Schwert fürchtete?

Karek schüttelte gedanklich den Kopf. Das war Unsinn! Immerhin hatte er ihm selber das Schwert in die Hand gedrückt. Ein Mann wie Daragon würde niemals so unüberlegt handeln.

„Diese Federn haben heilende Kräfte", sagte der Reiter dann knapp und sah Karek durchdringend an. Als dieser nur eine fragende Miene verzog, fuhr Daragon fort und diesmal kam er sogar aus der Mitte seines Drachens heraus. „Solange du dieses Schwert führst, wirst du wesentlich schwerer zu verletzen sein, und wenn du in einem Kampf Schaden nimmst, hilft dir das Haar der goldenen Feder in der Klinge, die Verletzung zu lindern."

Karek nickte. „Du hast in der Vergangenheit Dörfer und Städte überfallen."

Daragon schien diese Aussage zu verunsichern, doch dann nickte er nur. „Um Regensburg herum, das ist richtig. Ich war damals ein großer Herrscher und wollte meine Macht weiter ausbauen. Lange Zeit war ich König von Regensburg, um den Menschen zu zeigen, wie ich mich in meiner gesamten Kindheit und weit darüber hinaus gefühlt habe."

Karek zog nur die Stirn kraus.

„Die Menschen lehnten mich wegen meines Drachens ab", erklärte Daragon weiter und tätschelte seinem Schlangendrachen den großen Kopf. Allmählich schien er die Fassung zu verlieren. „Die Menschen verachteten mich, hatten Angst vor mir!" Daragons Stimme überschlug sich fast. „Sie wollten einfach nicht verstehen, dass dieser Drache mein Freund ist."

Karek stand einfach da und wusste nicht, was er tun oder gar sagen sollte.

Nun kletterte Daragon auf den gewaltigen Rücken des Drachens und sah Karek von oben herab an. „Ich fand damals ein Ei und nahm es mit nach Hause", erklärte er nun. „Ich nahm es überall mit hin und nach einigen Wochen schlüpfte daraus ein kleiner Drache und ich kümmerte mich um ihn. Wir wurden Freunde, doch egal, wem ich davon erzählte, jeder bekam Angst und ging mir aus dem Weg. Die Menschen sind böse."

Daragon blickte zwar zu Karek hinab, doch dieser bezweifelte stark, dass er ihn überhaupt noch sah.

Karek trat nun näher an Daragon heran und schüttelte den Kopf. „Das sind sie nicht", sagte er bestimmt. „Es war einfach fremd für sie und sie wussten nicht wie sie damit umgehen sollten. Sie flohen aus Unsicherheit und Angst und nicht weil sie dir etwas Böses wollten."

„Genug!", rief Daragon wütend und es war so laut, dass sogar der Drache nervös zuckte und verschlafen das Maul aufriss. Dabei wurde eine Menge gefährlicher, spitzer Zähne sichtbar, mit denen er wahrscheinlich hätte Stahl zerbeißen können, doch es wurde ebenfalls deutlich, dass der Drache auch Zähne verloren hatte. Der Drache war alt. Unsagbar alt und erst in diesem Moment fiel es Karek auf. Nicht nur wegen der Zähne, sondern durch sein gesamtes Erscheinungsbild. Der Drache hatte eine ledrige Haut, doch man sah ihr an, dass sie im Laufe der Jahre bereits einiges mitgemacht hatte. Auch erkannte Karek nun einige Schnittwunden und Narben, die sich über die unterschiedlichsten Stellen des Körpers zogen.

Karek kannte sich nicht sehr gut mit Drachen aus, doch er wusste, dass Drachen sehr alt werden konnten. Das

Alter eines Menschen war für Drachen im Vergleich vielleicht nur ein Lidschlag.

„Wie alt bist du?", fragte Karek und spürte einen Kloß im Hals.

Daragon stieg nun wieder von Drachen herab und lachte kurz und trocken. „Ich möchte es mal so ausdrücken … ich bin älter als ich aussehe."

Karek sah sich Daragon noch einmal genau an. Auch wenn die Haut von Narben durchzogen war, erkannte man noch gut sein wahres Gesicht. Daragon hätte gut sein Vater sein können.

Daragon schüttelte den Kopf. „Um ehrlich zu sein, ich weiß selbst nicht, wie alt ich bin. Ich kann mich aber noch sehr gut an Arbeo von Freising erinnern, der Regensburg den Namen Radaspona gab."

Der Kloß in Kareks Hals schien noch einmal zu wachsen. „Wann hat dieser Arbeo von Freising gelebt?", fragte er, denn er hatte diesen Namen noch nie zuvor gehört.

Daragon bewegte sich weiter auf Karek zu, dem die bloße Anwesenheit des Mannes plötzlich Angst machte. Er zuckte nur die Schultern und schien darüber nachzudenken. „Er lebte in etwa im Jahre siebenhundert."

Karek riss die Augen auf. „Aber das liegt hunderte von Jahren zurück!", stöhnte er.

Daragon nickte anerkennend. „Ich merke, du kennst dich aus", sagte er mit einem spöttischen Unterton in der Stimme.

„Aber wie kann es sein, dass du noch immer am Leben bist? Das ist völlig unmöglich!", entfuhr es Karek. Das schien Daragon zu amüsieren, denn er lachte nun und legte endgültig die wenigen Schritte zu Karek zurück, um ihm den Helm abzunehmen, den dieser fest umklammert gehalten hatte.

„Diese Federn waren ein Geschenk des Lebens und es war Schicksal, dass ich dieses Drachenei gefunden habe. Es sollte so sein."

„Was hat das Drachenei mit den Federn zu tun?", fragte Karek eine Spur zu gereizt, den es allmählich aufregte, dass er immer weniger verstand.

„Diese Federn steckten in dem Ei. Als mein Schlangendrache schlüpfte, kamen sie mit ihm zum Vorschein. Anfangs hielt ich sie für reinen Schmuck und trug sie mit mir herum, doch dann merkte ich, dass es mir gesundheitlich sehr gut ging und ich auch viele Jahre später keine Beschwerden verspürte. Und dass ich nicht mehr zu altern schien. Doch dieser Fund hatte auch seine schlechten Seiten. Die Menschen ließen von mir ab oder verjagten mich. Ich war mit meinem Drachen allein. Er war mein einziger Freund. Die Menschen sind böse!"

Daragon schien einen großen Hass auf Menschen zu empfinden, da er glaubte, alle hätten sich gegen ihn verschworen. Dieser Hass spiegelte sich jetzt in seinem Blick wider.

„Du hast die Menschen entführt und in die Kerker gesperrt."

Daragon sah Karek nur herablassend an und zuckte die Schultern. „Sie haben das bekommen, was sie verdient haben", meinte er trocken. „Sie liegen noch immer in den verdammten Kerkern und dort werden sie liegen, bis sie zu Staub zerfallen sind!"

Karek sah Daragon traurig an. Nun wusste er, was mit Tereks Familie passiert war. Es machte einfach keinen Sinn mit Daragon darüber zu reden, denn er war völlig von sich und seiner Handlungsweise überzeugt. „Was hast du jetzt vor?", fragte Karek stattdessen.

Daragon zuckte die Schultern. Im nächsten Augenblick entwendete er Karek Götterzorn und schwang es durch die Luft. Bei jedem Hieb war ein Luftzug zu hören, als würde er die Luft einfach mit der scharfen Klinge zerschneiden.

„Mir gehört das Amt als König in Regensburg", sagte er nur. „Ich werde es mir zurückholen."

„Du bist aber nicht mehr König von Regensburg", entgegnete Karek und kam sich dabei albern vor. Als ob Daragon sich davon abschrecken ließe.

„Aber ich werde es bald wieder sein", antwortete er lauter als nötig gewesen wäre. Plötzlich hatte Karek das sichere Gefühl, dass nichts mehr von Daragons Sicherheit und Ruhe übrig geblieben war. Oder waren diese Sicherheit und Ruhe vielleicht gar nicht echt gewesen, sondern nur gespielt und Daragon zeigte jetzt sein wahres Gesicht? Karek hielt es für sehr gut möglich.

„Wir brechen auf!", sagte Daragon, lief zielstrebig zum Tisch hinüber und steckte sich etwas zu essen ein.

„Wohin geht es und warum?"

Daragon packte Karek nun am Arm und stieß ihn aus dem Raum, während er hinter ihm herlief.

„Wir statten dem netten König einen Besuch ab!"

Kapitel 20

Flimmernde Hitze

Karek saß vor Daragon auf dem Löwengreif. Sie flogen über für Karek völlig fremde Landschaften und Orte.

Als er nachgefragt hatte, wo Daragon ihn denn hingebracht hatte, hatte der schwarze Reiter nur den Kopf geschüttelt und ihn aufgefordert nach vorne zu blicken. Karek verstand außerdem nicht, warum sie nicht mit dem Schlangendrachen flogen, aber er wusste, dass er auf diese Frage ebenfalls keine Antwort erhalten würde.

Nachdenklich blickte der Junge zum Himmel. Heute war dieser bis auf ein paar wenige Wolkenfetzen völlig blau. Vielleicht hatte es etwas damit zu tun. Karek dachte an die Nacht zurück, als er zusammen mit Erentroß zum Dom aufgebrochen war, um mit Daragon zu verhandeln. Der Schlangendrache hatte sich auf dem Dach des Doms befunden und es hatte heftig geregnet und gewittert. War es möglich, dass der Schlangendrache von diesen Wetterbedingungen abhängig war? Der junge Mann zuckte kaum merklich die Schultern. Es war gut möglich, doch sicher wissen konnte er es nicht. Karek glaubte auch nicht, dass Daragon ihm eine Antwort auf diese Frage geben würde.

Plötzlich deutete der schwarze Reiter mit seinen eisenbeschlagenen Handschuhen nach vorn und Karek wusste sofort, was er meinte. Vor ihnen lag der Dom, der weit über die restlichen Gebäude hinausragte. Wenn es regnete und den Himmel schwere, dunkle Wolken verdeckten, dann würde es sicherlich so aussehen, als berühre seine Spitze die Wolken. Dieses Bild empfand Karek als wunderschön und das Gebäude schien Macht auszustrahlen. Der Löwengreif flog sehr schnell, sodass der Dom geschwind näher kam.

Schließlich waren es nur noch wenige Minuten, bis sie bereit waren auf dem Domplatz zu landen, der menschenleer unter ihnen lag. Dies wunderte Karek keinesfalls. Er konnte nicht genau sagen, wie lange die Schlacht mit den vermummten Kriegern zurücklag, doch es konnte noch nicht viel Zeit vergangen sein. Vielleicht ein paar Tage, wenn überhaupt.

Als Karek vom Löwengreif abstieg, überlegte er fieberhaft, was er tun könnte, um die Situation abzumildern. Es war vorhersehbar, dass der *Besuch*, von dem Daragon bei ihrem Aufbruch gesprochen hatte, nicht freundlicher Natur war.

Der Löwengreif streckte seinen Kopf majestätisch in die Höhe und legte die Flügel eng an seinen Körper an.

Der schwarze Reiter stieg bereits die ausgetretenen Stufen zum Dom empor und Karek beeilte sich, ihm zu folgen.

Daragon hatte ihm bei ihrem Aufbruch alles abgenommen. Er trug nicht einmal mehr sein Messer. Als Karek es ihm widerwillig ausgehändigt hatte, hatte er einen Blick auf die Klinge geworfen. Auch sie hatte ein kaum erkennbares, goldenes Haar besessen. Somit war das Messer ebenso mächtig wie Götterzorn. Von Gerando wusste Karek ja, dass Daragon zuerst das Messer geschmiedet hatte und dieses dann bei einem Überfall verloren gegangen war, woraufhin er dann Götterzorn geschmiedet hatte. *Wäre das Messer damals nicht abhandengekommen, wäre dieses Schwert niemals entstanden*, dachte Karek niedergeschlagen.

Es überraschte Karek sehr, dass sich die Tür zum Dom bereits öffnete, bevor Daragon überhaupt dazu kam anzuklopfen. König Zegon trat hinaus und richtete seinen Stab mit dem mächtigen Widderkopf drohend auf den schwarzen Reiter. Daragon trug wieder seinen schwarzen Helm. Er gab sein Gesicht und somit sein wahres Ich nicht zu erkennen.

„Gebt Karek frei oder Euch geschieht Schlimmes!", drohte der König und in seinem Gesicht zuckte es.

Zu Kareks Überraschung trat Daragon einen Schritt zurück, doch er wusste, dass Daragon nichts passieren konnte, schließlich zierten die goldenen Federn immer noch seinen Helm. Aber der König folgte ihm diesen einen Schritt, sodass die Tür des Doms ins Schloss fiel.

Plötzlich verneigte sich Daragon spöttisch vor dem König. „Edler König", sagte er, nachdem er sich wieder aufgerichtet hatte.

Der König schien über diese Geste sichtlich verwirrt zu sein und deutliches Misstrauen grub sich in sein Gesicht.

„Ich bringe Euch den Burschen. Er ist unversehrt und hat die beste Obhut genossen, die man sich denken kann."

Bei diesen Worten hätte Karek am liebsten laut protestierend aufgeschrien und auch der König schien diese Worte nicht wirklich zu glauben, denn er sah Karek zweifelnd an. „Ich hoffe, dir geht es gut, Karek", sagte der König dann und trat einen Schritt auf ihn zu, doch der schwarze Reiter vertrat ihm den Weg. Er hielt die Hände provozierend vor sich ausgestreckt, so als wolle er den König von sich stoßen.

„So einfach gebe ich ihn nicht wieder her", meinte er dann, woraufhin sich die Stirn des Königs verärgert in tiefe Falten legte. „Was wollt Ihr damit sagen?", fragte er lauernd. Der König schien nichts Gutes zu erwarten.

Nun zog Daragon Götterzorn aus der Scheide. „Ich habe das bekommen, was ich wollte, und es war leichter zu bekommen als ich dachte", sagte Daragon triumphierend.

Der König sah Karek für geschlagene Sekunden ins Gesicht und schüttelte dann den Kopf. „Ich mache dir keine Vorwürfe, mein Junge", meinte er sanft. „Das Wichtigste ist, dass du wohlauf bist."

Karek nickte niedergeschlagen.

„Ich möchte das Amt als König", forderte nun Daragon und seine Stimme zeigte, dass er keine langen Diskussionen duldete.

Plötzlich kamen Terek und Emina um eine Ecke des Doms gelaufen und hielten auf Karek zu. Die beiden begrüßten ihn erleichtert. „Wir dachten schon, du wärst nicht mehr, Karek!", sagte Terek, nachdem er ihn wieder losgelassen hatte. Karek nickte stockend und sagte mit belegter Stimme: „Mir geht es gut. Keine Sorge."

Emina sah ihn aus feuchten Augen an. „Was will er noch hier? Dieser Mann wird niemals König von Regensburg."

Karek beobachtete den König ganz genau, dessen Gesicht zeigte, dass er nicht mit sich verhandeln lassen würde.

„So einfach ist das nicht", meinte der König und ging mit ausgestrecktem Stab auf den Reiter zu. „Was glaubt Ihr eigentlich? Ihr und Eure vermummten Krieger haben nicht gerade ein gutes Bild bei den Bürgern der Stadt hinterlassen und nun verschwindet!"

Zu Kareks Verwunderung schüttelte der schwarze Reiter den Kopf und wandte sich langsam ab. Er lief zu seinem

Löwengreif, der an Ort und Stelle stehen geblieben war, um auf seinen Reiter zu warten.

Nun sank er auf die Knie. Er wandte ihnen weiterhin den Rücken zu und nahm seinen Helm ab. Und als er sprach, hörte sich seine Stimme etwas belegt an, so als fiele es ihm schwer zu sprechen: „Ich werde wieder Herrscher über diese Stadt sein und niemand kann es mir verbieten. Die Menschen sollen das zu spüren bekommen, was ich all die Jahre in meiner Kindheit erleben durfte. Ich wurde wegen meines Drachens verspottet!"

Daragon drehte sich zum König um und in seinen Augen glitzerten Tränen.

Der König stockte. „Du bist Daragon!", keuchte er und seine Augen waren so weit aufgerissen, dass es den Anschein erweckte, sie würden gleich aus den Höhlen kullern.

Daragon nickte und lachte dabei bitter und humorlos. „Ja, ganz Recht. Der bin ich und ich bin hergekommen, um mir das zurückzuholen, was ich niemals hätte verlieren dürfen. Das Amt als König!"

Plötzlich begann sich der Himmel zu verdunkeln. War er eben noch nahezu wolkenlos gewesen, zogen nun graue bis schwarze Wolken auf den Dom zu. Dieses Gewitter wurde offensichtlich von Daragon gesteuert, und sobald der Himmel mit schweren Wolken überzogen war, würde der Schlangendrache kommen und seinen Zorn entladen.

Doch der Zorn war nicht der des Drachen, sondern der Daragons. Er benutzte den Drachen nur als Werkzeug, um seinen eigenen Zorn zu verkörpern.

Der König schien das alles nicht zu bemerken. Sein Blick war wie gebannt auf Daragon gerichtet. Karek war sich nicht einmal sicher, ob er überhaupt sein entstelltes Gesicht wahrnahm.

„Dieser Mann müsste tot sein!", rief nun Terek und sah gleich darauf Karek an. „Du hast es gewusst, nicht wahr?"

Es dauerte einen Moment, bis Karek nickte. Ihn beunruhigten die immer dichter werdenden Wolken. Würde wirklich gleich der Schlangendrache auftauchen? Sollte das passieren, dann würde es für sie alle nicht gut aussehen.

„Ich spüre tiefen Schmerz", sagte nun Emina und sie wirkte, als wäre sie nicht im Hier und Jetzt. Sie ging auf den schwarzen Reiter zu, bevor Karek oder Terek reagieren konnten. Karek war sich sicher, dass es wahrscheinlich vollkommen sinnlos gewesen wäre. Emina hatte ihren eigenen Kopf, den sie durchsetzte.

„Mit Gewalt löst man keine Probleme", rief Emina und ging weiter mit festen Schritten auf Daragon zu. Dieser wandte sich zu Emina um und funkelte sie wütend an. „Wer sagt denn, dass ich Gewalt anwenden möchte?", blaffte er und Emina lachte zur Antwort unsicher. „Weil

Ihr es schon längst getan habt? Der König hat recht: Niemand in Regensburg wird Euch noch folgen wollen."

Emina machte eine Geste mit ihrem rechten Arm, die den gesamten Domplatz einnahm. „Als Ihr hier mit euren Kriegern und Wölfen aufmarschiert seid, wie viele Menschen und Trolle mussten da wohl ihr Leben lassen?"

„Das ist die Schuld dieses Burschen!", rief er heftig und zeigte mit einer Hand auf Karek. „Wenn er mir mein Schwert gegeben hätte, dann wäre es gar nicht erst zum Kampf gekommen, doch er wollte ja nicht hören!"

„Was hätte er tun sollen?", rief nun Terek und stellte sich schützend vor Emina. „Tut doch nicht so, als hätte er eine Wahl gehabt. Was hättet Ihr gemacht, hätte er Euch das Schwert bereitwillig überreicht? Ihr hättet es doch so oder so für Eure Zwecke missbraucht!"

Nun zog Daragon doch das Schwert Götterzorn und hielt die Klingenspitze ganz dicht an Tereks Gesicht.

Während Terek schockiert die Klinge vor seinem Gesicht anstarrte und keinen Muskel mehr rührte, trat Emina vor und stieß Daragon beide Hände seitlich ins Gesicht. Wie schon auf dem Friedhof brach Daragon qualvoll in sich zusammen und stöhnte vor Schmerz und Pein.

Und nun verdüsterte sich der Himmel endgültig und das erste Donnern war zu hören.

Der König trat vor und lief mit ausgestrecktem Stab auf die Rangelei zu.

Daragon kniete am Boden und hielt sich die Hände vor das Gesicht, als hätte ein sehr helles Licht ihn geblendet. Emina kniete neben ihm und ließ ihre Hände nicht sinken.

„Ich heile dich!", schrie Emina und man sah ihr an, dass sie das, was sie tat, nicht mehr lange durchhalten würde. Es war nur eine Frage der Zeit, bis Daragon sich wehren würde.

Nun überwand Karek endgültig seine Starre und lief mit schnellen Schritten auf Daragon, Terek und Emina zu. Terek war zu Boden gesunken und konnte nicht glauben, was sich vor ihm abspielte.

Karek tat das einzig Richtige. Er entwand Daragon das Schwert und hielt es kampfbereit erhoben. In diesem Moment zuckte ein Blitz vom Himmel und schlug nur ein paar Armlängen neben Karek und seinen Gefährten im Boden ein.

„Lauf, Karek!", forderte ihn der König auf und Karek nahm die Beine in die Hand. Als er einen Blick zurückwarf, erkannte Karek, dass Daragon sich auf seinen Löwengreif schwingen wollte, doch der König hinderte ihn daran, indem er ihn mit seinem Stab immer weiter zurückdrängte.

„Karek, pass auf!"

Ohne nachzudenken warf sich Karek einfach zur Seite, wobei ihm sein Schwert beinahe aus der Hand glitt, doch wie durch ein Wunder schaffte er es tatsächlich, die wertvolle Waffe festzuhalten.

Emina und Terek waren sofort bei ihm und wollten Karek auf die Füße helfen. Karek traten Tränen in die Augen, denn er hatte sich beim Sturz ziemlich stark die Schulter geprellt. Mit einem kurzen Kopfschütteln drängte er den Schmerz beiseite und richtete sich vollständig auf. Ein kurzer Blick zurück zeigte ihm, dass er noch gar nicht weit gekommen war. Daragon und der König waren nicht weit von ihnen entfernt.

„Halte dein Schwert kampfbereit! Ich denke, hier wird es gleich ernst!" Terek starrte mit besorgter Miene in den Himmel, der inzwischen pechschwarz war. Doch irgendwas war diesmal anders als die letzten Male, als es diese heftigen Gewitter gegeben hatte. Karek konnte es nicht in Worte fassen, doch es fühlte sich merkwürdig an. Es war, als würde etwas wirklich Bedrohliches von ihnen Besitz ergreifen.

„Fühlt ihr das auch?", fragte Emina und ihre Stimme zitterte so stark, dass Karek ihre Worte mehr erriet als verstand. Ihr Gesicht war zu einer Grimasse verzogen. „Etwas Schlimmes wird geschehen!"

Karek wandte sich von Emina ab und blickte zum Himmel empor. Die Blitze und das Donnern, welche sich dort oben zusammenbrauten, gefielen ihm überhaupt nicht. Karek blickte verzweifelt zu Daragon. Dieser lieferte sich gerade eine sehr heftige Auseinandersetzung mit dem König. Im Moment konnte der den schwarzen Reiter noch aufhalten, doch Karek war sich sicher, dass das nicht ewig so bleiben würde. Daragon konnte nach Belieben bestimmen, was am Himmel passierte. Es würde nicht mehr lange dauern, dann würde sich alles in einem gigantischen Knall entladen.

„Karek, halt dein Schwert kampfbereit. Er kommt!"

Plötzlich, ohne jede Vorwarnung, sodass Karek keine Zeit hatte, auf Tereks Worte zu reagieren, kam etwas den Himmel hinabgeschossen und riss Karek, Emina und Terek von den Füßen. Sie wurden kräftig zur Seite geschleudert und landeten zu Füßen des Königs. Der Aufprall war so heftig, dass Karek die Luft aus den Lungen gepresst wurde, sodass er endlose Sekunden lang glaubte, er müsse ersticken. Dann endlich quälte sich ein Atemzug in seine zusammengepressten Lungen. Irgendjemand fasste ihn am Arm und zerrte ihn auf die Füße.

„Karek, geht es dir gut?" Terek stand direkt bei ihm und blickte ihm fest in die Augen.

Karek versuchte sich ein kurzes Nicken abzuringen, doch er erstarrte.

Auf dem Domplatz stand der gigantische Schlangendrache und streckte seinen gewaltigen Schädel in den Himmel. Inzwischen zuckten so viele Blitze vom Himmel, dass um sie herum alles gleißend weiß war.

Daragons Lachen übertönte das lang anhaltende Donnern. Als Karek sich umwandte, gab Daragon dem König gerade einen Tritt, der diesen einfach nach hinten umkippen und schwer zu Boden fallen ließ.

„Nicht mehr lange und ich werde wieder über diese Stadt herrschen!", sagte Daragon und lachte in böser Vorfreude.

Karek ballte die Fäuste und wandte sich zu Daragon um. „Was können wir dafür, wenn du in deiner Kindheit schlecht behandelt wurdest?", fragte er zornig und funkelte Daragon an.

Daragons Gesicht verzog sich zu einer Miene aus Schmerz und Hass. „Alle verspottenden mich und wichen mir aus. Nur, weil ich einen Drachen hatte! Sie hatten Angst vor mir und gingen mir aus dem Weg. Sogar meine eigene Familie! Jeder wandte sich ab und ich war alleine. Es wird Zeit, dass ihr endgültig erlebt, was es heißt, ohne Wert behandelt zu werden!"

Als Daragon sprach, begriff Karek, dass der Mann wahnsinnig war. Es war völlig sinnlos, mit diesem Mann reden zu wollen. Egal was Karek entgegnet hätte, es hätte nichts gebracht, da alles einfach von ihm abprallte. Daragon war von sich und seinem Vorhaben so überzeugt, dass alles andere für ihn keine Bedeutung hatte.

„Wenn dir dein Drache so wichtig ist, Daragon, warum reitest du ihn dann nicht?"

Wie um Kareks Worte noch zu unterstreichen, ließ der Schlangendrache hinter ihnen ein lautes Brüllen hören und der Atem wehte bis zu ihnen hinüber. Der Luftstrom war so kräftig, dass er an ihren Haaren und ihrer Kleidung zerrte.

„Der Schlangendrache dient mir auf anderem Wege", sagte Daragon nun ausweichend, doch Karek erkannte sofort, dass dies nicht die Wahrheit war und schnaubte verächtlich. „Ja, das kann ich mir vorstellen. Der Drache macht für dich all das, wofür du dir zu schade bist!"

Daragons Miene verfinsterte sich. Auf einmal huschte ein Schatten an Karek vorbei. Kurz darauf ging Daragon bereits in die Knie.

Emina hatte sich von neuem gegen ihn gestemmt und drückte ihre Handflächen gegen das Metall seiner Rüstung. Daragon wehrte sich gegen Emina, doch sein Gesicht war verzerrt vor Anstrengung und vielleicht auch Erniedrigung.

„Halt still!", brachte Emina hinter zusammengebissenen Zähnen hervor. „Das alles muss ein Ende haben!"

Karek verstand nicht genau, was Emina in diesem Moment tat, doch es war offensichtlich, dass sie die Gefahr, die von Daragon ausging, zumindest teilweise abwehrte. Plötzlich schrie Daragon heftig und qualvoll auf. „Lass mich los!", schrie er und schlug um sich, doch Emina ließ nicht von Daragon ab, sondern presste ihre Hände noch fester auf seinen Körper.

„Dir wird es besser gehen!", stöhnte Emina.

„Wir müssen sie da wegholen", sagte der König entschieden. „Was glaubt sie denn, wie lange das Ganze noch gut geht?" Der König wartete gar keine Antwort ab, sondern lief mit erhobenem Stab auf Emina und Daragon zu. Den Löwengreif hielt er mit einem aufleuchtenden Zauber von sich fern.

„Es wird allerhöchste Zeit, dass wir etwas unternehmen", sagte nun auch Terek. „Nicht mehr lange, und unser Freund hinter uns wird nicht mehr so ruhig abwarten."

Ein Blick zurück ließ Kareks Angst noch einmal zunehmen. Der Drache zuckte und bebte. Es wirkte fast so, als kostete es ihn alle Mühe, seine Wut und seine Wildheit wirklich unter Kontrolle zu halten, doch bald würde der Drache ausbrechen und dann waren sie verloren.

Karek blickte auf das Schwert in seinen Händen. Er hatte Götterzorn zurück. Das durfte nicht umsonst gewesen sein!

„Vorsicht Karek, gleich passiert etwas!"

Ein Teil des Schlangendrachen loderte plötzlich rot auf. Terek riss ihn mit sich auf den König, Emina und Daragon zu. Durch den Schwung wurden alle zu Boden gerissen.

Karek landete schwer auf der Schulter und überschlug sich fast, sodass er nun den Drachen genau im Blick hatte. Der Hals des Drachen färbte sich immer röter, bis er irgendwann zu glühen anfing.

„Er spuckt gleich Feuer!" Karek sah sich gehetzt nach allen Seiten um. Der Löwengreif war längst verschwunden, hatte seine gefiederten Schwingen ausgebreitet und flog davon. Daragon schrie laut auf. Emina lag auf dem Boden und rührte sich nicht und der König erhob sich gerade aus seiner halb sitzenden Position.

„Der Drache wird angreifen! Wenn er das Feuer loslässt, dann sind wir verloren!" Der Drache kreischte so laut, dass Terek seine Worte hinausbrüllen musste, um überhaupt verstanden zu werden.

Plötzlich sprang Zegon auf den Drachen zu und hielt ihm den Widderstab entgegen.

„Was tut er da, Karek?", wollte Terek wissen. „Er soll unten bleiben. Der König ist sonst verloren!"

Auch Daragon blieb auf dem Boden liegen und schien nicht wahrhaben zu wollen, was sich vor ihm abspielte. Karek fragte sich, ob der König sich opfern wollte oder tatsächlich glaubte, den Drachen aufhalten zu können.

„Du wirst uns keinen Schaden zufügen!", rief Zegon und streckte dem Drachen seinen Stab, dessen Widderkopf weiß leuchtete, entgegen. Dieser schien sich davon allerdings nicht wirklich beirren zu lassen, denn er stieß noch einmal ein lautes Brüllen aus, um gleich darauf Feuer zu speien.

Karek stand vor Schreck und Entsetzen der Mund weit offen, doch es drang kein Schrei ins Freie. Er konnte dabei zusehen, wie sich das Maul mit heißer, brodelnder Hitze füllte, welche schließlich in einer alles versengenden Feuersäule entladen wurde.

Karek rollte sich aus der Gefahrenzone und schlug gleichzeitig die Hände über dem Kopf zusammen, um sich zu schützen, auch wenn er wusste, dass es absolut nichts nutzen würde. Die Hitze war unbeschreiblich und die von ihr verursachten Qualen schienen eine Ewigkeit anzuhalten. Als Karek endlich wieder in der Lage war, sich zu rühren und die Augen zu öffnen, stand Zegon immer noch mit erhobenem Stab vor dem Drachen. Er hatte offenbar die größte Gefahr abgewandt und als sich Karek umsah, erkannte er, dass die Luft von beißender Hitze erfüllt war. Sie flackerte und flimmerte und Karek fühlte sich wie in einem Glutofen. Es roch nach verbranntem Fleisch und versengtem Haar.

Wo waren Emina und Terek?

Karek griff nach seinem Schwert. Es war merkwürdig kühl und auch der Klinge schien nichts geschehen zu sein. Eigentlich hätte er erwartet, dass sie geschmolzen wäre.

Sein gesamter Körper schmerzte, als er sich erhob und er brauchte insgesamt zwei Anläufe, um auf die Beine zu kommen. Karek torkelte mit einem unguten Gefühl auf Zegon zu, der in die Knie brach, kaum, dass er ihn erreicht hatte. Der Drache vor ihm schnaufte schwer. Das Feuer schien ihn eine Menge Kraft gekostet zu haben.

Karek legte dem König eine Hand auf die Schulter. Der Mantel war so heiß, dass er sich fragte, warum er nicht einfach in Flammen aufging. Als er den König berührte, glaubte er sogar, leichten Qualm vom Stoff aufsteigen zu sehen, doch Karek konnte nicht sagen, ob dies nur seine überreizten Nerven waren, die ihm einen Streich spielten.

„Ist mit Euch alles gut?" Etwas anderes wollten Karek einfach nicht einfallen.

Der König schien die Worte im ersten Augenblick gar nicht zu vernehmen und Karek befürchtete, dass der alte Mann einfach zusammenbrechen würde. Doch dann, als er schon nicht mehr damit rechnete, blickte Zegon zu ihm auf und nickte so schwach, dass Karek diese Geste mehr erriet als wirklich bemerkte. Dann verzog der König die Lippen zu einem Lächeln.

Karek starrte den König an. Dieser schien keine größeren Verletzungen davongetragen zu haben. Er hatte ein wenig Ruß im Gesicht und vielleicht ein paar rote Schrammen an den Händen, doch man würde niemals erraten, dass er sich gerade mitten in ein Drachenfeuer gestellt hatte.

„Der Drache lebt noch, Karek. Wir müssen ihn aufhalten!" Die Stimme des Königs war kaum mehr als ein Krächzen.

„Der König hat recht."

Karek warf den Kopf herum, um zu sehen, wer die Worte ausgesprochen hatte. Wie durch ein Wunder kam Terek auf ihn zu. Er hielt sein Schwert in der Hand und zog sein linkes Bein hinter sich her. Von seinem Haar war kaum noch etwas übrig geblieben und seine Haut war stellenweise vom Feuer verbrannt. Offenbar sah Karek auch nicht besser aus, zumindest fühlte er sich so, als habe er in glühender Lava gelegen.

Sein Blick fiel nun auf Emina und Daragon, die noch immer unverändert am Boden lagen. Emina lag unter Daragon und so wie es auf den ersten Blick aussah, hatte sein Körper Emina geschützt.

Dann fiel Karek etwas auf, das ihn aufstöhnen ließ. „Terek, sieh doch!" Er deutete aufgeregt auf Daragons Helm, der neben dem schwarzen Reiter auf dem Boden lag, doch Terek sah ihn nur fragend an.

Die Federn an Daragons Helm waren verschwunden.

Nein, nicht einfach verschwunden. Sie waren verbrannt worden. Vom Feuer des mächtigen Schlangendrachens.

Ein ohrenbetäubendes Brüllen ließ Karek und Terek zeitgleich ihre Köpfe herumreißen und aufschreien.

Kapitel 21

Drachenwut

Der Drache schien sich von der Anstrengung seines Drachenfeuers erholt zu haben, denn er stieß ein fürchterliches Kreischen aus und schnappte mit seinem gewaltigen Maul nach Zegon.

Obwohl die Bewegung schnell erfolgte, war der König den Bruchteil einer Sekunde schneller. Er ließ sich zur Seite fallen und noch in derselben Bewegung riss er seinen Stab in die Höhe und der stabile Widderkopf prallte gegen den Hals der Flugechse. Auch Karek sprang mühsam zur Seite und brachte sich in Sicherheit.

„Karek, wir müssen die Gelegenheit nutzen. Die Bestie muss getötet werden!"

Terek hatte sich zu Daragon und Emina geschleppt und Daragon von Emina hinuntergehoben. Mit Erleichterung stellte er fest, dass sie noch lebte. Ihr Atem ging regelmäßig. Allerdings lebte Daragon ebenfalls noch, doch wie lange das so bleiben würde, vermochte keiner zu sagen.

Karek schüttelte den Kopf und nickte daraufhin sofort wieder. Er wusste einfach nicht, was er tun sollte.

„Emina braucht Hilfe!", sagte Karek dann verzweifelt und sah mit hastigen Blicken zu ihr hinüber, während der

König dem Schlangendrachen erneut auswich. Es war überdeutlich zu erkennen, dass er dics nicht lange durchhalten würde. Wenn der Schlangendrache zuschnappte, dann war Zegon, der so viel für die Stadt getan hatte, die längste Zeit König von Regensburg gewesen.

Karek warf noch einen kurzen Blick auf Emina, deren Augenlider kaum merklich flackerten und deren Atem schwach ging. Dann erhob Karek sich, da sich der temperamentvolle Terek bereits auf den wütenden Drachen zubewegte und Emina allein ließ.

Karek fasste sein Schwert und schickte ein kurzes Stoßgebet zum Himmel, dass sie diesen ungleichen Kampf überstehen würden.

Terek beschleunigte gerade seine humpelnden Schritte, als der Kopf des gigantischen Drachen in die Höhe schnellte, doch bevor Terek auch nur in die unmittelbare Nähe der Flugechse kam, zuckte der lange Hals wieder in die Tiefe und zwang Terek zum Ausweichen.

Jetzt, da die große Echse beschäftigt war, lief Karek zum König, um ihm aufzuhelfen. Dieser sah wütend zu Terek hinüber.

„Will dieser Narr sich umbringen?", fragte er leidenschaftlich, doch es war eigentlich keine Frage an Karek, sondern vielmehr eine Art, seiner eigenen Enttäuschung Luft zu machen. Karek richtete seinen Blick wieder auf das Kampfgeschehen und er konnte einen erschrockenen Aufschrei nicht unterdrücken: „Terek, pass auf!"

Karek sah, dass Terek sich an den Hals des Drachens klammerte und dabei in die Luft gehoben wurde. Er verstand einfach nicht, wie Terek das Kunststück fertig brachte, sein Schwert nicht loszulassen.

Karek lief los und riss sein Schwert im Gehen zu einem zielgerichteten Schlag in die Höhe, doch er kam nicht sehr weit. Er hatte beinahe vergessen, dass der Drache ja nicht nur seinen Hals und Kopf, sondern auch noch Vorderläufe besaß. Der Drache holte mit seinen mächtigen Pranken aus und Karek konnte gerade noch zur Seite taumeln, um dem mächtigen Hieb zu entgehen. Wäre er getroffen worden, wäre er wahrscheinlich nicht einmal mehr in der Lage gewesen, einen Laut hervorzubringen.

Kaum hatte der Drache seine Pranke zurückgezogen, griff Karek wieder an. Hier ging es nicht mehr nur um den Drachen, sondern auch um Terek, der noch immer in verzweifelter Anstrengung am Hals des Drachen hing und alle Mühe hatte, nicht herunterzufallen. Doch als der Schlangendrache seinen mächtigen Hals schüttelte, um Terek wie eine lästige Fliege loszuwerden, verlor dieser den Halt und rutschte ab. Terek stürzte in die Tiefe und landete hart auf dem Steinboden, wo er liegenblieb, ohne sich zu rühren.

Der König hatte eingesehen, dass ihm die Kräfte fehlten, um Karek und Terek sinnvoll im Kampf unterstützen zu können. Stattdessen humpelte er auf Emina zu, um sich um sie zu kümmern und sie nach Möglichkeit aus der Gefahrenzone zu bringen. Daragon hingegen brachte er keinerlei Aufmerksamkeit entgegen.

Karek wollte Terek gerade aufhelfen, da griff der Drache erneut an, sodass Karek keine andere Wahl hatte, als sich und Terek mit dem Schwert zu verteidigen. Die Klinge drang tief in die Flanke des mächtigen Fabelwesens ein. Der Drache reagierte mit einem ohrenbetäubenden Gebrüll und schlug heftig mit den Flügeln, sodass die Klinge wieder aus seinem Fleisch glitt. Karek entging nur knapp den Flügelschlägen und warf sich schützend über Terek, der inzwischen wieder zu sich kam. Der junge Mann half Terek auf die Füße und stolperte mit ihm davon, als der Drache sich mit einem schmerzhaften Gebrüll in die Höhe schwang und ziellos umherzufliegen schien. Schließlich krachte er mit vollem Körpereinsatz gegen den Dom und riss Schmutz und Stein in die Tiefe.

„Der Drache weiß überhaupt nicht mehr, was er tut", stellte Karek fest und machte ein paar Schritte von Terek fort, welcher sich schwankend auf den Beinen hielt, ohne den Blick vom Drachen abzuwenden.

„Der Drache fliegt fort!"

Zegon lief mit erhobenem Stab an Karek und Terek vorbei, dem Drachen hinterher. Plötzlich flog der Drache so tief über das Häusermeer der Stadt hinweg, dass einige Dutzend Bürger aus den Gassen stürmten und panisch vor dem Drachen flohen.

Emina war wieder zu sich gekommen. Sie saß auf dem Boden, blickte ins Leere und schien nicht wahrzunehmen, was um sie herum geschah.

Karek war in ein paar Schritten bei ihr. Zunächst reagierte sie nicht auf ihn, doch dann versuchte sie sich mit wackligen Beinen zu erheben und nahm Kareks Hilfe hierbei an. Emina kämpfte sich weiter in die Höhe und ignorierte Kareks Bitte, sich zu schonen. Stattdessen strebte sie auf den Drachen zu und rief: „Wir können ihm helfen!"

Der Schlangendrache hatte sich noch nicht weit vom Domplatz entfernt, da streckte Zegon seinen Widderstab in die Höhe. Plötzlich begann der Drache zu schwanken, und nachdem der König einen heiseren Schrei ausgestoßen hatte, fiel die Kreatur mit wildschlagenden Flügeln vom Himmel.

Kaum war dies geschehen, humpelte Terek eilig dem Drachen entgegen. Karek und Emina folgten ihm, wobei er sie stützen musste, damit sie nicht einfach wieder zusammenbrach.

Plötzlich stand eine ältere Frau vor ihnen. In ihren Augen standen Tränen und sie fragte erschüttert: „Was geht hier vor? Ich dachte, wir hätten Frieden."

Karek schluckte schwer und forderte die Frau auf, im Dom Schutz zu suchen. „Dort seid Ihr sicherer als hier. Hier draußen ist es viel zu gefährlich für Euch!" Er verlieh seinen Worten so viel Nachdruck wie möglich. Auch wenn der Dom durch den Drachen beschädigt worden war, bot das Gebäude doch noch ausreichend Schutz für die verängstigten Bürger.

Die ältere Frau nickte ihm kurz zu und rannte dann auf den Dom zu. Das war das Einzige, was er für sie tun konnte.

„Wir müssen weiter", sagte Karek zu Emina, die sogar schon versuchte, aus eigener Kraft zu laufen. Anscheinend schritt ihre Genesung erstaunlich gut voran.

Karek versuchte zu ergründen, wo der Drache zu Boden gestürzt war. Der Strom der Menschen, die vor der Kreatur und dem Kampfgeschehen flohen, ebbte ab. Als sie in eine der Gassen traten, die in die Richtung führte, wo der Drache vom Himmel gefallen war, konnten sie einen Blick auf das Geschehen erhaschen.

Der Drache befand sich am Boden und Zegon hielt den Stab auf den Drachen gerichtet. Irgendetwas hielt den Drachen gefesselt, denn er schien sich redlich zu bemühen, wieder abzuheben, doch es sah so aus, als würde er mit seinem Kopf und Flügeln ständig gegen einen unsichtbaren Widerstand prallen.

Zegon hielt den Drachen mit einem Zauber gefangen. Aber er schwankte bereits und seine Körperhaltung drückte Verzweiflung aus, die seine Erschöpfung überlagerte. Er würde den Zauber nicht mehr lange aufrecht halten können.

Emina löste sich von Karek und schritt mit wackligen Schritten auf Terek, der hinter dem König stand, zu.

„Ihr müsst damit aufhören!", rief Emina verzweifelt. Terek schien Kareks und Eminas Herannahen noch gar nicht bemerkt zu haben, denn plötzlich wirbelte er herum und fasste Emina aufgeregt bei den Schultern. „Bist du wahnsinnig?", fragte Terek und schob Emina mit sanfter Gewalt zurück. „Wenn wir den Drachen nicht aufhalten, dann wird Regensburg niemals wirklich Frieden finden. Ich habe es mir zur Aufgabe gemacht, für Frieden zu kämpfen und das tue ich."

Er warf Karek einen vielsagenden Blick zu, dann fasste er sein Schwert fester und humpelte am König vorbei auf den Drachen zu.

Karek überlegte nicht lange, packte Götterzorn und trat an Tereks Seite. Dass Emina laut aufschrie und sie anflehte zurückzubleiben, blendete er in diesem Moment aus.

Tereks Entschlossenheit verlieh ihm neue Kräfte, sodass er an Zegon vorbei auf den gefesselten Drachen zusprang. Der König schien nichts davon zu bemerken, denn er reagierte nicht auf ihre Einmischung.

Karek hatte den jungen Mann noch nicht ganz erreicht, da sprang Terek mit zum tödlichen Schlag erhobenem Schwert auf die uralte Flugechse zu und schlug mit dem scharfen Stahl auf den Kopf des Drachen ein. Auch wenn der Schlag mit Kraft geführt war und eine tiefe Wunde riss, reichte er nicht aus, um die Echse zu töten. Stattdessen wurde Terek von seinem eigenen Schwung zu Boden gerissen, als die Klinge an den Schädelknochen abglitt, und blieb benommen auf dem Boden liegen.

Doch Karek vollendete das, was Terek begonnen hatte. In seinem Kopf war kein Platz mehr fürs Denken. Noch ehe Terek am Boden lag, schlug Karek mit Götterzorn zu und legte all seine Kraft in diesen einen Schlag. Das Schwert blieb tief im Schädel des Drachen stecken. Dieser bäumte sich auf, sodass Karek zu Boden geschleudert wurde. Der Drache taumelte und brach zusammen. Sein Körper zuckte noch ein paar Mal, dann blieb er regungslos liegen. Götterzorn hatte den Drachen getötet.

Karek fand nicht einmal mehr die Kraft, sich aufzurichten. Die Anstrengung der letzten Zeit war vielleicht wirklich zu viel für ihn gewesen. Ein plötzlicher

Aufschrei riss Karek noch einmal in die Wirklichkeit zurück und ließ ihn mit unsicherem Blick aufsehen.

Emina trat mit tränengefüllten Augen vor. Ihre Knie zitterten und wenn Zegon nicht die Anstalten gemacht hätte, sie zu stützen, wäre sie wahrscheinlich einfach zusammengebrochen.

Karek raffte all seine verbliebenen Kräfte noch einmal zusammen und kämpfte sich in die Höhe. Terek wurde von dem Leichnam des Drachen vor seinen Blicken verborgen. Obwohl Karek natürlich wusste, dass der Drache tot war, breitete sich in ihm ein mulmiges Gefühl aus, als er an ihm vorbeistolperte, um nach Terek zu sehen. Er ging neben ihm in die Knie. Terek schien nicht verletzt zu sein, aber irgendetwas schien ihm das Bewusstsein geraubt zu haben. Er lag auf dem Boden und rührte sich nicht. Vielleicht hatte er sich beim Sturz den Kopf gestoßen. Karek wollte gerade nach seinem Herzschlag horchen, da flatterten Tereks Augenlider und er murmelte ein unverständliches Wort. Terek kam also wieder zu sich.

„Was habt ihr getan?"

Karek sah auf. Emina hatte sich vom König losgemacht und ging auf den toten Drachen zu. Das Schwert Götterzorn steckte noch immer tief im Schädel des Drachens. Das hellrote Blut tropfte langsam von der Klinge herab. Emina ging vor dem Drachen auf die Knie und berührte mit zitternden Fingern seine geschlossenen Augen. „Ich hätte ihm helfen können", stotterte sie aufgelöst. „Der Drache war nicht böse, er war nur ein Mittel für Daragons Zwecke." Emina hob den Kopf und sah Karek und Terek, der sich inzwischen langsam aufrichtete, mit einem wütenden Blick an. „Warum habt ihr das getan?", fragte sie aufgebracht.

Karek wusste nicht, was er auf Eminas Frage erwidern sollte. Unsicher begann er: „Emina, dieser Drache hätte uns nur weiter Ärger gemacht. Ich möchte nicht wissen …"

„Genug!", unterbrach sie Karek herrisch und richtete sich auf. „Ihr glaubt wohl mit Gewalt lässt sich alles lösen, nicht wahr?", fragte sie wütend. „Ich habe gespürt, dass es für diesen Drachen Hoffnung gegeben hätte, doch ihr tut nur das, was euch als erstes einfällt."

„Emina, es ist gut. Beruhige dich, Kind", sagte nun der König. Er schritt mit seinem langen Widderstab auf Emina zu und legte ihr eine Hand auf die Schulter. Nun brach Emina weinend zusammen und sackte kraftlos zu Boden. In ihr musste ein reiner Orkan von Gefühlen toben.

Karek und Terek kamen hinter dem Drachen hervor und gesellten sich zu ihnen. Karek sah zu Emina hinab. Sie tat ihm auf eine schwer zu beschreibende Art leid. Sie hatte ihm von ihrer Gabe erzählt, Menschen mit ihrer inneren Kraft heilen zu können, und hatte wahrscheinlich vorgehabt, Daragon und seinem Drachen mit ihrer Gabe zu helfen.

Und diesen Wunsch hatten Terek und er ihr genommen!

Doch Karek war sich sicher, dass sie gar keine andere Wahl gehabt hatten, als den Drachen zu töten. Er hatte so viel Zerstörung und Leid über Regensburg gebracht, auch wenn er nur von Daragon gelenkt wurde.

„Was habt ihr getan?"

Kareks Magen zog sich schmerzhaft zusammen, als er aufsah und Daragon dort stehen sah. Er sah schlimm aus. An seinem Kopf befanden sich zahlreiche Brandwunden, die rohes Fleisch freigelegt hatten. Dass dieser Mann überhaupt noch lebte, war ein reines Wunder.

Daragon stolperte weiter auf sie zu, und obwohl dieser Mann mit jedem Schritt schwächer zu werden schien und sich kaum auf den Beinen halten konnte, strahlte er eine ungeheure Bedrohung aus.

„Was habt ihr meinem Drachen angetan?", fragte er, doch seine Stimme war nur noch ein Krächzen. Seine Worte kamen nur noch weinerlich und schwach über seine Lippen, doch vielleicht war es ja genau das, was ihn so gefährlich machte.

Daragon schien Karek und seine Begleiter gar nicht wirklich zu bemerken, denn er starrte nur seinen tot auf dem Boden liegenden Drachen an und schleppte sich mit einer ungeheuren Kraftanstrengung auf die Flugechse zu.

Warum lebst du noch?, fragte sich Karek und es lief ihm ein eiskalter Schauer über den Rücken. Die Federn auf dem Helm waren verbrannt. Es war einfach unmöglich, dass dieser Mann noch hier vor ihnen stand.

Daragon ging vor seinem Drachen auf die Knie. Dann begann er zu weinen und berührte mit sanften Händen den gespaltenen Schädel des Drachen. „Ich habe das alles nicht gewollt!", stöhnte er und die Tränen rannen ihm über das Gesicht. „Ich wollte doch nur, dass die Menschen spüren, wie alleine und einsam ich mich die gesamte Zeit meines Lebens gefühlt habe."

Daragon weinte weiter, während sein Leben verging. Seine Hände begannen einfach zu zerbröseln, wie altes, rissiges Pergament, und dies setzte sich am Rest seines Körpers fort. Er machte keine Anstalten dies verhindern zu wollen. Er blieb einfach ruhig sitzen, so als habe er sich damit abgefunden.

Es vergingen nur wenige Sekunden, dann war nur noch Staub von Daragon übrig und das Böse war besiegt.

Kapitel 22

Sichere Aufbewahrung

Mit gemischten Gefühlen kehrten sie zum Dom zurück, der zu dieser Stunde vielen Bürgern der Stadt Regensburg einen sicheren Aufenthaltsort bot. Dutzende Menschen kauerten auf dem Boden an der Ziegelwand und hielten die Beine mit den Armen umschlungen. In den meisten Gesichtern erkannte man einfach nur Mut- und Hoffnungslosigkeit.

Karek, Zegon, Emina und Terek machten sich daran, sich um die Bürger zu kümmern, obwohl sie selbst natürlich ebenfalls am Ende ihrer Kräfte waren, doch ausruhen konnten sie sich danach noch immer genug. Nun war es erst einmal wichtig, dass die Menschen versorgt waren und verstanden, dass die Gefahr in der Stadt gebannt war und sie keine Angst mehr zu haben brauchten.

Einige waren sogar so verängstigt, dass sie bei der kleinsten Berührung, und mochte sie noch so sachte sein, erschrocken zusammenzuckten, und es brauchte viel Geduld und Einfühlungsvermögen, bis sie sich ihnen öffneten und neuen Mut schöpften.

Zegon gelang dies um einiges leichter. Immerhin war er der König und das allein war Grund genug, ihm Vertrauen zu schenken. Sie verließen sich auf ihn und für die allermeisten war es eine große Ehre, dem König so nahe zu sein, kamen sie doch sonst nicht mal annähernd so dicht an ihn heran. Nur hätten sich die Betroffenen wahrscheinlich eine fröhlichere Stimmung gewünscht. Die Soldaten des Königs hielten sich dezent im Hintergrund, brachten lediglich warme Getränke und Decken, wo sie benötigt wurden.

„Wir müssen ihnen Zeit geben", meinte Zegon zu Terek und Karek. „Sie verstehen wahrscheinlich überhaupt nicht, was es mit den Angriffen des Drachens auf sich hatte, und viele werden noch sehr lange brauchen, bis sie wieder ohne Angst leben können. Der Schrecken sitzt tief."

Karek nickte verständnisvoll. Der Drache hatte ja auch genug Unheil angerichtet. Wobei es ja in Wahrheit Daragon gewesen war, denn ohne ihn hätte der Drache niemals die Stadt mit seinem Gewitterzorn angegriffen.

„Wie geht es Emina?", wollte Terek wissen und suchte mit seinen Blicken bereits die große Halle des Doms ab.

Zegon deutete zu den prachtvollen purpurroten Sesseln hinüber. Dort saß Emina mit einem dampfenden Becher in der Hand.

Als Karek auf sie zugehen wollte, legte Terek ihm die Hand auf die Schulter und schüttelte gleichzeitig den Kopf. „Warte du hier", meinte er und entfernte sich bereits von ihm. Karek ließ es kommentarlos geschehen.

„Karek, ich bitte dich, mir kurz zu folgen. Wir müssen etwas Wichtiges besprechen."

Karek blickte den König im ersten Moment etwas verwundert an, doch dann stimmte er zu und gemeinsam schritten sie auf die Treppe zu, von wo aus man das Gemälde von Daragon und seinem Schlangendrachen besonders gut sehen konnte. Als Karek seinen Blick darauf richtete, spürte er wieder die Macht, die dieses Bild ausstrahlte.

Sie folgten den Gängen für ein paar Minuten, dann stieß der König eine Tür auf und bat Karek einzutreten. Neugierig sah dieser sich um. Es war ein sehr kleiner Raum, der zum größten Teil von einem riesigen Tisch eingenommen wurde. Er sah dem aus dem Eingangsbereich sehr ähnlich.

Die Luft roch etwas abgestanden und man spürte die Trockenheit. Augenblicklich sah er zum Fenster, welches sich direkt gegenüber der Tür befand. Es war verziert mit bunten Malereien, die wild funkelten, wenn das Sonnenlicht darauf fiel.

Zegon schloss die Tür hinter sich und bat Karek, auf einem der Schemel Platz zu nehmen, was dieser auch sofort tat. Er fragte sich, was der König denn nun von ihm wollen könnte, doch es musste etwas Besonderes sein, wenn er sich schon so von allen abschottete.

Der Schemel knarrte bedrohlich, als Karek sich darauf niederließ. Er betrachtete den König erwartungsvoll, nachdem auch dieser sich gesetzt hatte. Ein leichter, hauchdünner Staubfilm überzog die dunkelbraune Tischplatte, was bewies, dass dieser Raum nicht sehr oft benutzt wurde.

„Bitte zeige mir dein Schwert, Karek", forderte Zegon ihn auf und Karek löste Götterzorn von seinem Gürtel. Dann legte er es auf den Tisch, wobei das Geräusch von Metall auf Holz einfach von dem Raum verschluckt wurde.

Zegon starrte das Schwert ein paar Sekunden lang nur an und die Zeit schien stillzustehen. Dann nahm er es in die Hand und hielt sich die Klinge ganz dicht vor die Augen.

„Eine so einfache Waffe und doch so machtvoll!" Seine Stimme war nicht mehr als ein Flüstern und hätte Zegon nur ein Stück weiter entfernt von ihm gesessen, hätte Karek ihn nicht mehr verstanden.

„Wegen dieses Stück Stahls geriet die Stadt in eine solche Gefahr." Zegon stand auf und schien nur Selbstgespräche zu führen, während er das Schwert weiterhin fest in der Hand hielt. „Das darf nicht wieder geschehen", sagte er dann nach einer längeren Pause und sah Karek auf eine Art an, als erwarte er von ihm eine ganz besondere Reaktion.

Karek lachte, um seine Unsicherheit zu verbergen: „Glaubt mir, das Schwert ist nicht zerstörbar. Das haben schon so viele versucht. Selbst das Drachenfeuer des mächtigen Schlangendrachen hat es überstanden."

Zegon schüttelte langsam den gesenkten Kopf. „Ich denke nicht daran, das Schwert zu zerstören. Es ist ein Stück Geschichte und es wäre ein großer Fehler, es zu vernichten. So töricht bin ich wahrlich nicht." Der König setzte sich auf seinen Schemel und atmete hörbar aus, während er die Waffe wieder vor sich auf den Tisch legte. Inzwischen waren schon deutlich sichtbare Spuren auf der Platte, dort, wo nun der Staub fortgewischt worden war. „Du trägst doch sicherlich das Messer bei dir." Der König betonte seine Worte nicht wie eine Frage, doch Karek nickte trotzdem und zog das Messer mit dem blauen Griff aus seinem Gürtel und legte es neben Götterzorn auf den Tisch.

Lange Momente lang starrte der König die beiden Waffen einfach nur an, doch dann griff er nach dem Messer, und das *so* langsam, als hätte er Angst davor, es zu berühren. Natürlich geschah nichts Unerwartetes, als sich seine Hand um den blauen Griff schloss.

Jetzt hielt er sich das Messer direkt vor die Augen und strich sogar mit seinem Daumen über den kalten Stahl. „Dieses feine Haar", flüsterte er und wieder hatte Karek das fast schon unangenehme Gefühl, dass der König

Selbstgespräche führte. „Dieses feine Haar", wiederholte er. „Es hat so viel Macht."

Karek nickte bestätigend. „Ja, dieses Haar stammt von einer Feder aus einem Drachenei und hat dazu geführt, dass Daragon nicht sterben konnte. Doch dann, als die Federn vernichtet wurden, war seine Kraft verbraucht und er verging."

„So eine Katastrophe darf nicht mehr geschehen", meinte Zegon und sah Karek durchdringend an. „Dieses Messer und das Schwert tragen eine dunkle Aura und das von einer Macht, die nicht natürlichen Ursprungs ist. Sie müssen sicher verwahrt werden."

Karek verspürte bei diesen Worten einen kurzen, schmerzhaften Stich in der Magengegend. Immerhin war Götterzorn viele Jahre in seinem Besitz gewesen. „Wo wollt Ihr sie verwahren?", wollte Karek wissen. Zegon antwortete nicht gleich auf seine Frage. Karek war sich nicht einmal wirklich sicher, ob er überhaupt eine Antwort darauf hatte.

„Ich denke, diese Waffen bleiben hier im Dom. Bitte folge mir!" Zegon wartete keine Reaktion von Karek ab, sondern verließ ohne ein weiteres Wort den Raum.

Sie gingen einen nur schwach erhellten Gang entlang, von dessen rechter Seite aus ein Blick in die Eingangshalle geworfen werden konnte. Obwohl dort unten noch immer sehr viele Bürger der Stadt kauerten, war es erstaunlich ruhig im Dom. Von hier oben sah die Eingangshalle noch beeindruckender aus. Die vielen Gemälde, die an den hohen Wänden und von der Decke hingen, und die riesigen purpurroten Vorhänge strahlten eine gewisse Macht aus.

Wortlos folgte Karek Zegon weiter über den schmalen Gang und einer Abzweigung nach links. Schließlich gelangten sie an eine unscheinbare Tür, die am Ende des neuen Gangs im Dunkeln lag. Sie hatte weder ein Schloss nach eine Klinke.

„Wie wollen wir dort hineinkommen?", fragte Karek und Zegon hob die Hand, um ihn aufzufordern, abzuwarten.

Er klopfte zweimal mit seinem Widderstab gegen die Tür. Daraufhin drang aus dem Rahmen der Tür ein gleißendes, weißes Licht und die Türe schwang vollkommen geräuschlos nach innen auf. Das gleißende Licht leuchtete noch immer, doch obwohl es so hell war, blendete es sie nicht.

Karek und der König traten ein, und obwohl Karek nichts anderes sah, als gleißendes Weiß, traute er sich nicht zu blinzeln, aus Angst, ihm könnte etwas Wichtiges entgehen.

Tatsächlich war dieser Raum vollkommen leer, wenn man von dem Licht absah. Karek erkannte nicht einmal Wände oder Ähnliches. Dieser Raum schien unendlich zu sein, fast so, als hätten sie eine neue, nicht erforschte Welt betreten.

„Das, was du siehst, ist nur eine Illusion", meinte der König, als habe er Kareks Gedanken erraten. Nun hob er seinen Widderstab in die Höhe und sprach ein Wort in einer fremden Sprache aus. Augenblicklich zog sich das Licht zurück und ließ das wahre Aussehen des Raumes zurück, so als habe nur ein weißes, samtenes Tuch auf ihm gelegen.

Der Raum war nicht groß, doch direkt in der Mitte stand Schneesturm.

„Hier lebt Euer Pferd?", fragte Karek ungläubig.

Zegon hob die Hand auf eine Art, als müsse er sich verteidigen. „Schneesturm geht es hier sehr gut, glaube mir. Er kann sich keinen besseren Ort vorstellen, an dem er leben würde."

Karek nickte, fand die Worte des Königs allerdings nicht sehr einleuchtend. Dieses Pferd stand mitten in einem geheimen Raum, doch wenn er sich das Reittier genau ansah, erkannte er Freude und Stolz in dessen Augen.

„Schneesturm vertraut mir vollkommen und ich ihm ebenfalls. Wir beide haben bereits eine Menge durchgestanden und ich komme regelmäßig hier her, um nach ihm zu sehen und oft reiten wir aus der Stadt und galoppieren über die weiten Felder." Zegon tätschelte dem

Pferd die Nüstern, was dieses mit einen zufriedenen Schnauben erwiderte.

Karek wandte sich etwas vom König ab, um sich ein wenig in diesem Raum umzusehen. Erst jetzt, als er sich seiner Umgebung wirklich widmete, wurde ihm klar, wie viel Platz dieser Raum bot. Hier befanden sich alle möglichen Dinge.

Karek ging an zwei Regalen entlang, in denen alle möglichen Bücher und sonstige Utensilien standen. Dies war wahrscheinlich ein geheimer Aufbewahrungsraum für Dinge, die man selten benötigte oder die von so hohem Wert waren, dass sie niemand finden dufte.

„Und hier wollt Ihr das Schwert und das Messer verstecken", schlussfolgerte Karek aus seiner Beobachtung.

Zegon kam mit offenem Blick auf ihn zu, legte Karek eine Hand auf die Schulter und sah ihm direkt in die Augen. „Mir ist bewusst, dass dir dieses Schwert eine Menge bedeutet. Es war viele Jahre in deinem Besitz." Der König sprach sehr ruhig und mitfühlend. So, als müsse er ihm eine sehr traurige Nachricht überbringen.

Karek nickte nur, um ihm schließlich zuzustimmen, doch schüttelte gleich darauf den Kopf. „Es ist völlig in Ordnung, wenn diese Waffen hier bei Euch bleiben. Ich bin froh, wenn ich von keinem Schwert, Messer oder Ähnlichem mehr Gebrauch machen muss." Während

Karek diese Worte aussprach, erinnerte er sich an die schreckliche Schlacht vor dem Dom. Unwillkürlich schauderte er und schüttelte den Kopf.

Nein, gewiss war er sehr erleichtert darüber, dass diese Gefahr nun vorüber war.

Zegon hielt sowohl Götterzorn als auch das Messer in die Höhe. „Diese Waffen sind hier sicher", meinte er dann. „In diesen Raum gelangen nur Personen, die mit guten Absichten kommen."

Nun schnaubte Schneesturm, als wolle er die Worte des Königs unterstreichen und Karek nickte zufrieden.

„Also lassen wir die Waffen hier."

Zegon lächelte und dann machten sie sich an die Arbeit.

Kapitel 23

Auf dem Neupfarrplatz

Zwei Wochen waren vergangen, seitdem Daragon und sein Schlangendrache die Stadt angegriffen hatten.

Karek, Terek und Emina saßen auf den Bänken vor der Hauptwache und beobachteten die vielen Menschen, die den Neupfarrplatz zu Fuß oder zu Pferd mehr oder weniger eilig überquerten. Borger saß direkt daneben und beobachtete die wenigen Trolle, die ebenfalls über den Neupfarrplatz marschierten. Die Trolle hielten sich nun natürlich nicht mehr auf dem Domplatz auf, um ihn zu bewachen.

König Zegon und Karek hatten die Waffen an einer Stelle des Raums versteckt, die in der Tat schwer zu finden war. Wenn man nicht genau wusste, wo man suchen musste, würde man das mächtige Schwert Götterzorn wahrscheinlich niemals finden.

Auch hatte man angefangen, die Mauern des Doms wieder herzurichten, da der Schlangendrache doch größere und kleinere Schäden hinterlassen hatte.

Den Drachen fortzuschaffen, hatte sich als etwas schwieriger erwiesen, doch auch das war machbar gewesen, da viele Trolle mitgeholfen hatten. Der Drache war dann über einem gewaltigen Feuer, welches man auf dem Domplatz errichtet hatte, verbrannt worden, woraus ein riesiges Fest entstanden war. Alle Bürger waren gekommen, um sich dieses Spektakel anzuschauen, und das Feuer hatte so stark gebrannt, dass Karek geglaubt hatte, die Flammen würden die weit entfernten Sterne am Himmel berühren.

Bis tief in die Nacht hatte der Drache gebrannt und Karek hatte den Geruch noch immer in der Nase, der ganz bestimmt nicht angenehm war, doch Zegon, der diese Zeremonie abgehalten hatte, hatte ihnen allen erklärt, dass dieses Verbrennen des Drachens alle weiteren Gefahren bannen würde. Ob sich dies wirklich bewahrheiten würde, würde nur die Zukunft zeigen.

Die Bürger waren nun auch wieder entspannter und fröhlicher, doch es würde noch etwas dauern, bis die schlimme Zeit wirklich aufgearbeitet war, wenn sie es denn überhaupt mal sein würde. Die Zeit hatte bei vielen sicherlich unsichtbare aber deshalb nicht weniger schmerzhafte Narben hinterlassen.

Emina hatte die ganze Geschichte auch gut verkraftet und war nicht mehr so verzweifelt darüber, dass sie dem Drachen und Daragon nicht mehr hatte helfen können.

„Kaum vorstellbar, was Regensburg widerfahren ist, nicht wahr?", fragte Terek, ohne einen von ihnen anzusehen.

Karek nickte ohne sein Zutun. „Ja, das war ziemlich gefährlich, aber wir haben uns für das Gute eingesetzt und verhindern können, dass Daragon wieder König wurde."

„Wir haben zusammengehalten, und deshalb konnten wir das Böse abwenden", meinte Emina und damit hatte sie Recht. „Ich bin mir aber noch immer sicher, dass ich dem Drachen und seinem Reiter hätte helfen können."

Karek sah in die Ferne. „Ja, vielleicht hätte man ihm helfen können. Doch haben wir wirklich einen Fehler gemacht, als wir den Drachen töteten?" Karek ließ ihr keine Zeit zum Antworten, sondern fuhr sofort fort: „Vielleicht haben wir das, doch es wäre sehr riskant gewesen, den Drachen am Leben zu lassen. Er hat viel Zerstörung und Schmerz hinterlassen."

„Ich möchte meine Gabe für etwas Sinnvolles nutzen", meinte Emina dann nach einer kürzeren Pause. Sofort fuhr sie fort: „Ich werde ein eigenes Geschäft eröffnen. Ich möchte Heilkräuter verkaufen und Menschen damit mehr Gesundheit ermöglichen."

Als Emina von ihrer Idee berichtete, leuchteten ihre Augen und Karek war sich sicher, dass sie dies umsetzen würde.

„Ich denke, dass ich nicht in Regensburg bleiben werde", meldete sich nun Terek zu Wort. „Ich werde mich dafür einsetzen, dass es mehr Gerechtigkeit gibt und versuchen, solche Ereignisse, wie hier in Regensburg zu verhindern.

Wohin es mich dabei genau verschlägt, kann ich nicht sagen."

„Dann werden wir uns nicht wiedersehen, nicht wahr?", meinte Karek, der die Antwort schon wusste, ehe die Frage vollends ausgesprochen gewesen war.

Terek zuckte die Achseln. „Das kann ich nicht sagen. Regensburg ist ein toller Ort." Ehe er fortfuhr, lachte Terek kurz auf. „Zumindest, wenn keine Drachen über der Stadt ihr Unwesen treiben. Es ist gut möglich, dass es mich wieder hierher verschlägt."

Karek nickte zufrieden. „Du findest mich in Stadt am Hof."

„Du wirst hierbleiben?"

Karek ging nicht direkt auf die Frage ein, sondern zuckte vorerst nur die Schultern. „Regensburg ist nun wieder ein sicherer Ort und mir gefällt es hier." Karek lachte. „Außerdem muss ich doch sehen was aus Eminas Heilkundegeschäft wird."

Emina sah zu Karek und wieder leuchteten ihre Augen. „Ja, es wird wirklich toll. Komm dann einfach vorbei, wenn du etwas brauchst."

„Das werde ich tun, Emina. Ich freu mich drauf."

Terek erhob sich. „Ich denke, ich werde mir jetzt noch ein wenig die Beine vertreten. Das viele Sitzen macht mich noch ganz müde." Er verabschiedete sich, dann ging er mit gemächlichen Schritten davon und Karek und

Emina sahen ihm nach, bis er hinter der Neupfarrkirche verschwunden war.

„Wir haben es tatsächlich geschafft", meinte Emina nach einer geraumen Zeit des Schweigens.

„Ja, das stimmt. Wir haben an uns geglaubt und die Gefahren überstanden."

Emina und Karek saßen noch lange so da und beobachteten, wie sich der Neupfarrplatz langsam leerte und sich die schwere, dunkelrote Sonne hinter der Neupfarrkirche schlafen legte.

Schließlich gingen sie ihrer Wege und Karek lief durch eine Gasse und verschwand in deren Schatten. An diesem Abend dauerte es deutlich länger, bis Karek zusammen mit Borger an der Steinernen Brücke angelangt war. Er hatte sich viel Zeit gelassen und war ganz gemächlich neben dem Sheepdog spaziert.

Es war bereits vollkommen dunkel, als die Brücke vor ihnen auftauchte, und Karek genoss das Brausen der Donau, die unter ihnen hindurchfloss. In der Ferne gewahrte Karek Stadt am Hof, das sich langsam aus der immer dichteren Dunkelheit herausschälte.

Plötzlich fiel ihm etwas auf, was ihn mitten im Schritt innehalten ließ. Sogar der Atem blieb ihm stehen. Borger sah verwundert zu ihm auf und winselte mit wedelndem Schwanz.

Der Löwengreif war wieder an Ort und Stelle.

Karek musste zweimal hinsehen und rieb sich sogar die Augen. Der Löwengreif saß mit dicht angelegten Flügeln und nach oben gestreckten Kopf, so als würde er in die Nacht hinausbrüllen, auf dem Sockel, wie er es all die Jahre getan hatte.

Der Junge blieb vor der Steinstatue stehen und blickte sie mit einer Mischung aus Neugier und Angst an. Sein Herz klopfte wild, als er darauf zuging, doch auch als er sich ihr bis auf zwei Schritte genähert hatte, blieb die Statue des Löwengreifs ein lebloses, steinernes Kunstwerk.

Alles in ihm schrie danach, es nicht zu tun, doch Karek streckte die Hand nach dem Löwengreif aus und berührte ihn.

Nichts geschah.

Er stand lange so da und sein Gesicht umspielte ein zufriedenes Lächeln.

Dann blickte er auf die Donau hinaus und streichelte Borger.

Zusammen machten sie sich auf den Weg nachhause.